20SHIJI ZHONGGUO WENXUESHI CONGKAN
ZHONGGUO WENXUESHI

20世纪中国文学史丛刊

中国文学史

曾 毅 ◎ 著

丛书主编：陈文新 余来明
本册整理：周 勇

时代出版传媒股份有限公司
安徽文艺出版社

图书在版编目（CIP）数据

中国文学史/曾毅著；周勇整理. --合肥：安徽文艺出版社，2021.5
（20世纪中国文学史丛刊 / 陈文新，余来明主编）
ISBN 978-7-5396-6880-2

Ⅰ. ①中… Ⅱ. ①曾… ②周… Ⅲ. ①中国文学－文学史 Ⅳ. ①I209

中国版本图书馆 CIP 数据核字（2020）第 026443 号

出 版 人：段晓静
责任编辑：王 涛　秦知逸　　　装帧设计：张诚鑫

出版发行：时代出版传媒股份有限公司　www.press-mart.com
　　　　　安徽文艺出版社　www.awpub.com
地　　址：合肥市翡翠路 1118 号　邮政编码：230071
营 销 部：(0551)63533889
印　　制：安徽联众印刷有限公司　(0551)65661327

开本：700×1000　1/16　印张：18.25　字数：300 千字
版次：2021 年 5 月第 1 版
印次：2021 年 5 月第 1 次印刷
定价：58.00 元

（如发现印装质量问题，影响阅读，请与出版社联系调换）
版权所有，侵权必究

本书为国家社科基金重大招标项目"中国文学史著作整理、研究及数据库建设"(17ZDA243)阶段性成果。

前　言

　　作为一种学科知识体系的中国文学史，自建立至今，不过百十来年，相较于它所要叙述、阐释的历经数千年积淀的中国文学历史本身，无疑显得有些短暂。但是，就在这段不长的时间里，中国文学史的书写已经产生了相当的积累，出现了千余部文学史著作，它们少则十余万字，多则百余万字，其总体的篇幅恐已超过论述对象本身的规模，而且还将与时俱进地不断涌现。面对传统和新知，我们如何看待和书写中国文学史？正如有学者早就指出的那样，"文学史毕竟是以传统为对象的一门学问，无论你用什么时代的理论、什么样的态度去谈论它，总免不了需要得到对象本身的校正和规约……今天的人对古代文学的理解，对文学史的描述，也并非就比几十年前的人一定高明或正确，因为我们离开古代的环境和语境越远，就有可能对古代文学，对古人的思想与情感越隔膜，误解也越深"[1]。因此，要做到如陈寅恪先生所说的"与立说之古人，处于同一境界"的"真了解"[2]，洵非易事，甚至会越来越难。既然"旧史新说"是这一学科的特有景观，那么不断地"回头看"与不断地"向前望"，便正是持续推进这一学科的动力。回首来时路，有助于确认基因和传统，辨认路标和方向，早期的文学史著作正可以作为我们贴近研究对象的津梁和把握学科性质的样本。以此，曾毅撰著的这部《中国文学史》便有了史学史的价值。

一、曾毅与其《中国文学史》

　　曾毅（1879—1950），原名纬，字松乔，别号松父、松翘，湖南汉寿人。学生

---

[1]　戴燕：《中国文学史的早期写作》，载《中国典籍与文化》1998 年第 5 期。
[2]　陈寅恪：《冯友兰〈中国哲学史〉上册审查报告》，见《金明馆丛稿二编》，上海三联书店，1998 年版，第 281 页。

时代投身反清活动，1906年应常德同乡宋教仁（桃源县人）之邀赴日，入读明治大学博物专业，并加入同盟会从事革命运动。1908年因父病逝归国。民国建立后，受宋教仁委托，在汉口创办《民国日报》，任总主笔，宣传民主宪政，反对袁世凯专制。1913年，《民国日报》被查封，曾毅被逮捕，后获法国领事馆保释，遂于1914年东渡日本避难，攻读政治经济学。1915年末回国，任上海《中华新报》总编，继续参加讨袁护法等运动。1917年，曾毅在《新青年》上与陈独秀就文学革命问题展开讨论。1920年后，曾毅主要从事教育工作，致力于传播新学，曾任湖南省议会议员。1928年出任金陵大学教授。三十年代后，曾毅一度从政，担任过国民政府司法院书记长、汉寿县教育局长、县参议会议长等职，新中国成立后不久病逝。

　　从以上简要履历来看，曾毅并非书斋中的学者文人，而是积极投身于时代政治、文化革新的风云人物；他在晚清民初的写作，并非着意于著述，而是希望通过引进西学以自强。曾毅两次东渡扶桑，时间虽然都不长，但与当时留日学生一样，汲汲于通过以日本为中介而学习效法西方的制度与文化。如果说他在民国建立前的第一次赴日是在一种较为从容的心态中主动进取的行为，那么，在民国建立之初被迫避难于东瀛的曾毅，便是带着愤激与煎忧的心情来汲取日本近代化的思想文化成果的。出于这样的应世目的，曾毅选择攻读政治经济学并翻译了安部矶雄的《经济学新论》，无疑是想探索富国的途径。此书从着手翻译至成书出版，有十余年之久，至1927年方由上海太平洋书店出版，算是曾毅专业学习的成果。在日期间，他又应上海泰东图书局之邀约，根据日本学者始发其硎而彼时正盛的中国文学史著述，编著了新的《中国文学史》，则可以看作是曾毅民族国家意识的强烈自觉。正如他在此书"自序"中所说，

　　　　予以为此类书籍无庸转贩他邦……盖吾国数千年文学，其间源流、派别、变迁、升降之形极为蕃赜，自非寖馈亲切者，不能言之缅缅，以异国

人治异国文学,其为隔靴搔痒宜矣。①

如果我们考虑到民初大量初建的新式学堂亟需与之配套的教材、讲义的事实,那么对于泰东书局主人两次致书曾毅索稿,甚至不惜退求其次、提出以翻译日籍以应急的举动,就会多一份同情之理解。所以,曾毅虽按惯常之例谦虚地说这部《中国文学史》是"应泰东主人之命,供好事者覆瓿之一用",但我们不应将之视作纯然的应命之作,它是在作者自觉意识下应运而生的产物,即作者自云的"当仆命笔之时,实亦挟改革文学之志愿"②。

或许应该一提的是曾毅这部《中国文学史》的著作权问题。中国学界早期的中国文学史研究与著述,皆受到日本 19 世纪末以来同类著作的较大影响,这原是不争的事实。故其后郑振铎等人对时人中国文学史研究成果的不满,多有这方面的因素。最早就此一问题对曾著提出批评的是胡云翼,他在 1932 年出版的《新著中国文学史》"自序"中评论了此前十余年来出版的数部文史学著作,认为"实有多数不能令我们充分地满意",并特别指出:

> 就中以曾毅的《中国文学史》为较佳,然系完全抄自日人儿岛献吉郎之原作,又未能更正儿岛献吉郎之错误处,故亦不足取。③

也就是说,曾著之所以在众多著述中"较佳",是因为其完全抄袭日人著作。胡氏的这一判断不知有何具体依据,但用语是颇合于当时风尚和年轻人的意气的(胡氏彼时 26 岁)。如果联系到其时出版界、评论界对曾毅文学史的嘉许(详后),作为"新著"作者的胡云翼有这样的言论,也是可以理解的。其后学界对胡氏的这一指摘并未在意,或者认为其说"未免过言"④。近年

---

① 曾毅:《中国文学史·自序》,上海泰东图书局,1915 年版,第 2 页。
② 曾毅:《致陈独秀》,《新青年》第 3 卷第 3 号。
③ 胡云翼:《新著中国文学史》,北新书局,1932 年版,第 3 页。
④ 陈玉堂:《中国文学史书目提要》,黄山书社,1986 年版,第 7 页。

来,复旦大学陈广宏先生对此一公案重加辨析,用逐章校读的扎实方法比较了曾毅《中国文学史》与日本学者儿岛献吉郎(1866—1931)关于中国文学的同名著述的同异,认为曾著是以日本学者儿岛献吉郎的著作为蓝本,进行编译并作部分改写而成的著作。但又肯定:

> 曾氏此著并不是无所用心地对儿岛氏原著作简单译介……它在中国早期构建中国文学史学术体系过程中的地位与价值并未见得受到多大的影响……仍可视作中国学术界在文学史研究领域接受日本影响而有所发展的一种阶段性标志。①

陈先生辨析精详而又立论审慎,使人信服。其实,曾毅的态度是诚实的,他在初版"自序"中交代说:

> 予以为此类书籍本无庸转贩他邦,然欲自为编述,则事属创始,业匪专门,良不易易。夫礼失求野,果东邻文献有足供吾人之采获者,夫亦何嫌而不为?既就书肆发而观之,盖未尝有一合者。虽其中不无一二可取,而大体既乖,自难依据。②

言语之间似有隐衷。但在十余年后的订正本卷首,曾毅便坦然地回忆:

> 时亡命日本,方研求政治经济之学,未暇深讨,漫从友人怂恿而为此书,故颇掇拾东邦学者之所记,不足,则凭向日之所诵读而一二知者,于图书馆中参稽而涉猎之,故体段稍相仿佛,而议论援据,则夐乎不同。③

---

① 陈广宏:《中国文学史之成立》,上海古籍出版社,2016年版,第204—229页。
② 曾毅:《中国文学史·自序》,上海泰东图书局,1915年版,第2页。
③ 曾毅:《中国文学史》(订正本)卷首《修正中国文学史弁言》,上海泰东图书局1929年版,上册第1页。

既不埋没己之所见,也不讳言书有所本,不卑不亢之间显出大家态度。

从创作主体来看,曾毅于1913年东渡日本,次年秋接受上海泰东图书局的约稿开始编撰《中国文学史》,至1915年9月初出版(其时曾尚在日本),为时甚短。文学研究本非曾毅旅日时专攻的本业,但他自小接受传统教育,浸淫于四部之学达二十余年,且亦"尝究心朴学,以文字教授郡人子弟"①,故其旧学根柢无疑是相当深厚的。同时,曾毅出生于湘北的常德,长江的重要支流沅江和澧水流经此地,使之成为长江中下游重要的水路城市,又是洞庭湖区重要的鱼米之乡。在第二次鸦片战争所签订的《天津条约》中,中国被迫开放的几个通商口岸即有汉口、九江、南京、镇江等长江中下游重镇,常德处于这一较早开放的经济带上,距汉口不远,故在经济和政治上得风气之先,近代以来,投身于反清革命的常德籍人物即有宋教仁、蒋翊武、刘复基等人。曾毅受同学宋教仁影响,是较早参加资产阶级民主革命的知识分子,其对西学抱有积极学习的态度,两度留日使其通过日本这一中介对西方政治制度和文化思想有所涉猎和研究,从而能够在中西会通的视野下以旧学而兼介新知。以这样的态度和知识结构撰著文学史,而又以日本学者的学术著述为基础,曾毅的这部文学史自不同于此前为响应新式学堂风潮而产生的那些授课讲义性质的作品。

从时间上来看,在曾氏之前,中国人自撰本国文学史著作已经历了十年时间。最早的如林传甲、黄人的发轫之作以及窦警凡的《历朝文学史》,撰著于1904年前后,另如来裕恂《中国文学史》(1905—1909)、张德瀛《中国文学史》(1909)、许指严《中国文学史讲义》(清末)、王梦曾《中国文学史》(1914)等,基本上都是为新式中学堂、大学堂而编撰的教材,在体系和理论上都较粗糙,是属于初创性质的探索。这样一比较,曾毅的《中国文学史》便显得突出了,学界对之多有称道,如胡怀琛认为:

---

① 曾毅:《中国文学史》卷首石门蛰叟序,上海泰东图书局,1915年版,第1页。

民国以来，也出过几部文学史：计谢无量一部，曾毅一部，张之纯一部，王梦曾一部。其中以曾毅的比较的最好，谢无量的比较的最博。①

郑振铎也有类似的看法：

王梦曾、张之纯及葛祖兰三人所编的是中学师范的用书，浅陋得很，林传甲著的，名目虽是《中国文学史》，内容却不知道是些什么东西！有人说，他都是钞《四库提要》上的话，其实，他最是奇怪——连文学史是什么体裁，他也不曾懂得呢！……只有谢无量与曾毅的二书，略为可观。曾毅的较谢无量的还好些。②

这些话出自行家之口，都不是无稽之言，曾、谢二著在当时的确声誉较高，也因此风行一时。曾毅的《中国文学史》自1915年初版后，有多次再版重印，"销行至二三万册之多"（曾毅《修正中国文学史弁言》），1929年曾毅又将其订正出版，亦有多次再版再印，颇受欢迎。我们可以不夸张地说，几乎同时出现的林传甲和黄人的两部《中国文学史》是国人撰著文学史的发端，代表着20世纪第一个十年初创阶段的成果，但影响有限；而出版时间相近的曾毅的《中国文学史》（1915）和谢无量的《中国大文学史》（1918）才是这一领域真正具有一定影响的奠基之作，是第二个十年的重要收获。这是我们对于曾毅此书在文学史学上的价值和地位的基本判断。

二、文学的广狭与史学的新旧

中国自古并无一种专门学问称为文学史，更无中国文学史的名目。中国

---

① 胡怀琛：《中国文学史概要》，商务印书馆，1931年版，第13页。
② 郑振铎：《我的一个要求》，见《中国文学论集》（下册），开明书店，1934年版，第397页。

文学史之成立,是近代以来中国社会政治制度、文化形态发生巨变的结果。它依赖于两个概念的逐步建立：一是"中国",一是"文学"。前者是西方19世纪以来的民族国家概念,与中国古代的"国"或"家"均不同,倒是与"天下"的含义颇有可通之处。民族国家是基于民族独立前提下各民族的命运共同体,包括政治、经济、文化、社会等诸层面。民族国家及其观念的形成是世界历史近代化的重要标志,晚清的中国也在被迫与主动之间融入了这一进程。由天朝上国的自我中心跌落到亡国保种、救焚拯溺,近代知识者的心理变化是巨大的,国家概念自然成为他们构建自己历史叙述的基本框架和逻辑起点。

曾毅避难东瀛,颠沛造次,文学又非专业之所研习,却毅然领命撰著这部中国文学史,其拳拳于本国文史建设的用心是很显然的。因此,在此书申明大义的绪论里,曾毅于首章总述中国"文学史上之特色"时,便特别突出中国意识。一则曰历史悠久,文明灿烂,"实东洋文明之母国也";二则曰幅员广大,无美不备,因此文学上亦无美不备。在这里,曾毅以时空交错的国家视角来总览中国文学的根本特点,既充满自豪又不乏自省。在这样的观念主导下的文学史书写,便不是一朝一代的文学变迁,也不是一体一地的文学风尚,而是伴随着民族国家意识自觉的现代性文学历史建构。此即陈广宏先生所说,"当文学史书写成为想象的民族共同体的一种图解形式,由此追溯各民族在各个时代精神文化的连续性发展,新的历史主体遂而出现,其重要性不言而喻"①。

"新的历史主体"当然还是"文学",它也是中国文学史据以成立的核心概念。如果承认国别文学史概念的出现是现代意义的文学、文学史观念得以确立的一个至关重要的因素,那么曾毅在处理中国文学史的叙述对象时,便须同时面对经由日本中介的西方文学观念和他自己浸淫甚久的中国文学传统。事实上,在古今中西的比较中,曾毅在观念上仍然在相当程度上坚守着

---

① 陈广宏:《中国文学史之成立》,上海古籍出版社,2016年版,第5页。

中国传统的文学观念,表现出杂而不纯的学术性、人文性特点。如在绪论首章中,他直接将文学作为文化的精华来理解:

> 而况中国,故以文立国者也,止戈以为武,经纬天地之谓文。……学士文人又皆以立言为不朽之盛事,文章为经国之大业。故文学者,实可谓为中国之生命,四千余年之国华,四百余州之声采也。①

其后又逐次从"文学与文字""文学与学校""文学与科举""文学与儒释道三教"等方面申论其基本观念。至"文学之分类"一章,曾毅明确地表示,"文者,谓以程序的连缀字句,著为篇章,用达吾人之意者也",这与章太炎"以有文字著于竹帛,故谓之文"的定义几无二致。但近代以来的学术分科趋势毕竟对曾毅产生了影响,因此,他接着分疏道:

> 故自文之广义言之,图表、谱牒、科条、簿录何莫非文;自文之狭义言之,必意主为文,而后可以文论。三代以上,即学即文,孔子曰"则以学文",颜渊曰"博我以文",则指学术言之也。曰"辞达而已矣",曰"修辞立其诚",乃就文字言之也,是后世之所谓文者,孔子之所谓辞矣。夫惟三代文、学无分,故六艺诸子,一切为文,无不可也。两汉以后,文、学始分。六艺各有专师,而别为经学矣。诸子流派益歧,而蔚为子部矣。史导于《尚书》《春秋》,而史学立矣。文章流别,分于诸子而集部兴矣。经史子集,四部别居,其流弥繁而统视为文学可乎? 世益进化,学益分科。文学之疆域,当划其界而与历史学等观,不得谓独操诸学之原,与论理学、数学同量。故广义言文,自归无当,经诂史策,所由与律历、卜筮、命相之词,等置之于文学之外,而独以论辩、记序、传状、碑志、诗赋、赞颂等为文也。昭明之为《文选》也,其于史籍则云"事异篇章",于诸子则曰

---

① 曾毅:《中国文学史》,上海泰东书局,1915年版,第2页。

"不以能文为贵",二者不以入录。虽其中不免自背其例,然分科发达之意,盖几及之,洵明达之论也。后世言文学者,大都于此取裁焉。①

可见,广义之文涵盖经史子集四部,是文化之文,文学即学术;而狭义之文则是集部之文,狭义的文学为集部辞章之学。曾毅所说的"意主为文"就是集部之文和辞章之学,也即萧统《文选序》所标举的"事出于沉思,义归乎翰藻"。这是文学从文化中分化出来之后的部分,以西方近代以来纯文学的观念来看,这样的文学范围仍然是非常广泛的。

曾毅一方面承认文学分科的事实,认为"世益进化,学益分科",另一方面他仍坚持中国传统的文学观念,且将之置于更广大的文化范畴里来考察。如认为"学术为文学之根柢,思想为文学之源泉,政治为文学之滋补品",在论述对象上申明"本篇以诗文为主,经学、史学、词曲、小说为从"(《凡例》)。在章节设置上,曾毅给学术、思想、政治方面的内容以独立的篇章,如在第三编中设置"汉初文学之状况与高祖之遗谟""光武之中兴于文学上之遗谟""东汉之诸子者流""训诂学之风行""魏晋之非儒家主义""南北朝之佛教思潮""隋之统一与文运之更始"等数章,在第四编中设置"十八学士与唐之经学""十八学士与唐之史学""宋之学术与文学之影响""宋之政治与文学之影响""洛党与道学""川党与文学""鹅湖之会与朱陆异同""明之国势与文运"等章,在第五编中设置"史学之昌盛"一章,都比较集中地论述了学术文化的情况。

虽然曾毅并没有把学术、思想、政治等内容混同于文学,但仍然是在广泛的文化传统中来理解文学,是在传统的"文章"概念下来定义文学的。相较于同时代受西学影响的一些人,曾毅的文学观念是偏于传统的。周作人在1908年发表的《论文章之意义暨其使命因及中国近时论文之失》中,根据英国评论家亨特的见解,将文学的构成要素归纳为思想、意象、感情、风味诸方

---

① 曾毅:《中国文学史》,上海泰东图书局,1915年版,第16页。

面;罗家伦在1919年发表《什么是文学——文学的界说》,则将文学定义为"人生的表现和批评,从最好的思想里写下来的,有想象,有情感,有体裁,有合于艺术的组织"①。这些就都是立足于西方近代以来的纯文学观念的输入和移植。

其实,当我们说到西方的文学观念时,也应充分考虑历时性的变化。西方文学史家一再指出,应注意 literature 一词的古今异义,如乔森纳·卡勒说:

> 如今我们称之为 literature(著述)的是二十五个世纪以来人们撰写的著作。而 literature 的现代含义:文学,才不过两百年。一千八百年之前,literature 这个词和它在其他欧洲语言中相似的词指的是"著作"或者"书本知识"。如今,在普通学校和大学的英语或拉丁语课程中,被作为文学研读的作品过去并不是一种专门的类型,而是被作为运用语言和修辞的经典学习的。②

伊格尔顿也指出:

> 其实,我们自己的文学定义是与我们如今所谓的"浪漫主义时代"一道开始发展的。文学(literature)一词的现代意义直到19世纪才真正出现。这种意义上的文学是晚近的历史现象:它是大约18世纪末的发明。③

韦勒克则进一步明确"文学"这个词在18世纪60年代之前已经经历了

---

① 转引自陈伯海:《文学史与文学史学》,北京大学出版社,2012年版,第71页。
② 〔美〕乔森纳·卡勒:《文学理论》,李平译,辽宁教育出版社,1998年版,第21—22页。
③ 〔美〕特雷·伊格尔顿《二十世纪西方文学理论》,转引自陈广宏《中国文学史之成立》,上海古籍出版社,2016年版,第8—9页。

一个双重过程,一个是"民族化"的过程,另一个是"审美化"的过程。所谓"审美化",即限定为具有创造性、想象性的特殊的一类作品。可见,在西方,对文学所做的通过美的形式(语言)来表现个人的思想感情的定义(即纯文学概念)是近代以来学科分化和强调个人表现的文学运动的结果。它所由滋生的社会环境、文化土壤与传统中国有着明显的差异,虽然后者也不是一成不变的静态,但作为整体仍是相当稳定的。而西方古典的文学词义——著述、文字、学问等,倒是与中国传统的文学义界颇为相似。这样看来,文学观念的中西之异,其实更多的是古今之别,而关键在于,我们应该以何种文学观念来面对传统文学现象才会比较合适。在这一问题上,20世纪前半期的中国文学史著作大致有两种取向。林传甲、曾毅、谢无量等人偏向于中国传统文学观,与西方现代文学观念有较大距离;胡适、刘经庵等人则与西方现代文学观念较为接近,《国语文学史》《中国纯文学史》等对中国传统文学进行了选择性地描述。作为早期的一部文学史著,曾毅的《中国文学史》在文学观念上充分尊重传统,某种程度上反映了中体西用的特点。

以何种文学观来看待和书写文学的历史,不仅是文学观念的问题,也反映了史学观念的问题。中国古代虽有文学史观而并无文学史著,这就为早期中国文学史的撰著者提供了一些局部的史学观念和方法,但并没有现成的文学史框架可以借鉴。于是著作者便在汲取西方新近史学成果的基础上,尝试建构自己的叙述逻辑,而往往显得杂乱不清。曾毅的《中国文学史》在史学形态上,即处于这种双重影响、融而未化的状态。一方面他受到中国传统史观(包括文学史观)的影响,特别重视政治对于文学的决定性作用,可以略举几例说明。

在绪论总述中国文学特点时,曾毅认为中国文学"历年兹多,由时代之推移,古今不一其趣",其具体表现是:

> 夏尚忠,殷尚质,周尚文,秦用法术,汉重经术,魏秉申商,晋崇老庄,特质之见于治术然者也。汉之注,唐之疏,宋之义理,清之考据,特质之

见于经术者又然也。以文学言之,楚之骚、汉之赋、唐之诗、宋之词、元之曲,代有变迁,而见于种别者则各有其异彩。①

从生成论来看,由政治治术到文化学术再到文学艺术,逐次展开和决定。于是,"代有变迁"、代有所胜的文学史观便自然地建基于王朝的政治兴替,文学史不过是政治史的表现和衍化,而并非西方新史学所倡导的独立的专门史。正如梁启超所言"中国数千年,唯有政治史,而其他一无所闻"②。

本此,在论及文学风尚的转换时,曾毅特别注重从政治的角度予以解说,如对西汉武、宣时代文学的盛衰之由,曾毅认为:

> 武帝在位五十余年间,文学极其隆盛,昭帝以后,萎靡者八十有余载,无复昔日之盛。盖武帝晚年以伊周之大任托之于不学无术之霍光,凡所与共治者皆厚重少文,而文学上遂生一顿挫。及宣帝承统,又不尚德教,不重儒生,信赏必罚,综核名实,崇申韩之学,用霸王之道,由是天下治平,吏称其职,民安其业,称为中兴明主。然所用多文法之吏,故其留英名于麒麟阁上者,如霍光以下功臣十一人,皆于文章经术造诣不深。③

在文化学术仍然只是少数上层知识精英(同时也是政治精英)所掌握的时代,这样的解释还是具有说服力的。

又如,在论及隋唐文学时,曾毅充分注意到最高统治者的好尚对于文学发展的重要影响,隋炀帝诗作的轻艳与豪健并呈,正是隋及初唐文风转变的代表。曾毅断言"炀帝,当时唯一之词人,司转移风会之枢机者也,其荒淫骄

---

① 曾毅:《中国文学史》,上海泰东图书局,1915年版,第2页。
② 梁启超:《饮冰室文集全编》卷三《新史学》,广益书局,1948年版,第36—37页。
③ 曾毅:《中国文学史》,上海泰东图书局,1915年版,第72页。

奢等于陈之后主,而大有豪健之风。盖轻艳本之梁陈,而如《饮马长城窟》《白马篇》则气体阔大,能存雅正之音。诏书亦稍近质厚,如《再伐高丽诏》雄伟宏丽,颇为得体,正明而未融之候也"①。同样,曾毅将唐诗之盛的主因归之于君主之喜好及以诗赋取士的选官制度,他指出:

  唐代人主靡不能诗,庙堂之上雍容揄扬,侍从游宴之作,奉诏应制之篇,不一而足。人情喜仕宦而唐制最重进士,以诗赋选录,其始进也如此。宪宗读白居易讽谏诗,召为学士。穆宗善元稹歌诗,征为舍人。文宗好五言诗,特置诗学士七十二人。其被用也又如此。上以是征,师以是教,交友以是相高,其盛也不亦宜哉!②

  这些看法突出政治主线和主因,都比较贴近中国古代文学发展的实际,但也不免显得有些片面。

  另一方面,除了受到传统史学的规约,曾毅也颇受西学东渐的时风影响,在史学理念和方法上体现出一些新的风貌。

  正如韦勒克在评论卡莱尔(1795—1881)的《德国文学史》时指出的那样,"德国历史主义的全部关键词眼均汇聚于此:个别性、民族性、发展、民族精神和时代精神、内在的形式和结构、连续性"③,曾毅在他的文学史叙述中零星运用的一些分析方法,就可以看到这些历史主义方法论的影响。在《凡例》中,曾毅声明"文学之变迁升降,当与其时代精神相表里",故在论述每一历史时段文学现象之前,作者都力求从学术思想、政治状况等方面总述此一时代之精神,"力加阐发,使阅者得知盛衰变迁之所由"。曾毅也充分注意到个体的历史作用,认为"风气之移转,每主因于一二有力者,其他多属陪客",

---

① 曾毅:《中国文学史》,上海泰东图书局,1915年版,第126页。
② 曾毅:《中国文学史》,上海泰东图书局,1915年版,第131页。
③ 〔美〕雷纳·韦勒克:《近代文学批评史》,杨自伍译,上海译文出版社,1997年版,第119页。

故采用了多种叙述方式以表现基于个体的历史丰富性。曾毅将春秋战国的不同思潮,按照地域因素分为邹鲁派、陈宋派、郑卫派、燕齐派的做法,令我们想到泰纳在《艺术哲学》中提出的分析视角,而其根源还是历史主义理念这一"普遍的西方运动"。曾毅对于李、杜的对比分析,虽然属于我国传统文史的老话题,但与抓住"天才之间的异同进行比较"(韦勒克论德国历史主义开创者赫尔德的文学史思想)的历史主义方法也颇可相通。

由以上简略的梳理可见,曾毅的文学史观以中国传统史学为主,但又没有建立完整的文学史体系,仍然主要依附于政治史的框架;他对西方历史主义思潮的成果有所吸取,但却无意于系统性地移植。这种状况正如他自己所说,"今之文运,适与李唐、朱明等观,混合之时,而非化合之候。吾人生丁此际,偏于西不可,偏于中不能。但务调剂中西之精英,以适于现今之实用"①。以混合而非化合的形式调剂中西,是包括曾毅在内的早期中国文学史写作者的常见论述策略。

三、体例与书写方式

中国文学史的早期撰著者在构建自己的文学史叙述体例时,可资依凭的资源一是中国固有的文学史形态,一是近代以来西方的文学史。如果在文学观念上不能全然接受西方近代纯文学的口径,则便会更多地从中国传统文史资源中获取启发。较早从事文学史写作并思考这一问题的黄人,对中国文学自来无史的状态颇表遗憾,他慨叹说:

> 所以考文学之源流、种类、正变、沿革者,惟有文学家列传(如文苑传,而稍讲考据、性理者,尚入别传)及目录(如艺文志类)、选本(如以时、地、流派选合者)、批评(如《文心雕龙》《诗品》、诗话之类)而已。②

---

① 曾毅:《中国文学史》,上海泰东图书局,1915年版,第335页。
② 黄人:《中国文学史》"总论",苏州大学出版社,2015年版,第3页。

黄人对这种散在形式的文学批评表示了不满,但他自己并未建立体系性的文学史体裁,他的《中国文学史》甚至连完整的目次都没有,除偏于理论阐述的前四编外,全书主体部分大量抄录原著和作者传记,以致篇幅达170万字之巨,似乎是以选本、文苑传为主干而又杂糅上述几种古典文评而成,颇为庞杂,谈不上什么体例建构。与黄氏之著同被视为中国人自撰的第一部文学史的林传甲《中国文学史》则又失之于太简,仅7万余字,总计十六篇,相当于十六篇相对独立的文学论。其中,前三篇为语言学(文字、音韵、训诂)史论,其后三篇为专题论,最后十篇为文体论。总起来看,林氏之书虽较黄著稍为系统,但仍难称具有科学完整的文学史体系。仅从体例而言,黄、林二书尚处于文学史撰著的摸索阶段。

　　这样比较起来,曾毅的这部《中国文学史》在体例上便明显地具有开创性,其特点可以从纵横两个方面加以说明。

　　首先是纵向的历史分期。曾毅《中国文学史》凡五编105章,从传说中的尧舜时代一直叙述到清朝,纵贯数千年。如何在时间上设置阶段,是历史叙述结构的首要问题,如郑振铎所说,"在1919年以前出版的若干中国文学史,主要是按照历史上的'朝代'即殷、周、秦、汉、三国、两晋、南北朝、唐、五代、两宋、元、明、清那么分法的",而"在其间,有少数的几部中国文学史,则受到日本人著作的影响,把中国文学的发展,分为古代、中世纪、近代的三个大时期"[①]。曾毅、谢无量的中国文学史就是郑氏所云"少数的几部中国文学史"之一,他们将中国数千年文学发展历程分为上古、中古、近古和近世四个时段来叙述。这种四分法及其命名,源自西方史学界上世、中世、近世的历史分期法,又从日本中介引进,梁启超在晚清已经将其作为"新史学"的特点之一而标举运用。曾毅在《凡例》第一条即明言,这种四期划分法"本自东籍"(日

[①] 郑振铎:《中国文学史的分期问题》,见《郑振铎古典文学论集》,上海古籍出版社,1984年版,第17—18页。

本),是"现今各种历史多从之"的做法①。其时间断限,上古至秦为止,中古从两汉至隋为止,近古从唐至明末为止,近世则专指清代。曾氏将其作为文学史最高一层级的叙史框架,无疑是淡化了以前政治史(或已有文学史)以朝代为纵向纲目的做法,体现了新学(西学)对他的影响。

但是也应看到,一则曾毅并未对四期划分的标准进行解说。三期或四期之分,应是着眼于社会(经济)形态的变迁,而曾毅对此了无涉及,在具体论述中也没有体现不同时期文学的总体特点与差异(仅"上古文学"一编中有概论一章,其他三编均无),四期之分似乎只是一种纯然形式的架构。二则在每一期的章节中,我们既看到了以朝代(或以年号标举的时代)标目的单元,也看到了大量以文体、流派、问题和作家作品为标目的单元,因之显得混杂不一。以第三编中古文学为例,此编二十八章,除首章总论两汉文学外,以朝代标目者有十二章,以作家作品标目者有八章,以某一专题问题标目者有五章,以文体标目者有两章。由此可见,朝代仍然是曾毅文学史叙事的基本时间序列。正如周谷城针对30年代史学界流行三分、四分的分期而指出的那样:"其实这也只是形式上的更改,真正的着重之点仍在朝代。"②

在以人治为主的传统中国社会,王朝的易姓和君主的易位往往也就意味着法度的更革、政治的转换,所以朝代更替是一种具有天然合理性的历史分期法,对于政治史、制度史研究尤为适用。但社会风习的变迁、学术风尚的形成、时代精神的凝聚以及知识精英的生卒等涉及人们思想意识的层面,往往会滞后或超前于政治人事的变动。因此,在反映文学自身的变化规律时,按

---

① 民初的中国文学史,较通行这种三期、四期的历史分期之法。如张之纯《中国文学史》分四编,即"始伏羲迄秦代""始汉代迄隋朝""始唐代迄明朝""始清初迄清末",时间断限与曾毅完全一致。谢无量《中国大文学史》除绪论外,分上古文学史、中古文学史、近古文学史、近世文学史四编,年代划分亦同曾著。另如王梦曾《中国文学史》在朝代之上划分为"孕育时代""词胜时代""理胜时代""词理两派并胜时代"四个阶段,可视作四期分期法的变化发展。

② 周谷城:《周谷城史学论文选集》,人民出版社,1983年版,第42页。

王朝划分阶段便存在一定的局限,特别是在易代之际,政治史和文学史的轨迹常常不尽一致。这样的情形很多,如李煜一般被作为五代词家,但他代表性的作品主要产生于归宋之后;宋濂、刘基、高启等一般被视作明初诗文的代表,但他们最好的作品基本写成于元代;初唐的诗风与陈隋的绮艳靡丽一脉相承,晚明的人文主义文学思潮则一直延续到清初。如此种种,给文学史的分期提出了有别于政治史的要求。

应该说,曾毅的《中国文学史》在这方面也有所思考和尝试,在变通、会通的史观指导下,曾毅认为应该"本因袭变通之迹,以分文学史上之时期,固有可以称情而得者",同时他又指出,"学术界之时代观与文学界之时代观,不必一致。韵文界之时代区别与无韵文之时代区别,亦有不同"①,如何在把握因袭变通之迹的基础上照顾文学不同方面的发展,做到"称情而得",这是写作文学通史的难题。曾毅的做法是:不以朝代变迁作为叙述的统一体例,而杂以作家论、文体论、流派论、学术专论等不同的叙述体式,这样虽在体例上显得驳杂,但部分地解决了文学变迁与政治变动间的紧张关系。

其次,我们再看横向的书写方式。在朝代以下,曾毅的文学史叙述趋向以作家作品(或流派)为单位推展开来。以第四编"近古文学"中的唐代文学为例:前两章总论唐代文化及思潮,第三章"古今体诗格之成立",第四章"十八学士与唐之经学",第五章"十八学士与唐之史学",第六章"初唐四杰与沈宋二家",第七章"陈子昂",第八章"开元天宝间诗学之极盛",第九章"李白、杜甫",第十章"大历十才子",第十一章"元和长庆之中兴",第十二章"晚唐之诗学",第十三章"韩柳以前文章三变",第十四章"韩愈、柳宗元",第十五章"韩柳以外之文家",第十六章"佛教之势力与缁徒之文学",第十七章"唐代小说之盛兴"。显然,曾毅基本上是以作家论作为构造文学史叙述的单元,如"元和长庆之中兴"一章重点介绍了韩愈和白居易,又逐一论及孟郊、贾岛、李贺、卢仝、张籍、王建、元稹、刘禹锡、柳宗元等。表面上看,这样的叙史

---

① 曾毅:《中国文学史》,上海泰东图书局,1915年版,第18—19页。

体例与纪传体正史中的人物传记类似,但曾毅的写法并不同于文苑传,用他自己的话说就是:"意在标举大势,不同文苑之林。故惟取评论以表见其内容,其有关系较重之文而非常见者,则略存梗概。……文学史材料不患不多,而多之弊,则在剪裁难工,串穿不易。本篇务揽宏纲,不尚博核。"①在介绍和评论作家时,几乎不引及作品本身,是曾毅文学史书写的一大特色,如他论韩愈之诗:

> 韩愈,古文家也,而善于诗。其才气之英伟,学问之赅博,非寻常诗人所及,而其思想则醇乎儒教主义也。其诗虽无李白之才思,杜甫之情致,而劖削之貌具博厚之观,雄鸷之中含工巧之妙。纵横驰骋,奇气袭人,于李杜之轨辙以外,盖凿山通道,自成一家者也。集中古诗多,律诗少,以不屑于格律声病而自喜驰骤,故特见其长。虽律诗中如《咏月》《咏雪》诸作,体物工、措辞雅,然比于元和《圣德诗》《南山诗》《琴操》等之郁律崛突源本雅颂者,固有间矣。特其字拗语奇,往往招意象之晦涩,故后人多以此少之。②

寥寥数语,将韩愈之人、之思、之学、之诗的主要特点概括出来,不仅体现了独特的文学眼光,也表现出较为深厚的遣词造句能力。曾毅这种论断较多而引录原文较少的写法,不仅与之前黄人的《中国文学史》很不一样,也与同时期谢无量的《中国大文学史》很不一样。他打破了中国传统史书以实录为主,史家较少直接对人、事予以论评的做法,在史识方面显得干货满满。同时,这样的体例和书写方式也就要求阅读者具备相当的文学储备,如作为学校课程教材使用,则应辅以作品选本来共同学习。如果我们比照其后一些文学史的写作方式,那么曾著的可贵之处就更加明显了。柳存仁曾于 30 年代

---

① 曾毅:《中国文学史·凡例》,上海泰东图书局,1915 年版,第 1—2 页。
② 曾毅:《中国文学史》,上海泰东图书局,1915 年版,第 158 页。

末批评当时一些文学史的弊端说:

> 坊间所流行之文学史,多仅罗列各时代作家之姓名,而略不叙及其个性、环境、作品内容,有类辞典,直《录鬼簿》之不若。不知文学既为生活之表现,且为演进中之活动历时,故文学史之作,不惟对于文学作者之个人生活须有精细之探讨,即对于产生某一时期文学之时代精神、社会环境、文化氛围,亦应有确切之认识,再依据事实认识而考察其所发生之影响。①

以此观照曾毅的这部文学史,虽然不一定达到了柳氏所标举的高度,但应该说在较早期的中国文学史著作中,它是达到了相当的水平的。因此,它得到读者和评论家的较多好评也就不足为奇了。我们这次整理出版,也是希冀通过回望来时旧路来帮助找到未来中国文学史书写的新途。

最后应说明的是,本次整理以国家图书馆藏上海泰东图书局 1915 年初版本为底本,此本在民国年间有多次再版重印,中华人民共和国成立后则未有出版。上海泰东图书局的版本以今日之标准来看,并非尽善尽美。某些内容与当今通行版本出入较大,排印错误亦不一而足。然考虑其版本价值,在整理中,我们将原本的繁体竖排改为简体横排,以现行标点重加点校,并修改了一些明显的误字和异体字,一般不做注释。其余内容,均未作改动。

周勇

---

① 柳存仁:《上古秦汉文学史》"第一章 绪言",商务印书馆,1948 年版,第 5 页。

序

　　文字之有古今，非时代为之，人心为之也。文字之大别，古厚而今薄，古质而今华。气息既显有区分，体格愈降而卑靡。然茫茫宙合，曾是别有天地山川人物于其中，以为之厚为之质乎？无有也，造端乎人心，因而酿成为风气，时代之分、风气之尚，盖豪杰亦不能自拔，固无论凡民已。故欲追先民之矩矱，摹前哲之典型，必自正人心始。昔者战国之俶傥极矣，而两汉则朴茂迥异。六代之淫靡极矣，而三唐则凝重有加。宁汉唐古而前乎唐者转今乎？人心有醇厚浇诈之不同，而文字之流露因之也。曾君松乔，湘西名士，尝究心朴学，以文字教授郡人子弟。癸丑东渡，尤汲古不倦，而有慨于近代文字之日趋脆弱，思起而振其衰，则取中国自有文字以来诸家，区其朝代，别其体裁，为之纲目，并其生平以胪列之，名曰《中国文学史》，虽时期划然不紊，而派别之流衍，实隐系以人心之隆污。盖欲以正人心者正文心，其辞甚隐，其意甚显也。呜呼，此则真所谓史也已。撰著既竟，持以示余，且属以一言弁首。余以其所持之隐也，为书所见以归之，亦尤冀读是篇者之有以察其微也。

民国四年秋石门蛰叟序于日本江户

自　　序

客岁秋，泰东图书局主人以书底予，嘱编中国文学史，予以兹事体大，方有事于政治、经济之学，未暇也。既而又得书，俾择东籍善本译之。予以为此类书籍本无庸转贩他邦，然欲自为编述，则事属创始，业匪专门，良不易易。夫礼失求野，果东邻文献有足供吾人之采获者，夫亦何嫌而不为？既就书肆发而观之，盖未尝有一合者。虽其中不无一二可取，而大体既乖，自难依据。盖吾国数千年文学，其间源流、派别、变迁、升降之形极为蕃赜，自非寖馈亲切者，不能言之缅缅，以异国人治异国文学，其为隔靴搔痒宜矣。毅生鄙蹇，尝以为吾国数千年文史，散居故籍，以今科举方亟，顾使承学之士望洋兴叹，而自沮于溯回之无从，岂非有心世道君子忧耶？不揣肤浅，谨博征往策，撮为五编，以应泰东主人之命，供好事者覆瓿之一用耳。以云著述，则吾岂敢。

民国四年岁乙卯秋汉寿曾毅自序于日本江户

凡　例

一、本篇体制，划分四期叙述，而以绪论总其端。盖本自东籍也，此种编纂法，现今各种历史多从之。

一、本篇为供普通参考而作，不敢过繁，使阅者有昏然难于卒业之感，亦不敢过简，致阅者索然寡味，不得系统之观念。详略得中四字，编者所欲遵守也。

一、古人著书，不避因袭。班史之于马迁，郭注之于向秀，迹似出于剽窃，实各自有精神。本篇撰述，意搜众长，不矜己出。若其大旨所在，于己有不安者，每抒独见，不肯苟同。

一、文人面貌，必藉文辞始显。是以班志相如，范传杜笃，辞赋以外，寥寥数言。是篇网罗古今文人，自难用此先例，意在标举大势，不同文苑之林。故惟取评论以表见其内容。其有关系较重之文而非常见者，则略存梗概。至诗文评论，往往有对于一家不胜麻列者，篇中遇此等处，或弃或取，或详或略，一求其当，不比选本刻集，标好尚、主网罗也。

一、文学之变迁升降，当与其时代精神相表里。学术为文学之根柢，思想为文学之源泉，政治为文学之滋补品。本篇于此三者，皆力加阐发，使阅者得知盛衰变迁之所由。

一、本篇以诗文为主，经学、史学、词曲、小说为从，并述与文学有密切关系之文典文评之类。

一、风气之移转，每主因于一二有力者，其他多属陪客。篇中或单叙，或合叙，或总叙，或附叙，一视其轻重为详略焉。又随宜乘便，往往有超叙于前，或追叙于后者，未尝有成格也。

一、文学史材料不患不多，而多之弊，则在剪裁难工，串穿不易。本篇务揽宏纲，不尚博核。事有稽而匪臆，文期约而能赅，又捃摭浩繁，不及一一注明所出，并非掠美，实避烦苛也。

一、吾国学术之精神,似以有宋一代为极盛。篇中累累称之,非有门户家意见也,盖宋学之可贵,取足以代表东亚之菁华,而东亚致弱之由,亦未必不坐于是。恐阅者忽不及察,特识之以供注意焉。

目　录

前言（周勇）／001

序／001

自序／001

凡例／001

第一编　绪论

第一章　文学史上之特色／003

第二章　文学与文字／005

第三章　文学与学校／007

第四章　文学与科举／009

第五章　文学与儒释道三教／011

第六章　文学之分类／014

第七章　文学史上之时代区划／016

第二编　上古文学

第一章　概论／021

第二章　唐虞文学／024

第三章　三代文学（一）／026

第四章　三代文学（二）／029

第五章　春秋战国文学（一）／031

第六章　春秋战国文学（二）／034

第七章　春秋战国文学（三）／036

第八章　秦之文学 / 039

第三编　中古文学

第一章　两汉文学总论 / 045

第二章　汉初文学之状况与高祖之遗谟 / 047

第三章　文景时之文学 / 048

第四章　武帝时之文学极盛（一） / 050

第五章　武帝时之文学极盛（二） / 053

第六章　司马相如与司马迁 / 055

第七章　《郊祀歌》十九章与《古诗十九首》 / 058

第八章　小说之发展 / 060

第九章　昭宣时代之文学 / 062

第十章　刘向父子与扬雄 / 064

第十一章　光武之中兴与文学上之遗谟 / 067

第十二章　班氏父子 / 069

第十三章　东汉之诸子者流 / 072

第十四章　训诂学之风行 / 074

第十五章　建安文学 / 076

第十六章　魏晋之非儒教主义 / 078

第十七章　八代文章之始衰 / 080

第十八章　正始文学 / 081

第十九章　太康文学 / 083

第二十章　东晋之诗杰 / 085

第二十一章　南北朝之佛教思潮 / 087

第二十二章　元嘉文学 / 088

第二十三章　永明文学 / 091

第二十四章　梁陈间作者 / 094

第二十五章　大邢小魏 / 097

第二十六章　六朝之乐府 / 098

第二十七章　文集与文史之盛兴 / 100

第二十八章　隋之统一与文运之更始 / 102

第四编　近古文学

第一章　唐之文化及思潮（一） / 107

第二章　唐之文化及思潮（二） / 109

第三章　古今体诗格之成立 / 112

第四章　十八学士与唐之经学 / 115

第五章　十八学士与唐之史学 / 117

第六章　初唐四杰与沈宋二家 / 119

第七章　陈子昂 / 121

第八章　开元天宝间诗学之极盛 / 123

第九章　李白、杜甫 / 125

第十章　大历十才子 / 128

第十一章　元和长庆之中兴 / 130

第十二章　晚唐之诗学 / 133

第十三章　韩柳以前文章三变 / 135

第十四章　韩愈、柳宗元 / 137

第十五章　韩柳以外之文家 / 140

第十六章　佛教之势力与缁徒之文学 / 142

第十七章　唐代小说之盛兴 / 144

第十八章　词学之发展 / 145

第十九章　宋之学术与文学之影响 / 148

第二十章　宋之政治与文学之影响 / 151

第二十一章　西昆体 / 153

第二十二章　欧阳修与文运拓新 / 156

第二十三章　曾巩、王安石 / 160

第二十四章　洛党与道学 / 162

第二十五章　川党与文学 / 164

第二十六章　江西诗派 / 166

第二十七章　南渡后之文 / 168

第二十八章　南渡后之诗 / 171

第二十九章　鹅湖之会与朱陆异同 / 174

第三十章　记事文之发达 / 176

第三十一章　词学之极盛 / 178

第三十二章　文史与文料 / 181

第三十三章　辽金文学 / 183

第三十四章　元之建国与文运 / 186

第三十五章　元代之作者 / 187

第三十六章　小说戏曲之勃兴 / 189

第三十七章　明之国势与文运 / 192

第三十八章　宋濂、方孝孺 / 195

第三十九章　吴中四杰 / 197

第四十章　台阁体 / 199

第四十一章　八股文 / 200

第四十二章　弘正文学 / 202

第四十三章　王守仁 / 205

第四十四章　嘉靖文学（一） / 207

第四十五章　嘉靖文学（二） / 210

第四十六章　公安派与竟陵派 / 212

第四十七章　明末文学 / 214

第五编　近世文学

第一章　前清文学之概观（一）／219

第二章　前清文学之概观（二）／223

第三章　明季遗老（一）／225

第四章　明季遗老（二）／227

第五章　清初之文学／230

第六章　王渔洋、朱竹垞／233

第七章　方苞、刘大櫆／236

第八章　神韵派之反抗者／238

第九章　骈体文之兴盛／241

第十章　桐城派与阳湖派／243

第十一章　折衷派与曾国藩／246

第十二章　史学之昌盛／248

第十三章　词学之复兴／250

第十四章　清之戏曲小说／252

第十五章　结　论／255

第一编 绪论

第一章　文学史上之特色

　　世称坤舆文化之发源地有三：曰印度，曰希腊，曰中华。顾希腊早并于罗马，印度亦见灭于英伦，惟中华屹然独存。希腊、印度之幅员均极狭小，而中华并其时独领有广大之土地。以今言之，中国文学史上诚负此二大特色矣。

　　中国，世界之故国也。文明之曙光远发于四千余年以前，自伏羲始画八卦、造书契，以代结绳之政，由是文籍生焉。而羲黄以降，一变而为唐虞之禅让，再变而为殷周之放伐，三变而为秦汉之兼并，四变而为魏晋之篡窃，五变而为南北朝之分裂。一统于隋，而唐而宋而元明清，上下四千载间，文化光被四裔，实东洋文明之母国也。

　　中国，世界之大国也。人口四万万，占世界三分之一，幅员之广，为方里者四千余万，大于欧罗巴全洲，占亚洲三分之一。山川清淑之气，磅礴郁积，伟人畸士，时孕育于其间。五岳四渎，平野巨浸，古塞危城，崇陵邃壑，水石林木之胜，无美不备，而抽其秘思，写其印象，以发见于文心诗品者，故亦无美不备。

　　语其寿命，既如彼其长；举其范围，又如此其大。故文学数量之繁富，在世界无与比伦。而况中国，故以文立国者也，止戈以为武，经纬天地之谓文。自来谊辟明君，莫不抑武之七德，而扬文之九功。学士文人又皆以立言为不朽之盛事，文章为经国之大业。故文学者，实可谓为中国之生命，四千余年之国华，四百余州之声采也。

　　然历年兹多，由时代之推移，古今不一其趣。夏尚忠，殷尚质，周尚文，秦用法术，汉重经术，魏秉申商，晋崇老庄，特质之见于治术者然也。汉之注，唐之疏，宋之义理，清之考据，特质之见于经术者又然也。以文学言之，楚之骚，汉之赋，唐之诗，宋之词，元之曲，代有变迁，而见于种别者，则各有其异彩。汉有建安体，魏有正始体，晋有太康体，宋有元嘉体，齐有永明体，唐有初唐、盛唐、中唐、晚唐之别，即见于格调者亦各有其精神。故元首股肱，何其盛也；

采薇麦秀,何其衰也;大风垓下,何其雄也;短歌微吟,何其泰也。抚遗文而思往事,觉其气象各有不同者矣。

领土既广,随地方之风气,南北不同其揆。自古邹鲁多鸿儒,三楚多秀士,郑卫多淫声,燕赵多悲歌慷慨。山西出将,山东出相。衽金革死而不厌,北方之强也。宽柔以教,不报无道,南方之强也。故南人好文,北人尚质。画有南宗北宗,书有南派北派,词曲戏剧,亦莫不然。《北史·文苑传》云:"江左宫商发越,贵于清绮;河朔词义贞刚,重乎气质。"盖西北多山岳,东南多川泽。北方气候严冷,风物萧索,古重气节,故理胜于词;南方气候温暖,风光明媚,俗尚绮靡,故文过乎意。实质之文,多产于北;情韵之文,多起于南。有由然矣。

然则中国文学,所由有高古之趣者,非以其建国最久,源远而流长乎?而其弊也,养成好古之风,竞尚拟古之习。所由有壮大之气象者,非以其土地之广大,山河之雄阔,文人眼界最为广远乎?而其弊也,流于粗豪,失于夸大。夫拟古之习,原起于晚季之世,有志者追怀往盛,沉吟俯仰,以极其景慕之思。夸大之情,徒走于意气之浮嚣,未暇究诘,以自沮其进步者也。故末世之文学,万吹一律,空泛滥于典故之踏袭,而梏亡自家之性灵,遂至驱于自尊自重之风,而生门户保守之见。

第二章　文学与文字

　　三王不同礼,五伯不同法,治道各有所宜也。齐秦殊风,胡越异俗,风气各有所囿也。《传》曰:"今天下车同轨,书同文,行同伦。"欲车同轨,必齐其道;欲行同伦,必齐其性。而其要则在于齐言语、达思想之文字统一。文字统一,而后可与道贯古今,治被中外。

　　古称造书者有三人。长曰梵,其书右行。次曰佉卢,其书左行。少者仓颉,其书下行。仓颉为黄帝史官,生有异禀,通于神明,观鸟兽蹄远之迹,初造书契。而或者以为伏羲画卦,已为造字之始,非创自仓颉。惟文字之初造,大业也,本非一人一时所能为功,盖其先见于太古悠远之年代,已如埃及、亚西里亚诸国,有若干象形文字,后有智巧者出,更新习用,以役官书,则仓颉之功,不过沿革。荀子曰:"好书者众矣,而仓颉独传者一也。"

　　文字之用,至周初始有六书。养教国子,掌于周官保氏。一曰象形,象形者,画成其物,随体诘屈,日、月是也。二曰指事,指事者,视而可识,察而见意,上、下是也。三曰形声,形声者,以事为名,取譬相成,江、河是也。四曰会意,会意者,比类合谊,以见指㧑,武、信是也。五曰转注,转注者,建类一首,同意相受,考、老是也。六曰假借,假借者,本无其字,依声托类,令、长是也。此造字之本也。

　　中国文字以象形为基础者也。许慎曰:"仓颉之初作书,盖依类象形,故谓之文,其后形声相益,即谓之字。书于竹帛谓之书。"文者,物象之本;字者,言挚乳而浸多也。班固曰:"象形,象事,象意,象声,是指事、会意、谐声亦出于象形者焉。"郑氏樵曰:"六书者,象形之变也。"象形与图画同揆,惟异其精粗耳。又郑氏所谓书与画同出,画取形、书取象者也。知文字之原于象形,即知中国文学之善于状物矣。

　　文字形体,代有变迁。仓颉始作,名曰古文,亦称古篆,盘盂诸书,尤有存者。变体极多,字形纠绕蟠屈,体粗尾细,是名科斗。岣嵝山头神禹碑,实为此体，至汉时已多莫能识。周宣之世，太史籀著大篆十五篇，与古文或异，世称籀文，或曰籀篇。岐阳石鼓文，其真形也。秦始皇初并天下，丞相李斯作《仓颉篇》，中车府令赵高作《爰历篇》，太史令胡母敬作《博学篇》，皆取籀篆大篆，或颇省改，所谓小篆者也。同时有下杜人程邈者，增减篆体，以趋约易，为隶书，施之于徒隶，近于今之楷书也。其后纸笔发明，字体益趋变革，史游作草书，刘德升作行书，而楷书经王次仲，其法亦完成。

古文、大篆、小篆、隶书、草书，字体之五大变也，然其奇出者亦不少。秦用八体，曰大篆、小篆、刻符、虫书、摹印、署书、殳书、隶书。汉时以六体教学童：一曰古文，孔子壁中书也；二曰奇字，即古文而异者也；三曰篆书，即小篆；四曰左书，即秦隶书；五曰缪篆，所以摹印也；六曰鸟虫书，所以书幡信也。东汉以还，又有飞白、稿草、凤尾、龙爪、垂露、悬针之势，不可胜记。要皆于一体之中，稍易其形，以标名异耳。

有字即有音，集其近似而类分者，事所必至也。古无四声，惟有清浊长短，因义异声，叶韵极易。后来声韵渐多讹变，因佛教之流传，习瞿昙之语学，由是董理小学，以韵学为候人。魏秘书孙炎，始变譬况为反音，李登《声类》、吕静《集韵》继之，韵学肇端。而沈约以调制四声谱，至今循之。然古今方音纠错，定论綦难。今中土之士，其能审纽辨韵，追寻古义，协谐乐理者，有几人哉？要之，言形体者，始《说文》；言故训者，始《尔雅》；言音韵者，始《声类》。三者备，而后中国之文字乃可得而理也。

第三章　文学与学校

学校之制,唐虞上世早发其端。舜命契为司徒,敷五教,今之社会教育也。命夔典乐,教胄子,今之学校教育也。其载见于《礼记》者,有虞氏有上庠下序,夏后氏有东序西序,殷有右学左学,周有东胶虞庠。四代之学制,大体如此矣。周宪章三代,而其制为尤备。北有庠,有虞氏之学也,所以学书,典谟之教所兴也。东有序,夏后氏之学也,所以学舞,文武中也。西有瞽宗,殷学也,所以教礼乐,功成治定与己同也。国中辟雍,周学也,天子曰辟雍,诸侯曰泮宫。其劝善也,显之朝廷;其惩恶也,加之刑罚。故教化之行也,建首善自京师始,由内及外。而家有塾,州有序,党有庠,则又小学遍布焉。其教育科目,大学主诗、书、礼、乐,师氏、保氏、大司乐、乐师、太师等司其教事。小学主射、御、书、数,卿大夫以下党正州长闾胥等司其教事,盖当时政教未分,君一国者即为一国之师,王天下者即为天下之师。故卿大夫以下,正一党者为一党之师,长一州者为一州之师,常以德行先民,礼乐道民,故大学小学之要义,主德行道艺,先器识而后文艺,三代靡不同之。孔子行余学文之教,亦祖述三王之意也。

周道既衰,官师放废,礼失其守,教不下宣。陵夷二百余年而孔子兴,知王道之不行也,不得已而以匹夫分君师之任,创草野之教育焉。弟子至三千人,身通六艺者七十有七人。没世之后,七十子之徒散游诸侯,大者为卿相师傅,小者友教士大夫,或隐而不见。故子路居卫,子张居陈,澹台子羽居楚,子夏居西河,子贡终于齐。如田子方、段干木、吴起、禽滑釐之属,皆受业于子夏之伦,为王者师,转相授受,以广其传,辅学校之缺。自是以后,政教分途,教育之任禅在布衣,而在官者为具文焉。故孔子遂为后世学者所宗,为教育不祧之祖。

秦始皇既并六国,谋思想之统一,而以法为教,以吏为师。以吏为师,固亦袭周之制,使官师治教,不欲歧而为二也。而其教旨但主法令,则违乎周德行道艺之大本矣。周之官治典守,远有渊源,道器具于有司,肄业存于掌故。秦经战国之变,而其吏既无道德,又无文艺。周以政殉教,而秦以教殉政,故王化荡然无存焉。汉兴,改秦之败,武帝始兴太学,表章六经,累叶遵行不怠,然天下之秀才异等,不必尽养于太学也。东汉建武初,复修起太学,明帝即位,坐明堂而朝群臣,登灵台以望云物。袒割辟雍之上,尊养三老五更,自期门羽林之士,悉令通经,匈奴亦遣子弟入学,洋洋乎盛哉!逮桓帝、灵帝之间,太学诸生增至三万余人,然多浮华相尚,儒者之风渐衰。后魏文帝、东晋成帝、北魏道武帝、隋炀帝虽皆经营国学,徒饰美观,但有教育之名,莫举达才之实。至唐,学制粗备,开六学二馆,崇经术,兴文艺。宋颁太学令,立三舍之法,以积分等升,其制善矣。而皆骛于荣利,苟得冒进,富贵熏心,遂以朝廷之势力,一变其本领。马端临所谓"儒者以学术为筌蹄,国家以学宫为刍狗"者也。明清之际,荣途捷径,旁午歧出,太学之设不过为太平之粉饰物。故程朱始承其弊,思以讲学祧孔子,白鹿鹅湖,蔚然争盛。于是学校变而为书院,乃末流所至,书院之敝又不胜其弋钓科名之私,而欧美教育之制,承之以入,以复归于古三代之遗。要而论之,上古学校,以德行道艺为鹄,中古以经术文学为鹄,至近世一化而为仕进之法门,再化而为粉饰太平之长物。但其间直接间接发达文学之功,固属不少,而最有力者,尤数科举之制。

第四章　文学与科举

　　中国自古为专制之国，天子一人之心常有左右天下人思想之力，而国民亦自恋恋于势利功名，若出其天性，以出入台阁为无上之光荣。万目睽睽皆集中于天子一人之好恶，上以所擅之爵出于口而无穷，下以欲得之私应其求而曲赴，故一代文学之盛衰升降恒于此焉。卜之班氏，所谓利禄之途使然者，非耶？而假其道者，实惟科举。

　　科举之制始于隋，胚胎于汉，盖为防铨选失人，登庸不得宜而起。三代以前之用人也，首德行，次才能。虞廷载采，九德为先；成周宾兴，三物为本。法制虽简，考核綦详，敷奏以言，明试以功，车服以庸，唐虞之制也。升之司徒曰选士，司徒论选士之秀者；升之学校曰俊士，大乐正论造士之秀者；升之司马曰进士，司马论进士之贤者，以告于王而定其论。论定然后官之，任官然后爵之，位定然后禄之，姬周之制也。逮至后世，法令滋多，巧伪日甚，窃名之士起而塞夫贤路，贪利之徒趋而入于权门，夤缘之风，请谒之俗，率天下而披靡矣。汉兴郡国选举之制，而贤否难知，情伪不明，至有"举秀才不知书，举孝廉父别居"之谣。魏立九品中正之制，而爱憎由己，毁誉徇私。月旦之乡评，究难期于公正，故至隋而建进士之科。至唐，更增秀才、明经、俊士、明法、明字、明算之目，亦时势之不得不然者也。

　　科举之制，滥觞于汉之贤良对策。文帝举贤良对策者百余人，而晁错为高第。武帝举贤良对策者亦百余人，而公孙弘、董仲舒为举首。下逮宣、成，世修贤良文学之举，而匡衡、杜钦、谷永、杜邺等皆以贤良对策登庸。暨至东汉，又于贤良文学之外加征孝廉、茂才、明经、有道等科，虽不无滥竽之客，谬厕贤书，究之文学之发达，未始非因此而昌其焰也。

　　自科举之制行，微才薄伎皆得荣进之路，缙绅发轫，一由科目。世之英伟卓荦之士，莫不役心于记诵词章声病帖括之中，举天下之才，悉牢笼于科目。不由其道，虽以周公之才、孔子之圣，末由得位。一应科举，则梼杌穷奇，可跻显要。故奔名啖禄之士，担簦履屩不远千里，老死都门而不辞者，良以场屋之伊优，为人爵所从出也。科举所得之材，其德行抑次于古之乡举里选，又势之不得不然者也。

唐以来科目虽多，而为举世所趋重者，莫如明经、进士二科。明经试墨义，进士试诗赋，而进士为尤贵焉。当时至尊为白衣公卿，或称一品白衣，虽儒术渐衰，而开元、天宝间诗道则推为极盛，常供百世之典型。至宋熙宁，王安石改法，罢诗赋、帖经、墨义，中书撰大义式颁行，须通经有文采乃为中格。自是韵文忽衰，而经术复兴。降至朱明，参酌唐之诗赋与宋之经义，以八股试帖取士。清入主中原，循其制而不革，而其流弊所及，转相模勒，日趋浮薄，先儒之义学，晦霾于饾饤之剿说中，而平治之大经大法，盖无有过而问焉者。昔之诗赋犹费考索、推声病，而至时文，则空疏不学之人皆得以依式为之，宜人才之日即于消乏也。夫欲富贵，恶贫贱，人情之常也，科举之造影响于文学界，盖比于学校尤巨。

第五章　文学与儒释道三教

　　世谓中国无宗教。佛教传自印度，道教起于后人之依附，儒教主于治术，与宗教精神迥殊。然考之上古，最崇祭祀，固亦多神教者也。其所谓神，绝非如后人之想象，惝恍无凭，盖视为冥冥中之主宰，以为超立于人间以外，对于人而操吉凶祸福生杀予夺之权者。若《诗》《书》曰天、曰神、曰帝、曰上帝、曰旻天、曰昊天，皆是也。

　　古传记所指上下神祇为数甚多，大如天地、日月、星辰、风雨、云雷、山海、河岳、林泽、丘陵、坟衍，小如灶奥、门户、道井、中溜，上为祖考之灵，下至羽毛鳞介之属，靡不以为神，而有祭祀之礼。由其类而大别之，不外天神、地祇、人鬼三种，而所为祭之目的，第一在求福禄，第二在去祸灾，第三在报本酬恩。故国有大事必祭，天子将出必祭，有水火必祭，有疠疫必祭，有灾异必祭，其在《尧典》曰："肆类于上帝，禋于六宗，望于山川，遍于群神。"此皆临时致祭，所以求福去祸也。其他定岁，年或一次，或数次，若郊祀祫祠烝尝之类，皆有定期，所以酬恩祈冥福也。

　　古者民神之官各司其序，不相乱也。民神异业，敬而不黩，以为神降嘉生，民以物序，灾祸不至，所求不匮。少昊之世，九黎乱德，民神杂扰，不可方物。颛顼受之，以命重黎，使复旧常，无相侵黩。唐虞以降，代修勿阙，然以德胜妖之说起，始渐略神而重民。及周之衰，礼乐废，诸侯大夫颇骛功利，意在和民神而受之福，而民事为尊。圣如孔子，不语神怪，敬而远之；智如郑侨，以谓天道远而人道迩。偶有及者，特假之以辅道德仁义之用耳。于是儒家所袭于古来多神教者，惟存敬天、尊祖二义，愈以发挥其实践之精神，去宗教之性质日远。乃其后杂以阴阳主运之论，糅以仙道之谈，乱以谶纬之说，神之名益袭玩而不可信。上古神教始失其传，而佛教道教爰代之以兴。

　　儒教、佛教、道教皆起于秦汉以后，中国数千年之脑海，盖簸扬于此三大思潮中。而其影响于文学之力最大者，首儒教，次佛教，次道教。三教之精神及教义，非本书之范围所属，姑置不论，兹惟就其事实之大略举之。夫儒之字，始见于《周官》；儒之名，粗立于孔子；而儒之教，始揭櫫于孟氏与杨墨并争。汉武以还，旗帜大张，举天下莘莘学子，自幼孕育于儒教之中，以六经、《论语》《孝经》为学问之渊源。故达而在上，则兼济天下，求实现其积年修养之儒教主义；穷而在下，则独善其身，或托经世之大志于不朽之盛业，或出其修齐之要谛，传于天下后世。故历代之诗歌文章，其属儒教思潮之发露者，实占十之七八。

然文学之士不遇者多，负其坎壈不平之气，往往流于奇激，逸出常轨，遁而为释氏之徒。而世主中，又或有厌儒而好道者，或黜老而佞佛者。南北朝之间，佛教之势力，盖已推倒儒教，屈伏道家。梵经翻译之盛与四声反切之发明，其有功于文学者甚巨，而赞偈铭忏之文，至于文学界别树一体。自是以后，儒释两家互相师友，其关系日益接近。唐代诗人之喜融佛理，宋学者之阴取释氏，其有资于佛教者，比道家为多矣。

老庄以道家鸣，犹六经之支与流裔也。自战国时，燕齐海上之方士，喜为迂怪，乃有服食补导、飞升变化之术。汉兴以来，两派合流，接同取似。淮南王安之徒，究心道术，始稍稍以其说附著之老庄。既为《鸿烈》解，复创《枕中鸿宝苑秘书》，言神仙使鬼物为金之方。然刘歆著录分列道家、方技，不以相混，以其源本异也。其后言道者，复杂以阴阳五行之谈，参以风角星算之法，于是而有《太平清领书》出郎顗之属，相与崇之，而符箓之诞妄以起，老子遂被推为祖矣。故张角以奉事黄老，畜养弟子，跪拜首过，符水咒说以疗疾，而有黄巾之乱。张修为太平道，持九节杖为符咒，主以老子五千文使都习，而有张鲁之米贼。至魏伯阳《参同契》更倡为炼养之说，葛洪、张道陵、寇谦之、陶弘景辈，相望而出。至唐，号老子书为《道德真经》，庄子为《南华真经》，列子为《冲虚真经》，并各加以真人之号。开元以后，设元教科，道教之标榜，于兹大定。流及后蜀，杜光庭辈依仿佛氏，更制为经论、科仪，于是黄庭大洞之法，太上天真木公金母之号，延康赤明龙汉开皇之纪，天皇太一紫微北极之祀，下至丹药奇技符咒小数，莫不归于道家。综其流而言之，盖清净一说也，服食一说也,炼养又一说也,符箓又一说也,经典科教又一说也。其为术也,杂而多端,而为有识者鄙夷亦益甚。朱子曰:"佛家偷得老子好处,后来道家只偷得佛家不好处。"

三教之于文学,儒教为其根本,佛教以时羽翼之,而道教与文学,其关系颇为疏远也。

第六章　文学之分类

　　文学之分类，原属于文学研究者之职分，非文学史所宜深论也，惟古今文学变迁之形，至为繁赜，不略举之，转无以见文学史之范围。自来言文者尚矣，兹不取繁称博引，特以文者，谓以程序的连缀字句，著为篇章，用达吾人之意者也。故自文之广义言之，图表、谱牒、科条、簿录何莫非文；自文之狭义言之，必意主为文，而后可以文论。三代以上，即学即文。孔子曰"则以学文"，颜渊曰"博我以文"，则指学术言之也。曰"辞达而已矣"，曰"修辞立其诚"，乃就文字言之也，是后世之所谓文者，孔子之所谓辞矣。夫惟三代文、学无分，故六艺诸子，一切为文，无不可也。两汉以后，文、学始分。六艺各有专师，而别为经学矣。诸子流派益歧，而蔚为子部矣。史导于《尚书》《春秋》，而史学立矣。文章流别，分于诸子而集部兴矣。经史子集，四部别居，其流弥繁而统视为文学，可乎？世益进化，学益分科。文学之疆域，当画其界而与历史学等观，不得谓独操诸学之原，与论理学、数学同量。故广义言文，自归无当，经诂史策，所由与律历、卜筮、命相之词等，置之于文学之外，而独以论辩、记序、传状、碑志、诗赋、赞颂等为文也。昭明之为《文选》也，其于史籍则云"事异篇章"，于诸子则曰"不以能文为贵"，二者不以入录。虽其中不免自背其例，然分科发达之意，盖几及之，洵明达之论也。后世言文学者，大都于此取裁焉。

　　凡一事就种种之标准，得为种种之分类，文学亦然。由形貌上言之，得别为韵文、无韵文，而无韵文中又可分散文（一曰古文）、骈文。就实质上言之，得别为记事文、论理文、叙情文。记事、论理概属无韵，叙情之类，有韵为多。华质之分，此为表的。然孔子赞《易》，彖、象、杂卦之属用韵，文言、系辞、说卦、序卦及《尚书》大禹谟、伊训，《礼记》曲礼、礼运之文，亦间有用韵者，然非不质也。《诗经·周颂》如清庙、维天之命、昊天有成命、时迈诸篇无韵，而汉人乐府亦有不用韵者，然非不华也。至于论理、记事、叙情三者，尤相错综，难可犁别，不过自大体上观之，为近是矣。

后代文章弥繁，因事立名，多不可纪。曰策、曰诏、曰令、曰奏、曰书、曰疏、曰序、曰记、曰跋，言文体者所宜辨之，兹殊不暇及也。惟其中所宜注意者，或以为东汉以下始以有韵无韵为诗文之别，截然为二，而文日以衰。而吾以为散语、骈体争衡，亦非文之极则。夫文主明达，苟副所求，形貌之纯不纯不必问焉可耳。

第七章　文学史上之时代区划

自汤武创征诛之局，刘项兴草泽之师，天道好还，或数十年而一变，或数百年而一变。披二十四朝之史，每一鼎革，政治、学术、文艺亦若同时告一起讫，而自有其特殊之精神、天然之界划。然事以久而后变，道以穷而始通，殷因夏礼，周因殷礼，其所损益者微也。秦燔诗书，汉汲汲修补，唯恐不逮，其所创获者浅也。六代骈俪，沿东京之流；北朝浑朴，启古文之渐。唐之韩柳，宋之欧苏，欲私淑孟庄、荀韩，以复先秦之旧也。元之姚虞，明之归唐，清之方姚，又祖述韩柳、欧苏，以追唐宋之遗也。此因袭之说也。扬子有言曰："事异世变，人道不殊，彼我易时，未知何如。"故祖述尧舜者，不必如唐虞。孔门三千人，不必如仲尼。愿学先秦之文之唐宋八家，不必同律。模拟汉唐之诗之明七子，不必同工。此变通之说也。会其通而观之，似缠绕于复古之茧，决其流而举之，亦自蜕化于新样之蛾。

本因袭变通之迹，以分文学史上之时期，固有可以称情而得者，然其间关系究难判然。兹为参酌斯意，就历史上之天然界划，便宜上别为四期。第一期，唐虞以后至秦，曰上古文学。第二期，自汉讫隋，曰中古文学。第三期，自唐讫明，曰近古文学。第四期，前清以来，曰近世文学。吾国学术导源唐虞，发达于周末，而摧灭于嬴秦。秦实收束上古以来文学者也，故起唐虞终秦。由汉至隋，于学术以缺独立思想为其特征，于文学则异乎周秦，始趋于技工之研究，骈俪文、五言诗尤为发达，而隋祚之短，收束汉以来之残局，恰与秦同其闰位，故中古起汉讫隋。唐宋诗文，异于中古，元明附丽，无所发明，故以统于近古。有清一代集其大成，考据词章无乎不盛，兼之欧学东被，发万古之奇，独称近世，信无异言。

学术界之时代观与文学界之时代观，不必一致。韵文界之时代区别与无韵文之时代区别，亦有不同。试以学术言之，唐承汉魏之训诂，而为保障，似不宜与宋之理学比，而附于陈隋之尾为适。而自文学界论，韩柳起而振兴古文,沈宋出而创制近体,则以居宋元之首为宜。以韵文界言之,汉魏之诗形貌实质,似殷周者少,而启齐梁之声调,自当冠于晋宋之前。而以无韵文论,汉魏之文似晋宋者少,而得先秦之风格者多,似当接于周秦之后。故谓学术界之第一期,始唐虞而终于秦;第二期始于汉而终五代,与文学同其始,不同其终也;第三期始于宋而终于明,与文学殊其始,同其终也;而以前清二百七十年间为第四期,则文学与学术所同然矣。

第二编　上古文学

第一章　概论

　　中国上古之文学，主于北方民族，以发挥实践的思想，其教之被于后世，酿成国民特色者，犹足与欧西比隆。盖上古汉族之所占领，以黄河为中心而渐拓殖于南北沿岸。五帝三王之际，王化之所及，主在河边，而未达于江南。舜之德化，渐始有苗。文王之风化，不越江汉。成王之时，东不过江黄，西不过氐羌，南不过蛮荆，北不过朔方，义取羁縻勿绝而已。故吴寿梦以前，未通中国，楚不与岐阳之盟，足知中国政教未曾实被于江南。而一溯夫上古之初，彼生长风雪关河之里，目不睹明霞散绮之色，耳不闻千里莺啼之声，百年之人生，唯目击此滔滔之浊流、莽莽之旷野耳。其地质，则第四世纪之水成岩也；其风物，则荒寒洪大，地味之所宜，黍稷菽麦四种耳。天似穹庐，苍苍然垂于四际者，其正色耶？其远而无所极耶？若夫夕阳黯淡，垂影关中，岭树低迷，陇流呜咽，旅雁度寒云，羸马嘶古道，寥廓苍凉之景，至今犹昨。且黄河之水，来从星宿，其长也，二千五百里，经流之面积占七十万方里。秋冬之时，大气干燥，其水半涸半澄，渗为沙碛，飒飒之风来自穷发，黄尘颎洞，千里常昏。而一朝泛滥，则大浸稽天，举数十万之生灵，几亿万之财产，秋风振箨，一扫而空。即后世治水术精，犹不堪其苦，而况于人智未开，草昧初启之世？若是乎以浴于天然之惠者少，期欲以人为胜天，然以感于天然之美者少，故尝于人道范围内，运躬行实践之功，此北方文学所以于理想界鲜逍遥自适之风，于现实界常发见人间行为之标准也。《诗》三百篇，大抵于君臣、父子、夫妇、兄弟、朋友间实践伦理之下，表彰其思想感情。《书》百篇，皆以道治平之政事，尧舜三代之政治史也。《易》断人事之吉凶，所以开天下之愚，通天下之志，亦开物成务之道。然则燕赵多悲歌之士，感时泣事；邹鲁多仁义之人，温重敦厚。何莫非缘于地理之影响，历史之留贻，为北方思想之发显者乎？

　　唐虞三代之文明，一载之于《尚书》。尧舜以前无可征信，百家所称，其文不雅驯，以人文进化之理推之，而证以后世学者之说。要为人智未开，庶绩未熙，民蠢蠢然各安其堵。山无蹊隧，泽无舟梁，饥则含哺，饱即鼓腹，百年老死不相往来，老庄称太古无事，曰至德之世者是也。虽然，唐虞之人文发达，绝非一蹴可几，即黄帝之垂衣裳、监万国，亦必承数十世君牧之后。其见于载记者，如容成氏、大庭氏、柏皇氏、中央氏、栗陆氏、骊畜氏、赫胥氏、尊卢氏、祝融氏，非必继踵而统一天下，其于当代，或为一地方之首领、一部族之雄长，要皆有助于人文之进化也。

世称三皇五帝，或以天皇、地皇、人皇为三皇，以太昊、炎帝、黄帝、少昊、颛顼为五帝；或以伏羲、女娲、神农为三皇，以黄帝、颛顼、帝喾、尧、舜为五帝；或以伏羲、神农、黄帝为三皇，以少昊、颛顼、帝喾、尧、舜为五帝。虽诸家所见各殊，然人文发达之萌芽，正可于此窥其端绪。所谓天皇、地皇、人皇者，不必实有其人，或后世有文字后，假以表三才开始之次序。而如有巢氏、燧人氏、伏羲氏、神农氏，亦不必其人之自名，或以明社会成立顺序之称号。盖草昧之世，民穴居而野处，凌风雪，漂雨露，未知经始屋宇之利。当其时，有教以构木为巢，以避蛇虫之害者，因称此时代曰有巢氏。民智蒙昧，未知稼穑之道，惟依赖天然之产物，食果瓜蠃蛤以充口腹，不辨稻粱刍豢之味。方其时，有教以钻燧取火，化腥臊为熟食者，因名此时代曰燧人氏。其后有教民结网罟为佃渔，养牺牲以充庖厨者，遂称曰伏羲氏。教以斩木为耜，揉木为耒，使民知耕耘树艺者，遂称曰神农氏。此皆以代表当代君牧之勋名，一变社会之原始生活而发文明之曙光者也。

人生而静，天之道也；感于物而动，性之欲也。夫既有欲矣，则不能无思；既有思矣，则凡五色之触于目，五声之接于耳，五味之入于口，必不能自禁其好恶之念，或为愉快，或为悲愁，遂发于外而为言语、为诗歌。故诗歌者，国民文学之开祖也。试观彼未开化之野蛮人，亦有歌谣俚谚，可知一国之文学，在太古蒙昧之世，未有文字之先，已有根柢，有萌芽。故葛天氏之民，投足以歌八阕；伏羲之时，有《网罟歌》以颂开物成务之恩；神农之世，有《蜡辞》以赞利用厚生之道。其他，黄帝时有《弹歌》，少昊时有《皇娥歌》，所谓"诗言志，歌永言"，发于人心感物之自然，而不能已焉者。盖唐虞之人文发达，肇端于伏羲之画卦,始明于黄帝之臣颉。《尚书》以前,亦既有若干之文籍,《易》之所谓《河图》《洛书》,果出于何世,虽不可详,而《周礼》外史掌三皇五帝之书,楚左史倚相能读三坟、五典、八索、九丘。神农之易号曰"连山",黄帝之易命曰"归藏",而诸子百家之所称,《世本》之所记,《竹书纪年》之所载,其书虽出自后世,或涉荒唐或多残缺,要必确有所见,能如楚倚相及周史职所掌而未经湮灭者。孔子删《书》,断自唐虞,然则唐虞以前有若干之书明矣。

第二章　唐虞文学

　　唐虞之文明，非复昔日三皇时代之比。昔之衣树皮木叶，裹鸟兽之皮者，今则丝麻布帛，垂衣裳而五彩灿烂矣。昔之木处而颠，土处而病者，今则上栋下宇，有堂有室，有门墙矣。昔之死者不葬，举而委之于壑者，今则有葬祭礼，齐疏之服，饘粥之食，君民共之矣。昔之各地有首领，成割据对峙之形，今则中央集权，天子五岁一巡狩，诸侯每岁朝觐述职。朝廷设九官，地方分置十二牧，以平章百姓协和万邦矣。故尧舜之时，天文气象之学已开，以璇玑玉衡观测天象，命羲仲、羲叔、和仲、和叔历象日月星辰，而于文学最有关者，则为音乐之进步。命夔典乐教胄子，至令声依永，律和声，八音克谐，无相夺伦，和神人，舞百兽，亦足见当时文明之程度焉。

　　《八阕》《网罟》之歌不传，而《皇娥》《白帝》，说者谓出王嘉伪撰，其事近诬。其可信者，独有《康衢谣》《击壤歌》《股肱元首歌》，为韵文之最早者。如《股肱元首歌》，其辞虽甚单简，而内容则圣主贤臣互相戒饬，其欲树国家百年大计之意，跃如也。其歌三章，章三句，每句一韵，虽以四言成句，而句有"哉"字语助，其实三言也，汤之《盘铭》实胚胎于此。

　　三坟、五典、八索、九丘之书已亡，不复睹上世之文华矣，而唐虞之二典、三谟，犹足知其风神浑厚。今观其文，雄大而质实，简洁而劲拔，无意求工而一字一句不苟。此固由于气象之雄浑，亦其时代敦朴，尾少助词，故其文简劲。试通览典谟，用"也""矣"与"耶"字者绝无，而"哉"字之助词，亦止一二见。诗歌主音节，故多于语尾缀助字，用以调和音响；而言论则非同于歌咏，故典谟记载，多四字成句，少语助词。此可知上古之言语简朴，而文章之技巧亦足观者。

　　要之，诗歌之发生在文章以前，而诗歌之进步甚为迟缓。唐虞之际，犹有稚气，而文章之技能已具长足之进步，故《股肱元首》之歌比于《诗》三百篇，有待于发达之余地,而二典、三谟之文比于商周之书,不稍见逊色。是唐虞之文学界,无韵文之进步较韵文为最著。

第三章　三代文学（一）

涂山之歌已伪，五子之歌又亡，夏后四百年之词采，盖莫可考矣。殷汤启运，其见于载籍者若《盘铭》，若《桑林祷辞》，思以克己复礼，还天下之大道，自能发兴国之元音，传英主之气象。

汤之《盘铭》曰"苟日新，日日新，又日新"，章三句，句三字，唯以一字为韵，前世无其例，后世未有比也。黄帝之《舆几铭》，夏禹之《笋虡铭》皆已湮没不见，为后世铭文之祖者，实推此《盘铭》耳。唯以比于武王之《盥盘铭》，汤之高古不如武之丰腴，《盥盘铭》曰"与其溺于人也，宁溺于渊。溺于渊犹可游也，溺于人不可救也"，忧勤之中而重以危苦之情矣。

《桑林祷辞》见于《荀子》，为后世祝辞之权舆，其辞曰"政不节与，使民疾与，宫室崇与，妇谒盛与，苞苴行与，谗夫昌与"，此亦与《股肱元首歌》同为三言诗，每句加"与"字之语助词者也。及殷周鼎革之交，伯夷叔齐耻食周粟，隐于首阳山，及饿且死，作《采薇歌》。箕子朝周，过殷之故墟，伤宫室坏，遍生禾黍，作《麦秀歌》，以发其缠绵悱恻之情，而音节之谐和，非复昔日质直之比。抒情诗之源，乃以益畅，而开三百篇"六义"之风。历史家谓抒情诗常先于叙事诗，以观中国上古文学，又何莫不然？反而思之，彼叙事诗者，其韵调不必谐，其体制不必整，而抒情诗则因人文既进，思想大开，感物兴怀，足饶情致，故其发为歌咏者，常觉柔婉，见诸辞藻者，美于形容。此三百篇之诗，所以皆可入乐也。

周监二代，郁郁乎文。三百篇者，实姬周一代之英华也。盖周以诗歌者为政治得失之反应，发于人情天理之自然，故其视诗歌也甚重。太师掌于王朝，乐正以教国子。天子听政，使公卿大夫以下列士献诗。巡狩之际，则使太史陈诗以观民风，知民所好恶。诗人以之为叙情之具，王者以之为为政之资，学官以之为教育之科目，此当时诗歌所以极其隆盛，而流行于天下也。

三百篇诗，以黄河为中心，而属于中国北方之文学也。十五国中，周南、召南、王、桧、陈、郑在河南,邶、鄘、卫、曹、齐、魏、唐在河北,豳、秦滨泾渭,在河西。其疆域不越今河南、陕西、山西、山东四省之地,皆当时教泽之所被,先王礼乐之遗。其诗皆对于人事之变、王道之缺,以自写其真情,而要之于无邪之思,故能温柔敦厚,衷乎性情之正。《大序》所称"发乎情,止乎礼义",实为贯穿三百篇之真相。国风好色而不淫者,以礼为节也;小雅怨诽而不乱者,以义为制也。是故叙青春男女之爱,则乐且有仪;骋夫妇决绝之词,则怨而不怒。刺时政之非,则哀而不伤;颂德化之美,则正而不谀。此三百篇所由富于文学之趣味与道德之教旨也。

《诗》有六义焉,一曰风,二曰赋,三曰比,四曰兴,五曰雅,六曰颂。故自其性质言之,风者,闾巷之情诗;雅者,朝廷之乐歌;颂者,宗庙之乐歌也。自其体制言之,赋者,陈事直言;比者,假物言志;兴者,托物兴辞也。有四始焉,《关雎》之乱,为风之始,《鹿鸣》为小雅之始,《文王》为大雅之始,《清庙》为颂之始。古诗称三千余篇,至孔子去其烦重,取可施于礼义者,上采契后稷,中述殷周之盛,至幽厉之缺,总为三百五篇。孔子皆弦歌之,以求合于《韶》《武》雅颂之音,然后礼乐得自此可述。盖自平王东迁以后,巡狩之典缺如,采诗之制全废,纪纲颓坏,王化就湮,情性失中,是非莫正,吟咏之事,多不可为训。孔子慨时政之日非,乃取古诗而删存之,以备王道、浃人事,故曰:"正得失,动天地,感鬼神,莫近乎诗。先王以是经夫妇,成孝敬,厚人伦,美教化,移风俗。"故孔子以之为达政专对之要途,诏弟子,教伯鱼,皆殷殷以《诗》为意也。

三百篇韵法,有每句一韵者,有间句一韵者,如《卫风·伯兮》之篇:

伯兮朅兮,邦之桀兮。伯也执殳,为王前驱。
自伯之东,首如飞蓬。岂无膏沐,谁适为容?
其雨其雨,杲杲出日。愿言思伯,甘心首疾。
焉得谖草,言树之背。愿言思伯,使我心痗。

第一章一句一韵,前二句用仄韵,后二句用平韵。第二章第一句、第二句、第四句为韵,后世七言绝句韵法也。第三章及第四章以第二句、第四句为韵,后世五言绝句韵法多用之。其他韵法虽间有不同,大都以此三种为三百篇通则。

三百篇诗以四言为定式,然亦长短错落不拘。"振振鹭,鹭于飞",三言也,汉郊庙歌多用之。"谁谓雀无角,何以穿我屋",五言也,后世古近体诗用之。"我姑酌彼金罍",六言也,乐府亦用之。"交交黄鸟止于桑",七言也,被用与五言同。"胡瞻尔庭有悬鹑兮""我不敢效我友自逸",八言也,"泂酌彼行潦挹彼注兹",九言也,后世歌谣之章稍见之。

第四章　三代文学（二）

　　三代之文章,存于《尚书》。自孔子辙环不用,以周室微而礼乐废,遂乃讨论坟典,追迹三代之礼,序《书传》,上纪唐虞之际,下至秦缪,芟夷烦乱,剪截浮辞,举其宏纲,撮其机要,足以垂世立教,典谟训诰誓命之文,凡百篇。所以恢宏至道,示人主以轨范也。遭秦燔灭,汉兴,济南伏生仅得二十八篇,以教于齐鲁之间,曰今文《尚书》。其后孔安国得孔子壁中书,以所闻伏生之书与今文比较读之,增多伏生二十五篇,用隶体写定,计五十八篇,曰古文《尚书》。遭巫蛊乱,未立,至后汉,传者相继,古文《尚书》始大行。永嘉乱后,湮灭几尽,东晋梅赜复称得古文《尚书》,由是与今文并行。至唐,陆德明为作释文,孔颖达奉敕作传疏,盖无疑古文之为伪者。自宋吴棫始倡异议。至清阎若璩著《古文尚书疏证》八卷,条分缕析,博引旁征,千古疑狱,一朝冰释。自是以后,若惠栋,若江声,若孙星衍,若王鸣盛,若段玉裁,皆继踵力攻,而古文之声价不可复振矣。今举三代文学,唯以今文为据。

　　夏有《禹贡》《甘誓》二篇,汤有《汤誓》《盘庚》《高宗肜日》《西伯戡黎》《微子》五篇,周有《牧誓》《洪范》《金縢》《大诰》《康诰》《酒诰》《梓材》《召诰》《洛诰》《多士》《无逸》《君奭》《多方》《立政》《顾命》《康王之诰》《吕刑》《文侯之命》《费誓》《秦誓》二十篇。顾比于唐虞之文,无甚进步之迹。而三代之辞气严厉,与唐虞之风神浑穆,则稍有间矣。即以三代之文较论之,亦不无升降之感,《甘誓》《汤誓》《牧誓》,同一誓众出征之辞也,而启以天子之位,讨叛伐罪,故内无惭德,其辞断制有威。汤以臣放君,内有所疚,故威厉之中而有宛转之意。武继汤征诛之局,恬然而无所惭,故其数纣之昏暴而毫无所辩护。是故其事同,其境遇不同,而其气象亦不同。文章根于思想,思想变于时势,孕于地域,三誓之所以异其撰者,时为之也。

　　三代之文学概为贵族文学,当时之文章家,要皆立于要路。《禹贡》《甘誓》作于夏之史官,而亡其名氏。殷之作者,前有伊尹、仲虺,中有咎单、伊陟,后有微子、箕子。伊尹所作,有《汝鸠》《汝方》《伊训》《肆命》《徂后》《太甲训》《咸有一德》,仲虺作诰,咎单作《明居》《沃丁》,伊陟作《咸艾》《太戊》《原命》,微子作诰父师、少师,箕子作《洪范》。周初文章,周公、召公、芮伯、荣伯、毕公、伯冏等,皆铮铮者也。周公于武王时作《牧誓》《金縢》,成王时作《大诰》《微子之命》《归禾》《嘉禾》《康诰》《酒诰》《梓材》《召诰》《洛诰》《多士》《多方》《无逸》《立政》《周官》。召公于武王时作《旅獒》,成王时作《君奭》。芮伯于武王时作《旅巢命》。荣伯于成王时作《贿肃慎之命》。毕公于康王时作《毕命》。伯冏于穆王时作《冏命》。综观殷周二代之作,以伊尹、周公为特多,不独其功业烂然,即其文章,已焕乎不可及已,惜存于今者寥寥耳。

《书》有典、谟、训、诰、誓、命六体,犹《诗经》之有六义也。典者,典册尊阁之义,记尧舜之德教,可为后世常法也。谟者,嘉谋嘉猷之义,言禹、皋陶、益、稷等献替赞襄之道也。训者,诲导儆迪之义,敷奏谏说之辞也,如伊尹之于太甲是。诰,告也,晓谕臣下之辞也。誓,约也,约信于士民也。命,令也,戒饬臣下之言也。是六体者,非必有一定之形式,自其大端言之,不出诏令、奏议二种。而于其历史上观之,唐虞之揖让,变而为殷周之放伐,即典谟之浑厚,变而为训诰之严厉也。扬子云曰"虞夏之书浑浑尔,商书灏灏尔,周书噩噩尔",韩愈氏亦曰"上规姚姒,浑浑无涯,周诰殷盘,佶屈聱牙"。盖虞夏之浑厚,荡荡如水,殷周之严峻,巍巍如山。前者无矶激之态,后者饶郁勃之观,要其辞气森严而不可犯,峥嵘而不可攀,则几于一焉。是亦古人性情之恳朴,有以致之。后世如王莽、苏绰之模仿,无其质而袭其貌,无怪其矫诬而猥滥也。

文至于周,盛矣,而周公旦实为一代文豪也。《尚书》所载之外,所为歌咏亦多,于风则有若《东山》,于雅则有若《棠棣》,于颂则有若《时迈》。又继其父文王所演之卦辞而作爻辞,以穷其变,开后世论理文之先河。损益前代吉凶宾嘉之礼作《仪礼》,记六官之官属职掌作《周礼》,为后世史志、通典、通考等之权舆。六艺为周之旧典,周公作之,孔子述之,后世之文明首功于元圣矣。

第五章　春秋战国文学（一）

"具曰予圣,谁知乌之雌雄",子思尝以告卫侯矣,实足代表春秋人士之性情也。"宁为鸡口,无为牛后",苏秦尝以以说六国矣,实足发挥战国人士之意向也。自檿弧兴谣,龙漦作蠧,平王始东迁洛邑。诸侯力政,相禽以兵,离为十二,合为六七。外假仁义,阴怀吞噬。坛坫之场,藉为干戈之地;尊王之义,饰为非分之求。于是射王中肩者有之,问鼎之轻重者有之。臣弑其君,子弑其父,此春秋时代之形势也。国无常君,士无定臣,得士者富,失士者贫;或为合纵,或尚连横,弱肉强食,劣败优存;争地以战,杀人盈野,争城以战,杀人盈城:此战国时代之形势也。

周之文学,酝酿于成康,从容于春秋,横进于战国。譬之黄河,始源星宿,曲折奔流于龙门砥柱之间,而泛滥澎湃散为九河,同为逆河以入于海。故三代文学不过时代精神之反映,有如平湖之水,呈优游滉漾之观。至周末而才智之翘秀者,皆风涌云沛,各树论说,聚党徒,改制立度,思以一己之思,易天下而安宇内。兹举其原因,主于上者有三,主于下者有二。

（一）官守之散失　周官三百六十,天人之纤析备矣,法具于官,官守其书。《易》掌于春官太卜,《书》在外史,《诗》领太师,《礼》自宗伯,《乐》有司成,《春秋》各有国史。六艺皆周之旧典,学者所习,不越官司典守。自周衰而太师挚适齐,亚饭干适楚,三饭缭适蔡,四饭缺适秦,鼓方叔入于河,播鼗武入于汉,少师阳击磬襄入于海（自师挚以下八人,当从郑玄说为周平王时人,班固以为纣时人,朱熹以为鲁人,皆非也）。老子弃史职而西出关,重黎失守而为司马,是非官失其守之表见者乎? 王章礼乐之官师放而不具,逸在草野,始各以其所习闻之道传,百家于焉蜂起,刘歆所谓"某家者流,其源出于某官之掌,其流而为某家之学,其失而为某家之敝者"是也。

（二）封建制之破坏　周鉴二代,三圣制法,立爵五等,封国八百,以藩王室。幽厉之后,中央集权渐以陵夷,封建之制因而瓦解,礼乐征伐自诸侯出,强弱之争始形,兼并之事乃肆。时君世主,各务求贤以自辅,或枉驾于陋巷,或拥彗而先驱。生王之头,不若死士之垄;照乘之珠,不敌干城之将。思想解其束缚,言论得以自由,但求富强,无所拘忌,未尝有若太公之戮狂矞,孔子之诛少正卯者。故士得以信其舌而奋笔,抵隙蹈瑕而无所诎也。

(三)世卿制之颓废 三代封建,官人以世,至春秋犹存。故鲁有三家,郑有七穆,齐有高国,晋有六卿,虽以孔子、柳下之圣,不得执政,历聘无所容,而三黜于下位,世卿之制为之也。七雄驰逐,务在强兵并敌,而纵横长短之说兴。或解缚而相,或释褐而傅,或画半策而绾万金,或开一说而带六印,或解草衣而攫相位,或起跷篾而为上卿。天下之闻其风者,益争自淬厉,思所建树。是故门阀破而人才得平等之途,横议起而诸子标新异之论。

(四)社会交通之频繁 知识以参验而精,闻见以自封而陋。孔子称圣,周游列邦;季札名贤,历聘上国,周之盛也。关市有讥,假道必告;行李往来,累于复传;移徙居住,苦不自由。周衰,其制遂驰,而眠者以起,静者以兴,几如脱鞲之鹰,飞翔自在。上讲来民之术,下怀择主之思,暮楚朝秦,背齐适晋,人才之交互,学术之短长形焉。足迹之所存,邦治之良窳见焉。其参观互证者宏,故其发为论议者,莫不有牢笼宇宙之概。

(五)流派竞争之激烈 因列国之竞争而需人才,于是学者间之学说思想亦自角异斗新,负固不下,以博取当世之功名。有一出奇制胜者,即有一人从而辩驳之,期凌驾乎其上。臧三耳之论,大九州之谈,坚白异同之辩,合纵连横之策,儒之剿墨,孔之诋老,百家并起,论难相寻,真理由此出,文学自此盛矣。

春秋,衰世也;战国,乱世也。春秋之世,犹尊礼重信,至战国,绝不言礼与信矣。春秋之世,犹重王室,至战国,不复言尊王矣。春秋之时,犹重宗姓氏族,至战国,不复言门阀矣。春秋之时,聘问宴飨,犹赋诗言志,战国则不闻也。春秋之时,犹有赴告策书,战国则无有也。故春秋时文学,其辞气温厚和顺,有雍容揖让之风,至战国,周之制度全坏,其思想极为活泼而自由。朱子曰:"有治世之文,有衰世之文,有乱世之文。"六经,治世之文也;《国语》,萎靡繁碎,真衰世之文,其时语言议论如此,宜周室之不振也;乱世之文,则《战国策》是也。

第六章　春秋战国文学（二）

东迁以后之周,竞争之社会也,匪惟国际,智士斗智,勇士斗勇,辩士斗辩,学士斗学,春花怒放,蝶舞莺歌,此为春秋以后之特色。是故竞争心者为活跃飞动之原因,生进步发达之结果者也。

孔子旷世之圣人也,老子亦绝代之伟人也。孔子主倡仁义孝悌之道,老子鼓吹虚无自然之道,皆及感化于百世之后。而一为儒教之祖,一为道教之祖,此春秋时代之伟观,中国四千余年之历史上,所由最有光彩也。孔子之门有子夏、子游、曾子、子思,皆传仁义之道者也。及孟子出,攻异端,辟邪说,以阐明孔子之道,是为仁义派之大宗。老子之流有关尹子、鹖冠子、列子,皆传虚无之道者也。及庄子出,以奇肆之才,荒唐之词,衍无差别之论,是为虚无派之大宗。其余墨子倡兼爱之说,杨子倡为我之说。申子尚术,商子尚法,慎子尚势。荀子倡性恶,非毁子思、孟子,韩非喜刑名,骂倒仁义惠爱。皆为一世之才俊,特树一帜,高自标榜者也。邓析、禽滑釐、宋钘、尹文、彭蒙、它嚣、魏牟以及天口之田骈,谈天之驺衍,雕龙之驺奭,炙毂过之淳于髡,坚白之惠施、公孙龙,盗名之陈仲、史䲡,皆隐然为一敌国,互相颉颃者也。中华历代之学术思想,要皆胎胚于此时代矣。察春秋战国之思潮,可分为邹鲁派、陈宋派、郑卫派、燕齐派四种。邹鲁派标榜仁义,孔子、孟子为其中心。陈宋派一曰荆楚派,以鼓吹虚无为旨,老子、庄子为其中心,墨翟、宋牼、许行、陈相、陈辛为其支派。燕齐派务为空疏迂怪之谈,驺衍、驺奭、淳于髡、田骈、接子为其中心。郑卫派一曰三晋派,倡道法术者也,郑申不害、卫公孙鞅、赵慎到、韩韩非为其中心,邓析、惠施、公孙龙、魏牟等为其支派。而细别之,则有儒家、道家、墨家、法家、名家、农家、诡辩家之分。

中国之风土气候有南北之差,故学术及思想界亦有南北之别,顾种别虽有四,而要其归,实惟孔老,据南北地位,正相对抗,其他皆出入于此二派之间。墨家者流,其贵俭同乎儒,兼爱近乎道,合南北两思潮者也。法家者流,原本道德之意,亦先王之所以明罚饬法也,故禽滑釐学于子夏而为墨家,庄周学于田子方而为道家,陈相学于陈良而为农家,韩非学于荀卿而为法家。庄子称孔子之徒曰北儒,孟子称陈良为楚产,孔、老之势力一盛于北方,一盛于南方,而居其间者常为之左右也。故孔子于齐鲁卫,所至皆被矜式;而至宋而畏,至陈、蔡而厄,入楚而警惕于接舆,揶揄于沮溺,风刺于荷蓧丈人。而兼爱为我之说,神农想象之言,顾亦见摈于孟氏,此非地方风尚之各殊者乎?

第七章　春秋战国文学（三）

春秋战国，言论最发达之世也，文章极隆盛之秋也，而亦诗歌不振之时代也。故春秋以后之诗，非若周初之温柔敦厚，而有兴观群怨之致。孟子所谓"王者之迹息而诗亡，诗亡然后《春秋》作"，以之观于文学界，亦可云破其真相。韵文衰，散文盛，思无邪之诗亡，而经世之著述始繁。

春秋战国之诗歌，楚狂接舆之《凤兮歌》见于《论语》《庄子》，孺子《沧浪》之歌见于《孟子》，《松柏歌》及《易水歌》见于《史记》。其他，鲁有《孔子去鲁歌》《龟山操》《获麟歌》及《成人歌》，齐有《宁戚饭牛歌》《景公投壶辞》《莱人歌》，吴有申叔仪《佩玉歌》、伍胥《渔父歌》，晋有士蒍《狐裘赋》、优施《暇豫歌》，郑有《舆人颂》，宋有《城者讴》《筑者讴》。战国时，齐有《攻狄谣》《禳田祝》，赵有《赵人谣》《鼓琴歌》，魏有《邺民歌》，楚有《三户谣》。大抵俚歌童谣之类，能嗣响三百篇者绝少，独屈原、荀卿上嫡风雅，于处士横议之秋，发诗人温厚之旨，皎然南方文学之精粹，俨乎后世赋骚之开祖者也。

《传》曰："不歌而颂谓之赋。"班氏固曰："赋者，古诗之流。"刘氏勰曰："六艺附庸，蔚为大国，屈原以旷代逸才，轩翥诗人之后，奋飞辞家之前。"《汉志》序诗赋为五种，而列屈原赋为第一，陆贾赋为第二，孙卿赋为第三，杂赋为第四。屈原言情，孙卿敷义，陆贾随高祖为说客，其赋虽不可见，而与朱建、严助诸家类从，盖纵横家恣肆之流亚也。杂赋之中，兼收成相杂辞隐书，不特江海、物色、鸟兽之作，亦后代连珠、韵语、星卜、占繇之滥觞也。章氏学诚所谓"赋家者流，犹有诸子遗意，卓然自命一家之言者矣"，第屈原赋二十五篇，刘、班著录以为赋也。《渔父》之辞，未尝谐韵，而亦入于赋，则不特有韵之文可通于诗，即无韵之文，凡其铺张而扬厉者，皆赋之变体也。自汉代宣帝时，征能为楚辞者，而刘向复集屈原、宋玉所作为《楚辞》十五卷，后汉王逸又作《楚辞章句》，于是屈宋之赋世称"楚辞"矣。《离骚》本《楚辞》之一篇，而昭明立名曰"骚"，以宋玉、刘安之辞从之。刘勰秉其意，亦以《辨骚》与《诠赋》

分立。后世相沿,统名楚辞为"骚",号曰"骚体",此其流别为实繁矣。赋本出于诗,而《汉志》以诗歌后于赋,《文选》以赋冠于诗,刘彦和亦以《辨骚》先乎《明诗》,因源流之倒置又可知风尚之重轻也。

文至战国而体备矣,试以《文选》诸体证之。"京都"诸赋,苏张纵横六国,侈陈形势之遗也。《上林》《羽猎》,安陵之从田、龙阳之同钓也。《客难》《解嘲》,屈原之《渔父》《卜居》、庄周之《惠施问难》也。韩非《储说》,比事征偶,连珠之所肇也,而或以为始于傅毅之徒,非其质矣。孟子问齐王之大欲,历举轻暖肥甘声音采色,《七林》之所启也,而或以为创之枚乘,忘其祖矣。邹阳辩谤于梁王,江淹陈辞于建平,苏秦之自解忠信而获罪也。《过秦》《王命》《六代》《辩亡》诸论,抑扬往复,诗人讽喻之旨,孟荀所以称述先王,儆时君也。淮南宾客,梁苑词人,原尝申陵之盛举也。东方司马,侍从于西京,徐、陈、应、刘,征逐于邺下,谈天、雕龙之奇观也。而其开后世二大著述之门者,前有左氏丘明作《春秋内传》以纬经,虽以正弟子之异言,而体变《尚书》,义归记事,是为后世编年史之祖。后有公羊高、穀梁赤同出子夏之门,各作传以发明《春秋》笔削之义,继孔子《序卦》之意,而大畅故训之源,是为后世说经文之祖。

昭明有言:"老庄之作,管孟之流,盖以立意为宗,不以能文为本。"然文主于意,义丽乎辞。柳子厚所谓本之《书》以求其质,本之《诗》以求其恒,本之《礼》以求其宜,本之《春秋》以求其断,本之《易》以求其动,此吾所以取道之原也。参之《穀梁》以厉其气,参之孟荀以畅其支,参之庄老以肆其端,参之《国语》以博其趣,参之《离骚》以致其幽,参之太史以著其洁,此吾所以旁推交通而以为之文也。故综战国诸子之文而论之,大抵儒家重实际,其文多平实;道家主想象,其文多超逸;法家尚深刻,其文多峭峻;纵横家尚词令,其文多般衍宏放。其他墨家之文质,名家之文琐,农家之文鄙。略其大体,要其精神,究非后世文士所可及,而其间尤推孟、庄、荀、韩、左、屈六家。孟轲之文如长江,庄周之文如大海,荀卿之文如湖水,韩非之文如溪流。孟文以理为主,以气遣之,以才辅之;庄文以才为主,以气行之,而假理以文之;荀子以理为主,以辞文之,而气不足以运之也;韩子以气为主,以才辅之,而情不足以畅之也。故孟文以闳肆胜,庄文以瑰奇胜,荀文以博丽胜,韩文以矫健胜。至左、屈二子,与孟、庄、荀、韩取径各别。左主叙事,屈主敷辞;左渟蓄而娴雅,屈情深而文明。后世言文品者,此六家几尽之矣。

第八章　秦之文学

秦负其虎狼之力,削平天下,崇尚法治。金戈未熄,狐火旋鸣,警警短祚之间,不过过渡之引线,无甚文学之足称。惟李斯以其雄鸷之才,缘儒入法,而当时文学之实权,又在其一人之手,故彼一人之文学价值,即秦一代之文学价值。试观彼文学上之功绩与文章上之技能。变大篆而为小篆,省繁重之书法,俾趋简易,上恢仓颉史籀之绪,下开程邈、王次仲之先,辟文字上之新纪元者也。语其文章,《谏逐客书》之辞藻瑰丽,有过其师,《劝督责书》之文意精赅,视韩非无逊色。韵文如泰山、之罘、碣石、会稽、琅琊诸刻石,苍劲峭质,后世碑铭之祖也。

秦之文学,略不必深论,而其关古今一大变革者,则在其君相之大一统主义。始皇,雄毅之主也,既平六国,惩封建之弊,而矫之以郡县;惩兵争之祸,而销毁其武器;鉴游学之纷扰也,而谋思想之统一;见秦以法术致累世之强也,而自习于深刻。故读韩非之书而喜也,使赵高傅胡亥而不谓非也。斯之学出于荀卿,学其师而不得,而思索力又不及韩非,乃窃非之说以迎合始皇,终以成秦刻薄之治。斯奏曰:

异时诸侯并争,厚招游学,今天下已定,法令出一,百姓当家则力农工,士则学习法令辟禁。今诸生不师今而学古,以非当世,惑乱黔首。丞相臣斯昧死言:古者天下散乱,莫之能一,是以诸侯并作,语皆道古以害今,饰虚言以乱实。人善其所私学,以非上之所建立。今皇帝并有天下,别白黑而定一尊,私学而相与非法教人,闻令下则各以其学议之,入则心非,出则巷议,夸主以为名,异取以为高,率群下以造谤。如此弗禁,则主势降乎上,党与成乎下,禁之便。臣请史官非秦记皆烧之,非博士官所职,天下敢有藏《诗》《书》百家语者,悉诣守尉杂烧之,有敢偶语《诗》《书》,弃市,以古非今者,族。所不出者,医药、卜筮、种树之书。若欲有学法令,以吏为师。

制曰:可。于是焚书坑儒之祸起,而古代文献之自由研究归于废灭,五光十色之学帜,悉收拾于李斯一奏之中。

秦之焚诗书,令学者以吏为师,即其所以统一天下之政策也。三代之政,即事即学,治教无二,官师合一。诗书礼乐掌自司成,春秋教之以习其事,冬夏教之以诵其辞,故举礼乐,而诗书亦赅其中(古诗皆可合乐,而范宣子适鲁观书太史氏,见《易象》与《鲁春秋》曰:"周礼尽在鲁矣。"礼可赅《书》之证也)。自孔子删订,《诗》《书》始播诸民间,至秦并取而烧之,专以藏于博士官,亦何尝非复古之意哉?章学诚谓"以吏为师,亦道器合一,官师治教,未歧为二之至理,其悖于古者,惟禁《诗》《书》耳",则犹有未尽也。吾以谓秦既悖古,抑又悖今。秦尊法术为至道,《诗》《书》藏于官与周同,而不以教人,乃代以法令,此其悖古者也。《诗》《书》既散播民间,渐染成习,秦乃欲回已成之势,而返之朴愚,此其悖今者也。尝试论之。礼乐、《诗》《书》,相表里而为精神者也,自礼乐缺而实质始坏,《诗》《书》缺而形式徒存。孔子序《诗》《书》,习礼合乐,苦心以遗之,至战国而实质尽,至秦火而形式又尽。萧何入关所收图籍,仅秦之法令耳,而博士所藏,竟灰于项羽之一炬。夫始皇之统一学术,与汉武之表章儒术、罢黜百家,其用意何尝不同?惟因施行之手段,有积极消极之殊,而立政之方针,有儒家法家之异,致令后之人悉以为始皇罪,是犹晁错削地而受东市之诛,主父推恩而获四迁之赏也。

学而至于秦,战国思想活动之一大结束也,亦学而至于秦,汉以后思想略开一新生面也。因六经之燔灭,学者搜残讨漏,获简策如得至宝,奉古训如守金科,益反助尚古之习矣。兀兀穷殚于章句训诂之学,而经生专袭儒家之号,遂益小其范围矣。海内既一,横议道熄,门户之争,非复曩时,学派之交,更多接触。故陆贾楚人也,而习于儒,盖公齐人也,而好夫道。张良受书于黄石,贾谊受业于吴公。儒合于阴阳而为谶纬,道合于阴阳而言神仙,纵横家者流,纳而还之于辞赋。如陆贾、朱建、严助、吾丘寿王、主父偃之伦,皆以儒而兼苏张之辩者也。盖思想统一之养成，原难期之于短促之时日。以武帝之表章儒术，而汉家制度仍以霸王道杂之，而儒术之彰明，至东京而始效。故汉初风尚，战国之影响也，武、宣之政，秦代之留贻也。明乎秦之治，古今学问文章升降之大原，可得而知矣。

第三编　中古文学

第一章 两汉文学总论

　　白帝灭,赤帝兴,余闰之抢攘,王者之驱除也。季资于羽,秀资于莽,鼎祚斯建,炎精重辉,四百余年,久而后绝。后之言政者,号汉制为近古;言学者,尊汉学为名高;言文者,举汉魏为能事。以之方于殷周,则有纯驳之不同,而拟于唐宋,实有厚薄之不相若也。盖言文学而至于两汉,诚古今之一大枢机。两汉之文,朴茂雄深,典皇裔丽,譬之山尊云雷之象,宗彝藻火之观,在有意无意之间,得天地自然之气,文质彬彬,洵足贵也。明之学者,矫而效之,陈车战于骑射之场,侧太羹于侯鲭之录,无适时用,斯为悖耳。

　　汉魏等称,魏从于汉,其名虽一,究有东西之殊,欲明异同,不可不略举两汉之政治、学术。西汉强理,则兼师夫周秦,立政则杂采夫王伯。先圣之微言大义,不尽澌泯;周末之诸子百家,犹有余派。故人才之兴起,斑斓不醇,精深不一。光武以太学诸生,继武帝遗轨而表章经术,明、章继起,奖饰有加,东京儒风,蔚矣其盛。制治之道,虽仍郡国,敷政之人,多属经师,庶几三代之隆矣。然外戚放恣,阉宦乘权,终以弱乱。儒先学子,则急于温故而略于知新。穿凿五经,老死故籍,支离破碎,安已毁人,拘谨之行高,雄武之气丧,此则中于儒懦之弊也。

　　盖前汉学者所求在意,东汉则恪守章句。前汉之文多出自家锤炉,东汉则时有剽窃模拟之迹。前汉之文,多庄重简古,东汉较典丽整赡。前汉接迹姬嬴,有豪放雄宕挥洒自由之风,后汉俯仰揖让,有局促自守之度。故董、贾、扬、刘之湛深经术,胜于贾、郑之烦猥也。相如、子云之恢张裔宇,多于张、蔡之藻丽也。崔骃之《达旨》,逊于东方之《客难》,而崔寔之《政论》,不及贾谊之《政事疏》也。朱穆之《崇厚论》,似可拟路温舒之《尚德缓刑》,而荀悦之《申鉴》,不及晁错之《贤良策》也。臧洪之《答陈琳书》,可敌杨恽之《报孙会宗》,而班固之《汉书》不及司马迁《史记》之跳荡也。班彪之论王命,可比蒯通之说淮阴,而王逸之《九思》,不及刘向《九叹》之怆恻也。

抑犹有憾者。两汉之学，局于儒术，始统一于西京，渐收功于东汉。当武帝之世，窦婴、田蚡俱好儒术，推毂文学经术之士，务黜黄老百家之言。卫绾、王臧以儒术进，申公、辕固以硕学征。董仲舒出而议兴太学，公孙弘用而请设博士弟子员五十人。由是儒学大显，六经彰明，百家之徒，渐以耗落。自一方言之，武帝统一人心，为守成令主，可匹罗马之君士但丁。董仲舒尊师明道，为儒家功臣，堪比释氏之马鸣、龙树。惟本学术上之发达言之，则有局于褊狭之模型，一泓之水，澄之易清，万顷之陂，扬之不浊。百家罢黜，儒生独擅其宗，无异端杂说之相形，失辩难攻诘之活动，因而学术上之比较、选择、竞争去其用，变通之域小，枯槁之色呈。周公孔子之梦，自为纠绕，东汉学者之所以敝也，亦即我国学术不振之大原也。

第二章　汉初文学之状况与高祖之遗谟

　　三代蓄养之精英,发泄于周末之角逐。智者骋其诈,辩者驰其说,武夫奋其兵,谋臣构其略。风驰电骇,雾散云披,思想疲于奋兴,脑浆亦为干涸。此在老庄无为之教,燕齐迂怪之流,方且厌现世之苦痛,寻快乐于玄虚,况重以暴秦之酷烈,益令人烦冤而无以息肩。焚书坑儒之祸未终,而刘项之逐鹿复起,泯泯棼棼,幺麽日甚,文学之事,殆无可言者。汉初干戈粗定,始除挟书之律,虽有润枯槁、苏涸辙之观,然大病之后,难以遽起,务为休养,仅能绵一缕之生息,万难鼓舞活力,再呈昔日之巨观,而况高祖之谋,又诒未遑及此者乎。

　　刘季一亭长耳,以大言嫚骂之身,一朝际会风云,亡秦踣楚,终开四百年之基,为汉高祖,是亦有天授焉。故语其为人,豁达大度,有武略而无文德者也,善将将而溲溺儒冠者也,以马上得天下,欲以马上治之者也。过鲁而祠孔子以中牢,未必中心崇拜,不过借以收天下之人心。善陆贾者,非心悦夫诗书,以其有口辩耳。用郦食其者,非欢迎夫儒生,取其为说客耳。喜叔孙通者,非知规复古礼,便其曲学阿世耳。所收皆枭杰之才,从龙多屠贩之辈。四皓逸于野,两生不肯行,其谁与追经国之本原,发郁郁之盛业哉?汉初社会之心理既如彼,高祖之经营又如此,故老庄宁静之学说得逞其势力。考其原因,殆有三种。时势之所趋,已有自然披靡之势,而邹鲁派之主义既见斥于高祖,郑卫派之政术二世败亡,实验上之效果极少,其崛起而摧枯朽者又多为南人,素被老庄思想之渐染。萧何之划一,曹参之不扰狱市也;张良之受书(《汉志》太公列于道家)、陈平之阴谋奇计也;娄敬之和亲匈奴,老子卑弱之术也;陆贾之家居极欲,庄周养生之意也。民有宁壹之歌,家庆更始之乐。清虚之理想,盖通上下而流行者矣。然无为退婴,原一时之催眠药,与人动性相反,久用之则且致害,故至武帝,乃去休息,而一努力于事功。

第三章　文景时之文学

　　高祖创业,日不暇给,倾侧抢攘于吕雉之间,刘氏不绝如线。文景继统,相承以恭俭,皆喜黄老,不好辞赋。又所与为辅相者,皆高帝时逐鹿之武夫功臣,如陈平、周勃、灌婴、张苍、申屠嘉、刘舍之属,盖无意于文治之业矣。在野之儒,如伏生、申公、辕固,皆年八九十余,抱残守缺之经生耳。在朝如卫绾、万石君父子、田叔、孟舒、直不疑、周仁、张欧之徒,号为长者。季布、栾布、袁盎、郑当时辈,凤喜任侠,盖未尝有一深计国家组织之大本者。黄老无为之思潮,适以成汉君臣苟安之习,此贾谊所为怒焉忧之,而继之以痛哭也。

　　文景朝之文学者,前有贾山,后有贾谊、晁错。山受学祖父祛,所言涉猎书记,不能为醇儒,所著《至言》,雄肆之气喷薄横出,可追李斯《谏逐客书》,汉初之文,此其著者。王应麟谓"山之才亚于谊,其学比晁错为粹",此自儒之立脚点论之,若其辨理精核,实不及错。故文景间作者,实推谊、错二子,而其学行亦甚相近。谊学于吴公,以能通百家书,年少而为博士,大受文帝之知遇。错学于张恢,治申、商刑名之学,以智辩而为太子家令,甚得景帝之宠任。谊欲改正朔、易服色制度,因草具仪法,错亦更定法令,抑损诸侯。谊之应对,常屈诸老先生,错之宠幸,至倾九卿。是二子者,皆急功名,年少有为之士也。故使错居谊之地,必受绛、灌东阳之谗;谊当错之境,亦难免袁盎、申屠嘉之妒。后人不察,爱贾生之秀才,而恶晁错之峭直刻深,不知错所更之法令三十章,皆谊之志而未逮者。致令年少之贾生,无罪而谪死于长沙,英迈之晁错,为君国而见戮于东市,悲夫!

　　贾、晁二子不惟学行相同,而其文章亦相伯仲。贾之《过秦论》《积贮疏》与晁之《言兵事疏》《实边劝农疏》为鲁卫也,晁之《贤良对策》与贾之《治安策》相匹敌也,结构之雄大,笔力之遒劲,未易轩轾于其间。而或者谓谊之学纯于错,而其文特深于情,是大不然。错之学不若谊博,而才实过之。同一谋匈奴也,谊疏而错密;同一劝农本也,谊粗而错精。以文学者之资格论之,虽谊有《惜誓》《吊屈原》《鵩鸟》诸作，以绍原、玉之风规，而错无之，然此不过为境遇之产物，易地以观，错亦未始不能为也。要之二子之文，生气勃勃，诚两汉文苑之英，后代惟苏氏父子庶几近之。

第四章　武帝时之文学极盛（一）

汉兴六十余年，武帝出而经纶天下，登庸人才，扬威武于四垂，开文华于一世。群士向慕，异人并出，儒雅则公孙弘、董仲舒、兒宽，笃行则石建、石庆，质直则汲黯、卜式，推贤则韩安国、郑当时，定令则赵禹、张汤，文章则司马迁、相如，滑稽则东方朔、枚皋，应对则严助、朱买臣，历数则唐都、洛下闳，协律则李延年，运筹则桑弘羊，奉使则张骞、苏武，将军则卫青、霍去病，其余不可胜记。故武帝时代之武略，不惟超迈秦皇，即其文学亦金声玉振，集汉家之大成，此为西汉文学之极盛时代。究其原因，概如下三种：

（一）社会之富厚　文章之盛业，太平之产物也。汉承衰周暴秦之敝，生民之祸已极，天下初定，户口才什二三，米至石五千（较平岁谷石三十，约贵百倍），民无有盖藏。自天子不能具醇驷，而将相或乘牛车，社会之凋敝，盖可见矣。此如大病之后，精销骨立，痿厥不可复起。经文景休养生息，劝农桑，薄赋敛，宽刑罚，吏安其官，民乐其业。及武帝之初，七十年间国家无事，非遇水旱，则民人给家足，都鄙廪庾尽满。而府库余财，京师之钱，贯朽而不可校，太仓之粟，红腐而不可食。物质既已丰富，社会又已坚定，而后思想乃得暇豫，精神愈益发舒，致力于铺张扬厉之事，以求其肉体实感之乐焉，举天下遂相放于淫侈。而写其景况，状其时运者，实为辞赋，所谓舒向金玉渊海，卿云黼黻河汉者也。文章为人心之声，亦为实物之影，故观其文，足知其时代之精神与物质。而况辞赋一事，尤出于纵横家侈陈形势之遗，用之解说则有《上林》《七发》，用之符命则有《封禅》《典引》，用之自述则有《答难》《解嘲》。故文景间黄老之流行，由于大乱疲极之影响；武帝朝文学之极盛，由于文景富庶之养成。

（二）君王之好尚　上有好者下必甚。君主一人之好尚，每转移天下风俗于无形。况有爵位以宠之，利禄以饵之，则其兴也自暴。惟关于当时在上者之提倡，须分二方面观之：甲、中央之崇尚，乙、侯国之倡导。

甲、中央之崇尚　武帝笃好艺文，始以蒲轮迎枚生，见主父而叹息，读《子虚赋》而善之，从枚皋使奏赋，擢用严助、朱买臣、吾丘寿王、司马相如、徐乐、严安、东方朔、胶仓、终军、严葱奇等，并在左右。令助等与大臣辩论，中外相应以义理之文，或见任用，或被亲幸，或畜俳优。帝亦自善辞赋，《汉志》有"上所自造赋"二篇，今存者有《秋风辞》《瓠子歌》《李夫人赋》等篇，而与梁孝王以下二十五人唱和为柏梁台诗，与淮南王安为报书往来，召司马相如等以竞胜。此可知当时风尚之蒸蒸矣。

乙、侯国之倡导　汉初藩国之制颇大，宫室百官，同制京师。贤才不得志于中央者，每从诸侯游，而侯国之材，超于汉廷，贯高、田叔诸人，廷臣无出其右。景帝不好辞赋，相如免从孝王，盖以此也。武帝以后，诸侯地削权损，而人才不足言矣。故汉初诸王，承战国养客之习，而其力又能招致，士喜就之。其著者，楚、梁、淮南、河间四国。

楚之文学以《诗》为中心。初元王交与鲁穆生、白生、申公，俱受《诗》于浮丘伯，而申公为《诗》最精，始为《诗》传，号"鲁诗"。交子郢客亦受《诗》浮丘伯，诸子莫不读《诗》。郢客袭位，仍敬礼父执穆生、申公等不衰。及王戊荒淫，穆生去，申公被刑，韦孟作诗风谏，亦去位。

梁之文学，以辞赋为主，孝王以景帝弟，招延四方豪杰之士，羊胜、公孙诡入为谋臣，邹阳、枚乘、庄忌、司马相如之属，皆为门客。孝王尝游忘忧之馆，集诸游士使各为赋。枚乘作《河柳赋》，公孙诡作《鹿赋》，邹阳作《酒赋》，公孙乘作《月赋》，韩安国作赋不成，邹阳代作之，而相如《子虚赋》亦著于此时。

淮南文学鼓吹老庄主义。安以博辩善为文辞，招致宾客方术之士数千人，与其客苏飞、李尚、左吴、田由、雷被、毛被、伍被、晋昌等八人（世号八公）及诸儒大山、小山之徒，共讲论道德，总统仁义，而作内书二十一篇，外书甚众。别有中篇八卷，言神仙黄白之术，亦二十余万言，刘向所献《枕中鸿宝苑秘书》是也。今所传者独内篇，号《淮南子》，高诱谓其旨近老子，澹泊无为，蹈虚守静。扬雄谓其文一出一入，字字百金。武帝甚爱秘之。其君臣之作颇多，《汉志》淮南王赋八十二篇，淮南王群臣赋四十二篇，此可知其盛矣。

河间文学则鼓吹儒教主义。献王德夙好儒术,实事求是,以金帛求善书,所得皆古文先秦旧书,《周官》《尚书》《礼记》《孟子》《老子》之属,皆经传说记,七十子之徒所论。聘求幽隐,修兴雅乐,山东儒者皆从而游,其与淮南王安所招致率多浮辩者异矣。又以此见孔老之教义,其所占被之地域各显特色,历汉六七十年,尤显著也。

(三)乡学之发达　人才出于学,学术出于师,古今无异致也。自孔子创师儒之局,学者相与承之,教育之权,禅在草野(参观第一编第三章)。秦虽易之以官学,然二世而绝,禁令弛焉。汉兴,萧何草律,学童宜讽书九千字以上,而所得不过史书之流。博士具官,亦非庠序之事,成德达材之任,端赖之于师儒之育成。田何、伏生、浮丘伯、申公、辕固、韩婴之伦,各以其学教授,徒众甚盛。故贾谊以治《左氏传》称,王臧、赵绾以通鲁《诗》显,兒宽以治《尚书》用,董仲舒以《贤良》进,公孙弘以《春秋》相,匡衡以善齐《诗》宦。彬彬文学之士,要赖之于草野儒生之讲学焉。郡国之间,如文翁之教化蜀郡,修起学官,弟子大盛,始有司马相如、王褒、扬雄之属。

第五章　武帝时之文学极盛（二）

　　武帝之于儒术，本非其好也，而儒术缘之而兴者，则以其雄才大略，性好辞赋，有以投之。综观上三原因，而知文学克极其盛，亦更观武帝之为人，与其时之制作，而后知文学愈臻其盛。

　　武帝，好大喜功之人也，故内兴土木，外事四夷，巡游、封禅、神仙诸事，相缘而起。辞赋本雕虫之技，靡丽之容，盛于外形，侈于物质，故自投其侈心，适于发展之运命。而所为表章儒者，盖其性既不与清静无为相容，又适辅以窦婴、田蚡、王臧、赵绾，以设明堂，兴太平，合其张皇文物之心。公孙弘以《春秋》治狱，缘饰以儒术，投其深刻急治之欲。不然，果真好儒也者，鲁申公何以罢归，董仲舒何以疏黜？故知儒术之复兴，不过假其好动之一念成之也。

　　儒术之兴起，原无关于文学之要害（治经本儒术之一部，学者多指经术即儒术，陋矣）。然因是而文学益资以发达，置五经博士，天下郡国皆立学官。自此以来，公卿大夫士吏斐然多文学之士。又数诏举贤良文学之士，亲发策问，对策数百余人。拔其异者，或令参与枢机，或为郡国守相。自公孙弘以治《春秋》为丞相封侯，天下学士益靡然向风焉。又立乐府，采诗夜诵，有赵代秦楚之讴。以李延年为协律都尉，举司马相如等数十人造为诗赋，略论律吕，以合八音之调。而汉之文章，至是大备矣。

　　辞赋之兴，至武帝时而充其盛，至武帝时而备其体，亦至武帝时而造其极。观于《汉书·艺文志》，序赋为五种，而武帝时人之所作为极多也。扬雄之《校猎》，班固之《论都》，《子虚》《上林》之前导也。傅毅之《七激》，张协之《七命》，《七发》之开先也。崔骃《达旨》，张衡《应问》，根于东方之《答难》也。王褒之《四子讲德》，阮籍之论大人先生，本于曼倩之《非有先生论》也。刘安《招隐》，东方《七谏》，标楚辞之风。柏梁联句，苏李赠答，开五七言之祖。相如之吊二世、赞荆轲，哀吊颂赞之遗也。枚皋嫚戏，方朔诙谐，隐书、说部之流也。故谓文体备于战国者，不过粗启其端（参观第二编第七章），谓文体备于武帝时者,实为盛呈其变。以武帝之豪迈,故其君臣间活泼明快,而无怯弱卑屈之风,有骄奢而无淫柔,有壮丽而无纤绮,比之魏晋以后荡而流于靡者,不同日而论矣。故当时文学于典皇钜丽之中,自饶朴直之气,如赋家所扬厉,大抵校猎游仙,称符颂圣,直与其好大喜功之心相符,故文亦挥斥磅礴,无娓娓之观。后之人既无纵横之才,复少雄大之气,而或世运艰虞,际会屯蹇,则有俯仰其身世感怆流宕已耳。文章为时事之写影,思潮之托形,周末诸子之光芒,至武帝而方敛;汉族功业之彪炳,至武帝而大张。故其文之阔大雄迈,为独造其至。

第六章　司马相如与司马迁

　　武帝时文学之士甚多，实以司马迁、相如二人为巨擘。相如字长卿，蜀郡成都人，少好书，学击剑，慕蔺相如之为人，更名相如。口吃而善著书，以献赋为郎。迁字子长，龙门人，少受学其父谈，又从孔安国问《尚书》故训，从董仲舒受《春秋》。十岁诵古文，二十而南游江淮，北涉汶泗，过梁楚以归。嗣其父为太史令，作《史记》一书。

　　司马相如者，汉代之词宗也，所为赋，天籁也，神化也，赋中之圣，而非所语于雕虫篆刻之伦也。前有宋玉、景差、贾谊等之赋，而不及其雄大，后有扬雄、班固、张衡等之赋，而不敌其疏隽。故扬雄称之曰"长卿之赋，非自人间来，神化之所至也"，而相如自论其赋曰"合纂组以成文，列锦绣而为质。一经一纬，一宫一商，赋之迹也。赋家之心，包括宇宙，总览人物，乃得之于内而不可传"，洵甘苦有得之言矣。自诗赋分体，椎轮晚周，荀况、屈原别子为祖，宋玉之徒继别为宗。下此两家歧出，有由屈子分支者，有由荀卿别派者。贾傅而下，湛思渺虑，具有屈心。相如多愉，敷典搜文，乃从荀法贾，遵轨而未殊。马恢拓而善变，才实驾前贤而上之，如使孔氏之门用赋也，贾氏升堂，相如入室矣。

　　司马迁，绝世之文豪也。读伯夷、屈原、管晏、孟荀、货殖等传，叙事议论错综离合，变化无迹，有龙飞凤舞之观，可谓文中之圣也。读商鞅、伍胥、苏秦张仪、范雎蔡泽、乐毅田单、蔺相如、李斯、淮阴侯等传，如幽燕老将，驰突于山河之间，左右前后，所向莫不如意，可谓文中之雄也。读老庄、鲁仲连等传，使人缥缈而有遗世独立之思，可谓文中之仙者也。读刺客、游侠、季布栾布等传，使人决眦怒目而有轻死之志，可谓文中之侠者也。迁之前非无太史，而有迁之才者甚稀，迁之后史家纷纷，而如迁之能文者实少。故《史记》以前有《左传》《国语》《国策》《楚汉春秋》等，而不如《史记》之大成；《史记》以后，有两汉三国晋以来二十三史，以及杂史、别史，要不如《史记》之文字一一生动而疏宕有奇气。盖迁多爱之人也,故其文热血横迸;多恨之人也,故其议论悲愤郁遏。若以儒教之家法绳之,诚不免扬雄所谓不与圣人同是非之嫌;而以历史之眼孔观之,变易编年,创为纪传,冠冕群伦,师法百代,实有如刘子元所称才、学、识三长,而邀郑渔仲之钦赏。即以文学之价值论之,自来文人学士孰不仰为空前之杰作,绝后之至文者乎?

试观相如之性行,虽好击剑,究非意气感慨之士,而浮华柔媚之诗人也。其客游梁也,为欲与邹阳、枚乘之辈斗才华,既以《子虚赋》见知于武帝也,犹以为诸侯之事未足观,更为《天子游猎》。见武帝之好仙,而美上林之事也,又为《大人赋》之靡以张之,至使飘飘而有凌云之意。知武帝之好虚美也,死时犹留《封禅》一书以启其侈。故当宦游不遂,至乃要结王吉,欺卓王孙,骗取文君,买酒舍,辱身涤器,以钓卓氏之资财。及其事宦,又未尝肯与公卿国家之事,因饶财之故,遂淫于声色而有消渴之疾。故其为文多虚辞滥说,虽归引之节俭,实劝百而讽一也。

相如之性格,虽乏高洁之致,而其赋规模宏大,实于韵文界独放异彩。盖以天赋之才,而又深于文字之学(《汉志》小学有《凡将》一篇),苦心惨淡,故汉廷无与比伦。《汉志》载司马相如赋二十九篇,今存者,于田猎则有《子虚》《上林》,于神仙则有《大人》,于恋爱则有《美人》《长门》,于哀吊则有《哀二世》,于符命则有《封禅文》。局度之开张,词藻之瑰丽,气韵之排宕,兴趣之渊涵,实为独得之妙技,真千古之绝调也。其他如《谏猎疏》《喻巴蜀檄》《难蜀父老》等,以赋手为散文,诚不免有绵丽少骨之感,而造语典雅,色泽浓厚,不愧为赋圣之作矣。

再考迁之性行,则反乎相如,而为意气慷慨之士也。思父谈临死之遗言,而锐以论著自任;感李陵之事,而为剖辩其冤。及下于蚕室也,家贫既不足以自赎,而交游莫救,左右亲近,不为一言。暴肌肤,被榜棰,独抑郁而无语,肠一日而九回。念先人则汗发沾衣,耻苟活则恨欲引节。鄙没世而文采不表于后世也,则忍无限之苦痛,包无穷之愤懑,著书百三十篇,奋其身以当五百之运。深于情,故多爱;激于气,故多愤。此迁性行之特色也。

迁之性行如此，遭际又如此，而又自少喜游，周行天下，旷览名山大川，与燕赵间豪杰交游，以养其气。故其文特票姚跌宕，得之于悲歌感慨者尤多。其论事也，不屑屑寻常成败之迹，而独窥其原；不蹈袭迂儒之成规，而独观其奥。《春秋》推见至隐，《易》本隐以之显，其即所谓正《易传》、继《春秋》者乎？迁之文实于汉散文界为独超其凡，殆所谓文家之王都也。《汉志》亦载司马迁赋八篇，或曰司马迁以文为赋，司马相如以赋为文。迁赋今不传，无可考知，然以其文善用奇观之，亦必极变化之能事矣。

司马相如外，当时之能赋者，尚有严助、枚皋、东方朔、朱买臣、庄葱奇、吾丘寿王诸人，而能与相如抗衡者实唯枚皋。皋，乘之子，武帝召为郎，与严助、东方朔、司马相如、吾丘寿王并被亲幸。相如常称疾避事，皋不通经术，诙笑类俳倡，为赋颂好嫚戏，以故得媟黩贵幸，比东方朔、郭舍人等，而不得比严助等。得尊官，为文敏疾，受诏辄成，故篇什独多。司马相如工为文而迟，故所作少而善于皋，皋亦自言为赋不如相如，又言为赋乃俳，见视如倡，自悔类倡也。扬雄尝论之曰："军旅之际，戎马之间，飞书驰檄，则用枚皋；廊庙之下，朝廷之中，高文典册，则用相如。"皋虽善，究不敌相如矣。

司马迁以外，当时之以文章鸣者，儒家则有董仲舒，纵横家则有严助、严安、徐乐、主父偃。而仲舒之文，笔势宽缓而少精采，严、徐等之文则纵散而鲜盘屈，似未足与跻龙门之绝崄。

第七章 《郊祀歌》十九章与《古诗十九首》

古诗皆可合乐,周衰,诗亡乐废。屈宋代兴,以《九歌》等篇侑乐,《九章》等篇舒情,途辙肇分矣。经秦之败,乐亡谱失,汉初有鲁人制氏,但能记其铿锵鼓舞,而不能言其义。高祖过沛,作风起之诗,令僮儿歌之,命曰《三侯之章》,又令唐山夫人为《房中》之歌。孝惠二年,使乐府令夏侯宽备其箫管,更《房中》曰《安世乐》,而《西京杂记》谓戚夫人善歌出塞入塞望归之曲,则乐府实始汉初。武帝时,增《天马》《赤蛟》《白麟》等十九章,以李延年为协律都尉,而立乐府。郊祀时,使童男女七十人俱歌,于是乐府之名始备,乐歌始专而诗始畅。韦孟风谏,苏李赠答,无名氏十九首,古诗体也。《郊祀歌》《庐江小吏妻》《羽林郎》《陌上桑》之类,乐府体也。较然两体,不可合并矣。

自汉立乐府而后,乐府之体始盛,然其所采,不复甚辨风雅,而雅颂通歌,郑夹漈所谓"乐之失,自汉武始"矣。但较其大体,亦得分为三:《安世房中歌》,诗中之雅也;《郊祀》等歌,诗中之颂也;《庐江小吏妻》《羽林郎》《陌上桑》等篇,诗中之国风也。而风体为尤发达。魏晋以下,郊祀宗庙,则有特制,其外虽名乐府,而不必施之乐也。刘勰以谓无诏伶人,故事谢丝管,惟不过取乐府古题,相与咏歌,或为之辞,或拟其体,此固乐府之别支,然与古乐章异矣。唐人有作,拟古为多,而绝句尤为擅场,杜甫、白居易之流则又讽咏时事,以共采诗之遗,亦俗所称"乖调"也。宋之词,金之北曲,元之南曲,莫不如此。暨至明季,李西涯作诗三卷,自题为乐府,而不谐金石,不取古题,又非若歌咏时事之汉人歌谣与夫杜陵之新题乐府。而意寄咏古,直是有韵之史论耳,命曰史赞或咏史诗可也,而亦谓之乐府,则乐府与诗之流别,有变而相混之势矣。冯钝吟区乐府之流派为七种,亦可加李西涯之体为八焉:(一)制诗协乐,(二)采诗入乐,(三)古有此曲,倚其乐而作诗,(四)自制新曲,(五)拟古,(六)案衍古题,(七)杜陵之新题乐府,(八)咏史乐府。前二者,乐府之权舆;后六者,则乐府之旁支也。雅颂之音,后世鲜作,而风体为独殷矣。

乐府之体，汉时为盛。《艺文志》序歌诗二十八家，凡一百三十五篇，而传于今者甚鲜。今通两京可指名者，如唐山夫人之《安世房中歌》，司马相如等所造及匡衡更定之《郊祀歌》，班婕妤之《怨歌行》，蔡邕之《饮马长城窟行》，辛延年之《羽林郎》，宋子侯之《董娇娆》，蔡琰之《胡笳十八拍》等。其为无名氏者，如《庐江小吏妻》《鸡鸣陌上桑》《鼓吹铙歌曲》《相和曲》《瑟调曲》《平调曲》《清调曲》《杂曲》等，大抵音节苍凉，文情朴茂，无意于工而自工，而其尤具特色者，则《庐江小吏妻》一篇，凡一千七百四十五言，为古今叙事诗中之最长而有精采者也。

《古诗十九首》，汉代五言之冠冕也，非一人一时所作。《玉台新咏》以"青青河畔草""西北有高楼""涉江采芙蓉""庭中有奇树""迢迢牵牛星""东城高且长""明月何皎皎"等篇皆枚乘作。《文心雕龙》以"冉冉孤生竹"一篇为傅毅之词。又其诗云"驱车上东门"，又云"游戏宛与洛"，则其辞兼东都明矣。昭明以失其姓氏，并题曰"古诗"，编在李陵之上。其诗大率逐臣弃妻朋友阔绝死生新故之感，中间或寓言，或显言，反复低徊，抑扬不尽，不必奇辟之思、惊险之句，而汉京诸古诗皆在其下，五言中方员之至也。

五言之兴远矣。《召南·行露》始肇半章，孺子《沧浪》亦有全曲，《暇豫》优歌远见春秋，《邪径》童谣近在成世。然萌芽略具，体格未全，孝武爱文，途径始旷。枚叔发轫于前，苏李踵武于后，三百篇亡后，此其嗣音也。或者以成帝品录三百余篇，而辞人遗翰，莫见五言，苏子瞻之徒乃竟以苏李赠答之诗为伪，则未免诬矣。枚乘不著其名，难可定为信谳。五言肇祖苏李，古今咸无异辞。钟嵘谓其源出楚辞，文多凄怨；沈归愚称其意长神远，后人模仿不得。今观其诗，岂六朝作者所能模拟乎？

要之，《古诗十九首》与苏李之诗不特为两汉之神品，亦实千古之绝作也。诗之盛，盖至汉武时而极矣，亦越东京，气格渐下。梁鸿《五噫》情激而促，张衡《四愁》体小而俗；班固之《宝鼎》《白雉》，流于平衍，赵壹之《秦客》《鲁生》，近于狂荡。惟秦嘉《留郡赠妇诗》和易感人，然去西汉浑厚之风，亦已远矣。

第八章　小说之发展

刘歆《七略》列小说为第十家，而曰"小说家者流，盖出于稗官，街谈巷语，道听途说者之所造也"。王者欲知闾巷风俗，故立稗官，使称说之，如或一言可采，此亦刍荛狂夫之议，是亦与采诗之官同为敷政布教之一助。萌芽于战国而发达于汉武之时，今就《艺文志》所载，出于战国时者，若《伊尹说》《鬻子说》《务成子》《宋子》《黄帝说》等篇，而出于武帝时者，若《封禅方说》《待诏臣饶心术》《待诏臣安成未央术》《虞初周说》等篇是也。

有时君世主之好奇，而后策士逞迂诞之说；有海市蜃楼之倒景，而后山东多方士之谭。自齐威宣、燕昭王、秦始皇以好大之心，而迎之以谈天雕龙天口之辩，韩众卢生徐市之徒，故伊尹割烹之说，百里奚自鬻之言，齐谐志怪之书，黄帝神仙之事，如云而起，竞依托以相高，凭想象以构异，好事者之为，齐东野人之语，转相艳称，周于闾巷。故百家言黄帝，其文不雅驯，然则小说之兴，其源皆自人心好奇之一念成之也，而此尤适于武帝之世，故小说家为独多。如《虞初周说》至九百四十三篇，张衡《西京赋》曰："匪惟玩好，乃有秘书。小说九百，本自虞初。从容之求，寔俟寔储。"班固自注云："虞初，河南人，武帝时以方士侍郎，号黄车使者。"应劭曰："其说以《周书》为本。"今其书虽遗佚不可知，既属方士，其与《黄帝说》同为迂诞必矣。

怪力乱神，小说之所托始也。至于汉，则且加淫猥之一体焉。汉代小说之存于今者凡八，而关于神仙者则《海内十洲记》《神异经》《洞冥记》《汉武内传》。前二书传为东方朔所著，而《汉志》不录，疑为东汉人依托。《洞冥记》一卷，郭宪所撰，要皆祖袭《山海经》而来者也。至《汉武内传》，则与《穆天子传》同科，记武帝斋戒，见西王母，爱神仙不老之术。西王母原西荒蛮种之名，神仙之说起，乃附会为女神，随侍女降自霄汉，与武帝相见。文体尤与今小说近，旧称班固作，不足信。其关于杂述者，有《西京杂记》《汉武故事》。《西京杂记》记武帝时事，旧谓刘歆作，《唐志》称葛洪撰，陈振孙断为不出于洪，或又以为班固。胡应麟曰："考其文，颇衰薾不类孟坚，殆六朝之作也。"此类后世颇发达，如唐之《开元天宝遗事》《朝野佥事》，宋之《宣和遗事》等皆是。要其体，原于《周考》《青史子》之类也。

其关于淫媟者，有《飞燕外传》《杂事秘辛》二书。胡应麟分中国小说为五，一曰志怪，二曰传奇，神仙谭自当入于志怪中，其描写男女之情事者，宜摄入传奇，而《飞燕外传》实其首也。中叙赵后飞燕与其妹合德宫闱争宠之状，汉河东尉伶玄撰，与扬雄同时人。《杂事秘辛》不著撰人名氏，记桓帝选后之事，文辞奇艳，妙极细微，而过于秽亵，后世淫书发端于此。予尝谓汉代之好尚，在于骄奢，于文体长于叙事，于辞赋宣传现世快乐主义之福音，然则《飞燕外传》《杂事秘辛》以描写肉体之美感，相踵而出，何足怪乎！

第九章　昭宣时代之文学

　　武帝在位五十余年间，文学极其隆盛，昭帝以后，萎靡者八十有余载，无复昔日之盛。盖武帝晚年，以伊周之大任托之于不学无术之霍光，凡所与共治者，皆厚重少文，而文学上遂生一顿挫。及宣帝承统，又不尚德教，不重儒生，信赏必罚，综核名实，崇申韩之学，用霸王之道，由是天下治平，吏称其职，民安其业，称为中兴明主。然所用多文法之吏，故其留英名于麒麟阁上者，如霍光以下功臣十一人，皆于文章经术造诣不深。其可观者，独王吉、路温舒、赵充国、张敞等之上书，醇雅深厚，蔼然经世之文耳。

　　宣帝不好儒，亦非不好文也，然文学之衰，始基之矣。彼亦尝修武帝故事，讲论六艺群书，博尽奇异之好。征能为楚辞九江被公，召见诵读。益召高才刘向、王褒、张子侨、华龙、柳褒等待诏金马门。帝又颇作歌诗，欲兴协律之事，召见知音善鼓雅琴者渤海赵定、梁国龚德，并使待诏。数从褒等放猎，所幸宫馆，辄为歌颂，第其高下，以差赐帛。议者多以为淫靡不急，上曰："不有博弈者乎？为之犹贤乎已。辞赋大者与古诗同义，小者辩丽可喜，譬如女工有绮縠，音乐有郑卫。今世俗犹皆以此娱悦耳目，辞赋比之，尚有仁义讽喻，鸟兽草木多闻之观，贤于倡优博弈远矣。"其后太子体不安，苦忽忽善忘不乐，诏使褒等皆之太子宫，虞侍太子，朝夕诵读奇文及所自造作。疾平，乃复归。夫辞赋之兴，源于上古鉴物寓意书词自警之意，故有风之义焉。《诗》三百篇，太史所陈，孔子所订，盖欲以兴王化，达政事，王式所谓"臣以三百五篇谏"者也。自《诗》亡而楚屈宋之徒以从容辞令相高，本诸诗人风谏之义。及至枚、马辈始以文为娱乐之具，祛楚太子之疾，复陈皇后之幸，而武帝之好，亦徒驭以侈心，朔、皋等又复不根持论，故与司马相如等同畜以倡优，而古人之志荒矣。然曲终奏雅，犹存风谏于百一，百家之学虽敝，且得仿佛其二三，文与学未离而二也。宣帝修武帝故事，雅好文艺，而目之为博弈倡优，褒等持禄取容，自居于狎臣而不耻。后此邺下之游，齐梁陈隋之世，何莫非以文词为般乐佚游之具，黼黻休明之饰哉？文与质涣，又与学离，发之于世宗，而畅之于宣帝，古今文章升降之大原，审于此而其故可知也。又观王褒所为《圣主得贤臣颂》，斧藻润色，一以排偶出之，可谓开六朝绚烂之端者矣。

元帝性好儒术，即位之后，征用儒生，委之以政。贡、薛、韦、匡迭为宰相而牵制文义，仁柔不断，遂启外戚跋扈之端，开宦官横暴之弊，孝宣之业衰焉。然经术之士推此时为盛，贡禹之《循古节俭奏》《言风俗书》纯粹明密，蔼然仁者之言也。匡衡之《论政治得失疏》《治性正家疏》温醇尔雅，恬然名理之论也。及成帝以后，外戚之权日重，而王莽复以虚伪博声望，假恭俭收人心。虽有谷永、杜钦，则涩澳依阿，伺王氏之鼻息；虽有刘歆、扬雄，则胁肩谄笑，颂巨君之功德。学术文章只以供奸佞涂饰谄谀之具，纵有形貌，而其精已销亡矣。不得已而有取焉，其惟刘向父子与扬雄耳。

第十章 刘向父子与扬雄

举元帝以后之文学者,必以刘向父子与扬雄为称首,而刘向之忠直廉靖,比于扬雄之无气骨,刘歆之破廉耻,不可同年而论矣。向字子政,幼善属文,宣帝时与王褒、张子侨等并进对,献赋颂凡数十篇,今传者甚少,仅存《九叹》一篇,得由此以窥其崖略。而其论述则有《说苑》《新序》《列女传》及载在《汉书》之奏疏、封事,可知其全豹。虽然,彼之本领不在文辞而在经术,故其理想非文学者,宁属于政事家也。何者?《九叹》之作,虽得以诗人论定其伎俩,而于韵文之形式步骤,《离骚》以外无何等特色之可言,不过赞贤以辅志,骋辞以耀德也。《说苑》《新序》《列女传》之作,似可以文学家决定其地位,而其志则鉴于外戚之专权,宫闱之紊乱,欲为汉室正纪纲、辨是非,以当人主之法戒也。其他所上书疏、封事,皆感于时事之日非,发于忠爱恳恻之至情,而不能以自禁。故雍穆之中,而有呜咽不平之气,其为儒家,在董、扬之间,史家在迁、固之次。班氏所谓直谅多闻,古人之益友者与。

歆字子骏,以通诗书、善属文,成帝时受诏与父向领校秘书。向死后,哀帝使歆卒父业。歆乃集六艺群书,种别为《七略》,班氏《艺文志》所删存者是也,实为创始校雠之学。歆校秘书,见古文《春秋左氏传》,大好之,引传文以解经,转相发明。屡与父辩难,论左、穀优劣。及歆贵幸,欲建立《左氏春秋》及《毛诗》《逸礼》、古文《尚书》皆列于学官。诸博士不欲,歆因移书太常责让之,其言甚切,诸儒皆怨恨。由是忤执政大臣,为众儒所讪,出为郡守。王莽秉政,使治明堂辟雍,典儒林史卜之官,考定律历,著《三统历谱》。莽篡位,后为国师,专意谄媚,恬然无愧耻。为文典雅峻洁,而意气之雄放过于乃父,父子二人皆足扼当时文学界之风气者也。

刘向父子为北方文学之代表,而与同时对垒以张南方文学之帜者,于向则有王褒,于歆则有扬雄。雄与褒皆蜀人,蜀与汉中同俗,好文刺讥不殊于楚。盖自司马相如游宦京师诸侯,以文辞显于世,乡党慕循其迹,至于雄而益振,学问文章方驾天下。雄性好学,不为章句,博览无所不通。为人简易佚荡,口吃不能剧谈,默而好深湛之思,恬淡寡嗜欲,家无担石之储,晏如也。历仕三朝,沉沦一官,毫无愠色。惟雄不崇气节,依阿王莽,为大夫,而《剧秦美新》一文尤受君子百世之讥。然其人素非恋恋于势利者,盖欲求文章成名,俟知己于后世耳。以为经莫大于《易》,故作《太玄》;传莫大于《论语》,作《法言》;史篇莫善于《仓颉》,作《训纂》;箴莫善于《虞箴》,作《州箴》;赋莫深于《离骚》,反而广之;辞莫丽于相如,作《四赋》。皆斟酌其本,相与依仿而驰骋,用心于内,不求于外。于时人皆忽之,唯刘歆及范逡敬焉,而桓谭以为绝伦。然则扬雄者,实西京文学之殿军也。

雄之一生,实兼诗人生活与哲学生活。年四十余,始自蜀来游京师,客有荐雄文似相如者,大司马车骑将军王音奇其文雅,召以为门下史,荐雄待诏。后数上赋,除为郎,给事黄门。是五十以前为雄辞赋生活时代,每有所作,恒拟司马相如以为式。及其晚岁,始研精于哲理,以为赋者将以讽也,必推类而言,极丽靡之辞,闳侈钜衍,竞于使人不能加也。既乃归之于正,然览者已过矣。往时武帝好神仙,相如上《大人赋》以讽之,帝反缥缥有凌云之志,由是言之,赋劝而不止明矣。又颇似俳优,淳于髡、优孟之徒非法度所存,贤人君子诗赋之正也,于是辍不复为。而大潭思浑天象易,草《太玄》以推宇宙之原理。又见诸子各以其知舛驰,诋訾圣人,因撰为《法言》,破小辩,使阶之大道。故《太玄》《法言》者,雄一生之精力所在也。

雄之著作大抵规模前人,启后世摹拟之习。或谓雄一生文章学术,直以模拟成身后千载之名,与班固之剽窃同为汉代文学之衰颓。今观其文,虽体有所因,实泯模拟之迹,良由其学之邃、见之博、才之高,故能善取人长。而苏子瞻至讥雄以艰深文浅陋,似不可为笃论也。司马光曰:"孟子之文直而显,荀子之文富而丽,扬子之文简而奥。"又曰:"扬子云诚大儒也,孔子殁后,知圣人之道者非雄而谁?"光好《太玄》,并拟为《潜虚》,其说虽不免阿好,而雄文奥衍闳深,《太玄》一书开哲学研究之祖,其思想之精透,诚可绝伦矣。故论其学,荀与扬也,大醇而小疵,韩愈氏之说当已。论其文,自长卿诸人就骚中分出侈丽一体,以为辞赋,至子云此体极盛,而不因于情,不止于理,惟以辞为事,六艺之变已甚。三国六朝以降,益崇侈靡,无复六义之存,则祝尧之说允已。

第十一章　光武之中兴与文学上之遗谟

　　王莽盗窃，海内云扰，光武以谨厚之质，席讴吟之思，龙飞白水，芟夷僭伪，返鼎磨室，复业五铢。盖以开创之雄姿，而兼守文之令器者也。故马援一见倾心，而曰阔达大度，同符高祖。然高祖豪放，光武敦厚；高祖刻薄，光武和柔；高祖性不好儒，光武学通《尚书》；高祖安于马上之陋习，光武能偃武修文。擢用儒雅之士，以抑功臣之跋扈；旌异循良之吏，以制武夫之横暴。投戈讲艺，休马论道，使从龙之士喟然一兴于学，以定二百年丕丕之基者，实在于此。

　　王莽之篡国也，学者争事谄附，一时颂莽功德者至四十有八万人，名教遗文，扫地尽矣。光武中兴，乃大砥砺名节，推奖气概，以经明行修为进退人才之表的，侧席幽人，求如弗及。若薛方、逢萌，聘而不肯至；周党、王霸，至而不能屈。足加帝腹，上动星象之严光，而放令还山，以全其清。以头扣楹，流血被面之董宣，而赐钱三十万，以褒其直。嘉谯玄、李业、刘茂、温序等之高行，或表其闾，或画其像，或赠以赙帛，或祠以中牢，廉节之修，重于时矣。自汉初诏举贤良方正，州郡察孝廉秀才，中兴以来，复增敦朴、有道、贤能、直言、独行、高节、质直、清白、敦厚、悌弟、顺孙之属。经明、章涵濡培养，故安、顺之世，虽君后庸懦，而英能咸事，俊乂盈朝。若李固、周举之渊谟弘深，左雄、黄琼之政事贞固。桓焉、杨厚以儒学进，崔瑗、马融以文章显。吴佑、苏章、羊续、栾巴，牧民之良干；庞参、虞诩，将帅之宏规。王龚、张皓虚心以推士，张纲、杜乔直道以纠违。郎𫖮阴阳详密，张衡机术特妙。东京之士，于兹盛焉。即桓、灵之间，宦竖方横，朝政日紊，而硕德继起，左右支撑。陈蕃、杨秉，处称贤宰；皇甫、张段，出号名将。王畅、李膺，弥缝衮阙；朱穆、刘陶，献替匡时。郭有道奖鉴人伦，陈仲弓弘道下邑。其余宏儒远智，高心洁行，激扬风流者，当世所称三君、八俊、八顾、八及、八厨之流，不可胜举，而斯道莫振，文武陵坠。在朝者以正议婴戮，谢事者以党锢致灾。往车虽折而来轸方遒，蹈义凌险,流血相属,风声所扇,妇孺奋兴,所以倾而未颠、决而未溃者,岂非光武之宏奖气节有以致此乎？呜呼,后汉风俗之美,上轶三代,下驾宋明已。

后汉之思想界,儒教之专政时代也。西汉之世,学者承战国流风,泾渭混淆,时带霸气。自光武推隆儒术,继体之主增修成轨,凡从政之彦、治赋之选、文苑之材、独行之士、逸民之伦大半出自太学或亲炙之名儒。虽光武雅好图谶,后代学人因而浸染成习,不醇于儒教,然事托先圣,附会经文,固亦牢笼于儒者也,二百年文学,可谓儒家之产物矣。

第十二章　班氏父子

东汉一代,文学之士甚盛,前有冯衍、杜笃,中有班固、崔骃,后有张衡、蔡邕,而实班固父子为之雄。

冯衍,字敬通,幼有奇才,既壮,博通群书。天下兵起,衍说鲍永以自卫之策。光武即位,衍等久之乃降,遂见黜。后数以逸毁,不得被用。明帝时,又多短衍以文过其实,终废于家。所著赋、诔、铭、说之类凡五十篇,其文颇有排衍之致,骈俪之形,比于王褒而更进矣。然气力充沛,风格遒劲,年老失意,故其文颇有郁勃之观。杜笃,字季雅。大司马吴汉薨,光武诏诸儒诔之,笃于狱中为诔辞最高,帝美其文,赐帛免刑。笃以关中表里山河,先帝旧京,不宜改营洛邑,乃上《论都赋》,班固《两都》、张衡《两京》,此其向导也。其体沿《子虚》《上林》,虽辞不甚壮丽,亦自俊雅可观,东汉文之本色也。冯衍《遗田邑书》(节录):

盖闻晋文出奔而子犯宣其忠,赵武逢难而程婴明其贤,二子之义当矣。今三王背叛,赤眉危国,天下蚁动,社稷颠陨。是忠臣立功之日,志士驰马之秋也。

冯衍《显志赋》(节录):

纂前修之夸节兮,耀往昔之光勋。披绮季之丽服兮,扬屈原之灵芬。高吾冠之岌岌兮,长吾佩之洋洋。捷六枳而为篱兮,筑蕙若而为室。播兰芷于中庭兮,列杜衡于外术。

韵文、无韵文皆词尚排比,大启六朝之途辙矣。然西汉朴茂之风犹未卒变者,儒家质直之气为之也,而代表之者厥推班氏父子。

班彪,文章气节之士也。年二十余,从隗嚣避难,尝为嚣说周秦兴亡之理,作《王命论》,其言甚剀切,而嚣不悟,遂避地河西,为大将军窦融从事。融深爱敬之,接以师友之道,彪乃为融草章奏,划策事汉。及融征还京师,光武问知为彪所为,又雅闻其材,因召拜徐令。彪性沉重有气概,当天下乱离之际,能直己而不屈于人,意气浩然,不慕官爵。好述作,尝潜心史籍之间。以为武帝时司马迁著《史记》,自太初以后阙而不录,后好事者如扬雄、刘歆、阳城卫、褚少孙、史孝山之徒,颇或缀集时事,然多鄙俗,不足以蹑继其书,乃采摭遗事,傍贯异闻,作《后传》数十篇,此班固《汉书》所由成也。

班固史才,司马迁之流亚也,赋家则司马相如之后劲也。年九岁能属文,诵诗书。及长,博贯载籍,九流百家之言无不穷究,所学无常师,不为章句,举大义而已。父彪卒后,明帝使固卒父前业,以为《汉书》。固潜精积思二十余年,起元高祖,终于孝平王莽之诛,十有二世,二百三十年,为纪、表、志、传,凡百篇,实不朽之大业也,后世断代为史,托始于此。班氏父子之志事大都与司马氏父子相同,然以固之《汉书》比于迁之《史记》,则有创业与守文之别。世之讥固者,以谓始元以前出于太史公之书,始元以后取其父彪之作,既资于贾逵、傅毅,又助以尹敏、孟异、陈宗,而八表及天文志又为其妹班昭所续,自作者无几矣,依样葫芦,盗袭无耻。此未免过刻也。范晔之言曰:"迁文直而事核,固文赡而事详,二子信皆有良史之才,为二十四家之冠冕矣。"虽然,以史论,迁史材少,创始难,故多疏略;固因袭多,范围短,故甚明密。以文言,迁疏爽,固整炼;迁毗于阳,固毗于阴。程伊川曰:"子长之著作,寄微情妙旨于文学蹊径之外;孟坚之文,情旨尽露于文辞蹊径之中。"似《汉书》逊《史记》一筹矣。

班固既修史职,兼好辞赋。感前世相如、寿王、东方之徒,造构文辞,终以讽劝,乃上《两都赋》,效《子虚》《上林》而恢张之。虽辞藻不及相如俊丽,然志和音雅,犹见西京遗风也。感东方朔、扬雄自论,以不遭苏、蔡、范、张之时,故亦作《宾戏》以自通。虽不若《答难》《解嘲》之隽逸,然自渊雅可诵也。以为相如《封禅》靡而不典,扬雄《美新》典而不实,又作《典引篇》,述叙汉德。

志郁道滞,并仿《离骚》作《幽通赋》以自畅。所著诗赋、铭诔、颂书、文记、论议之属,凡四十一篇,其文大抵有所模拟,且时近于剽窃。固伤迁博物洽闻,不能以智免极刑,然亦身陷大戮,岂所谓才华之士而自蔽目睫者耶?然其比良迁、董,兼丽卿、云,诚足表东汉之文坛者矣。

同时与固齐名者有崔骃、傅毅。崔氏世有美才,至骃而益显。年十三,通《诗》《书》《春秋》,兼古今训诂百家之言。善属文,与固并为窦宪宾客。窦擅权,骃数谏之,前后奏记数十,指切甚至。所著诗、赋、铭、颂、《七依》《达旨》《酒警》,凡二十一篇。班固数称其才,肃宗尝叹其颂而谓宪曰:"公爱班固而忽崔骃,此叶公之好龙也。"骃亦汉之文宗矣哉!

又世与固并称者有张衡,字平子,尝拟班固《两都》,作《二京赋》,积思研精,十年乃成。说者谓西京雄丽,足敌兰台,东京则气不足举其辞。其《思玄》比于《幽通》又稍漫衍,《南都》则流于繁杂,司马流风,至此又稍降矣。衡所学淹贯,善机巧,作浑天仪,著《灵宪算罔论》,复造候风地动仪,崔子玉称之为"数术穷天地,制作侔造化",洵非过誉矣。

衡之后,有蔡邕为汉末一大家。邕字伯喈,少博学,好辞章、数术、天文,妙操音律。生平所著凡百四篇,而以铭及墓碑为特长,刘勰曰"蔡邕铭思,独冠古今",又曰"后汉以来,碑碣云起,才锋所断,莫高蔡邕"。其叙事也该而要,其缀采也雅而泽。清词转而不穷,巧义出而卓立。察其为才,自然而至。盖前贤赋颂,发扬已至,碑铭之类,有待后人。邕更致力为之,故能尽掩诸家,然亦其才有偏至也。邕多识汉事,被罪收付廷尉,乞黥首刖足,继成汉史,士大夫多矜救之,不能得。死后,缙绅诸儒莫不流涕,兖州、陈留间皆画像而颂焉,其为当世宗仰如此。

第十三章 东汉之诸子者流

东汉经学特盛,诸子之流派已颓,如郑玄之徒视为小道,恐泥致远(见郑《论语注》),学者要不过涉猎而止。故其论政,阙统系而鲜条理,言学务烦称而鲜独到,能卓然自命一家者盖甚寥寥也。然去浮崇实之旨,以张易弛之教,犹能斟酌损益。若王充、王符、仲长统辈,其盱衡当代,辨俗匡时,诸子之流亚也。自是以后,其细愈甚,杂而无纪,文集兴而诸子无可言矣。

王充,字仲任,师事班彪,好博览而不守章句,以为俗儒守文,多失其真,乃闭门潜思,绝庆吊之礼,户牖墙壁,各著刀笔,著《论衡》八十五篇,二十余万言。释物类同异,正时俗嫌疑,讥孔孟,尊老子,时有诡激而不纯于儒。然自秦汉以还,圣道陆沉,淫词日炽,不可胜纪。充生于茅塞澜倒之后,独岌然自信,攘臂其间,铲虚黜靡,订伪斫诈,遏绝波淫之旨,使不得逞,是岂非特立之士乎?故蔡邕秘不示人,葛洪赞不容口,刘子元捶击班马不遗余力,而独尊信是书,有以哉。

王符,字节信,性耿介,隐居著书三十篇,以讥当时失得,不欲彰显其名,故号《潜夫论》。其指䛺时短,讨谪物情,足以观见当时风政。纪昀曰:"洞悉治体似《昌言》,而明切过之,辨别是非似《论衡》,而醇正过之。"今观其文,往往苍劲有奇趣,似过《论衡》远矣。

仲长统,字公理,少博涉书记,赡于文辞。后参曹操军事,每论说古今及时俗行事,恒发愤叹息,因著论曰《昌言》,凡三十四篇,十余万言。友人东海缪袭常称统才章,足继西京董、贾、刘、扬。其书今亡佚,唯本传中存数篇耳。比于扬、董,究有不及,然其文章雄直之气,则欲上追西京。

此外尚有崔寔、荀悦。寔明于政体,论当世便事数十条,名曰《政论》,指切时要,言辩而确,当世称之。仲长统曰:"凡为人主,宜写一通置之坐侧。"其论大抵崇尚刑名,以救当时虚靡之社会,为文特票姚,范氏谓晁错之徒不能过之,可概知矣。悦为献帝侍讲禁中,见政移曹氏,志在献替,乃作《申鉴》五篇奏之,又作《汉纪》三十篇。王鏊曰:"其论政体,无贾谊之经制,而近于醇。无刘向之愤激,而长于讽。"其《杂言篇》颇似扬雄《法言》,雄曲意美新,悦无一言及曹氏,视雄为优矣。世有小荀子之目。

东汉学风,儒术为盛,其文学多纯整和易,而少偏骛之气,然已失之碎,谬通方之训,而好申一隅之说。所谓博而寡要,劳而少功,诚儒家之敝也。其行文,大率尚排衍而少俊伟轩昂之概,词赋入骈俪而未成,论理文开其先矣。

第十四章　训诂学之风行

后汉之文学界,以儒教为根柢,而儒教之思想界则以经学为生活。盖自石渠讲学、虎观谈经,厕身儒林者,大都从事训诂,尽一生之知能,以耗费于章句。彼其功虽能使圣经光被千载,而于觉醒思想界之大发明,革新文学界之大著作,则未尝有焉。徒墨守陈编,穷年矻矻,是固承西汉学者之流风,而加之厉。然亦非别无他故也。一代之才人,去而雄飞于霄汉,为幸运之宠儿,气节之士退而放迹江海,为处士,为逸民。而其列籍儒林者,要皆囊萤照雪、孜孜不懈之书生,其遇既饱闻礼教,其性又舒缓和柔,非必有卓荦之姿、跅弛之概,所由甘老死于古人糟粕之中也。

后汉学者颇多,而述经国之大业、垂不朽之盛事者,如王充、王符、仲长统诸人,已详见前章,其他包咸、贾逵、郑众、马融、许慎、何休、服虔、郑玄等,皆一代经师,代表汉之训诂学者也。此与文学似无甚关系,然其间接之功究亦不少,试略就诸人之著述言之。

包咸之学长于《论语》及《鲁诗》。建武中为郎中,授皇太子《论语》,作《论语章句》。贾逵之学最通《左氏传》及《国语》,为《左氏传解诂》三十篇,《国语解诂》二十一篇。永平中献之明帝,帝重其书,令写藏秘官。后又作《周官解诂》。郑众之学,明《左氏春秋》及《诗》《易》,尝作《春秋难记条例》。章帝时为大司农,受诏作《春秋删》十九篇。马融性豪放,才高学博,尝注《孝经》《论语》《诗》《易》《三礼》《尚书》《列女传》《老子》《淮南子》,又尝著《忠经》及《春秋三传异同说》,亦善属文,所作《广成赋》矞丽典皇,波澜壮阔,有西京遗风。许慎性淳笃,博通经籍,当时称曰"五经无双许叔重",尝撰《五经异义》,又作《说文解字》十四篇,为扬雄、杜林以来所未有也。郑玄,字康成,马融之门人,注《易》《尚书》《毛诗》《仪礼》《礼记》《论语》《孝经》《尚书大传》,为训诂学中之泰斗。何休以《春秋公羊解诂》名,难《左氏》及《穀梁》二传,著《左氏膏肓》《穀梁废疾》。服虔以《左氏春秋传解》有名,又以《左传》

驳何休所驳汉事六十条。此外赵岐之《孟子章句》，王逸之《楚辞章句》等，皆大有裨益于后世者也。

顾当时训诂学之所以流行者，虽由后汉之思潮，一倾注于儒教，而亦适逢国家承平，累叶无事，儒者得以优游暇日，潜玩艺林，前辈之所遗又与之以攻究之余地。训诂之学亦时势之所产生也，然其敝也伤于繁碎，失之乖析，使人昏然莫得其统纪。王、何承之，始以清言说经，开宋儒义理之先声，此亦儒学腐败之反动力使然，无足怪者。故观于后汉文学，漫而不举，壮而不雄，足以考知大乱之将至矣。

第十五章　建安文学

　　建安文学，两汉之殿军，六朝之先导也。曹操以一世之雄，投身兵马倥偬之中，收揽英雄，推奖文学之士，一时天下俊才皆集于邺下。若鲁国孔融文举、广陵陈琳孔璋、山阳王粲仲宣、北海徐幹伟长、陈留阮瑀元瑜、汝南应玚德琏、东平刘桢公幹，斯七子者，皆一世之隽，世称邺下七子，以其时当建安前后，或云建安七子，而号其诗为建安体。七子之于文，咸骋骥騄于千里，仰齐足而并驰。王粲长于辞赋，家本秦川贵公子孙，遭乱流寓，自伤情多。徐幹少无宦情，有箕颍之心事，故仕事多素辞，虽时有齐气，然粲之匹也。如粲之《初征》《登楼》《槐赋》《征思》，幹之《玄猿》《漏卮》《圆扇》《橘赋》，虽张、蔡不过也，然于他文未能称是。孔璋章表殊健，旧为袁本初书记，故述丧乱者多。元瑜亦管书记之任，有优渥之言，翩翩然致足乐也。应玚汝颍之士，流离世故，颇有漂泊之叹，故其文和而不壮。刘桢卓荦偏人，而文最有气，所得颇经奇，然亦壮而不密。孔融体气高妙，有过人者，然不能持论，理不胜词，以至乎杂以嘲戏，及其所善，扬、班俦也。此外尚有应璩、杨修、吴质、丁仪、丁廙诸人，皆有声于时，与七子共为邺下之游者也。而操纵之者，实为曹丕、曹植，陶铸曹丕、曹植，是为曹操。七子之与曹操，犹宋玉、唐勒、景差之与楚襄，邹阳、枚乘、严忌、司马相如之与梁孝。襄王、孝王不学无文，不若孟德之多才多艺，而又重之以公子敬爱，客终宴不知疲，行连舆，止接席，朝夕游从，未尝须臾相失，赋诗樽酒之间，弄姿丝竹之里，故当时邺下文章盛于天下，盖曹氏父子有以致之。

　　孟德非文学者，然其文学之技能足以握一代之牛耳，掌邺下之文坛。故承两汉四百年之后而金声也者，实赖其妙腕；立于六朝三百年之前而玉振之也者，亦因其灵心。大胆周一身，故其文豪放，如天马行空，不稍羁轭；英气薄天地，故其诗雄劲，无佻巧纤冶之态。乱世之奸雄，亦文界之怪杰也。盖操之生性非笃于情、邃于理，唯驱于满腔之霸气，一片之功名心，勇往超迈，以成意外之大业。故其诗概成于咄嗟之间，不假推敲之力，有呜咽叱咤之风，无风流闲雅之致。观于《短歌行》《苦寒行》，可以知之。其子丕，天资文藻，下笔成章，继受汉禅，谥为文帝。亦能迈志存道，克广德心，然不及乃翁之雄武，故临江而叹，自致于文，一变其父沉鸷雄杰之气，而为便娟宛约，颇极徘徊俯仰之情矣。其弟陈思王子建，以八斗之才，遭夺储之忌，虽天潢懿亲，而一生坎壈不遇。尝以诗赋小道，不足以揄扬大义，欲戮力上国，流惠下民，建永世之业，留金石之功。意气峥嵘，不似乃兄之褊忌，故其作慷慨隽爽，无子桓柔媚之态。父兄多才，渠尤独步，苏李以后，故推大家。昔人称孟德如骁将，子桓如美媛，子建如贵宾，盖得其似已。

诗至建安而古今之风会一转。思王独五色相宣，八音朗畅，情兼雅怨，体被文质，为世文宗。兹举其变迁之可寻迹者言之。

（一）调　古诗不费思索，子建则起调常工。如《杂诗》之"高台多悲风，朝日照北林"，《泰山梁父行》之"八方各异气，千里殊风雨"，皆喷薄而出，刻意为之。

（二）字　古诗不假烹炼，子建则用字必工。如《公晏诗》之"秋兰被长阪，朱华冒绿池"，《笁篍引》之"惊风飘白日，光景驰西流"，使字尖颖，皆经锤炼而后出。

（三）声　古诗节奏天然，子建则平仄谐协。如《赠白马王彪》之"孤魂翔故域，灵柩寄京师"，《情诗》之"游鱼潜绿水，翔鸟薄天飞""始出严霜结，今来白露晞"，皆音调铿锵，微露唐律端倪。

此汉魏之所由判也。等辞赋也，汉之文学主于赋，时一赋诗，而诗未盛也。魏晋文学主于诗，亦时作赋，而赋衰矣。惟魏之诗，结体行气未失两汉之旧，晋之诗则已为齐梁之先驱，渐入绮靡之习。此不可不辨也。

第十六章　魏晋之非儒教主义

　　三国鼎立,以蜀为正统乎?抑以魏为正统乎?此历史上之义例,存而不论可也,兹所论定者,则文学的正统。谓先主续卯金之运,而酌两汉文学之正流者,不在蜀而在魏;谓孙氏饮建业之水,而浚六朝文学之源泉者,不在吴而仍在于魏。故魏之国脉虽仅五十年,而魏之文学则掉尾两京之后,振鬣六代之前。魏之思潮又一扫两汉之儒教主义,振申韩之法术,以推毂老庄之玄虚,蔓衍于陈隋而不息,则魏之所系者大也。并争于三国,急刻于当涂,放荡于典午,其为状殆与周秦之迭嬗,汉初之清静相同。而汉之黄老能用其简静之宗,振儒术以救其敝,晋则相尚以空谈,释氏踵而益乱其流焉,故夷狄相乘而祸乱无已。顾考其致此之由,总因于儒教之腐败,而时势之相荡相靡有以成之。一张一弛,文武之道也,弛之极而欲张,张之极而欲弛,一反一激,适以酿魏晋之政俗。兹为分三端言之。

　　(一)学术上　东汉训诂之学盛矣,顾从事经术者,举半生之岁月,而委之于一经,至有白首而未能通者。穿凿其义,支离其词,说一《尧典》,篇目累十余万言不能休。明经之儒不必怀经世之术,孝廉之士不必有忠直之行。繁文缛礼之是崇,徒趋末而不求其本,拘文而不顾其用。天下士大夫盖已贱礼文之拘细,鄙训诂之繁苛矣。故夏侯玄、荀粲之徒斥六经为圣人糟粕,王弼注《易》,窜以老庄之旨,而学者喜其清新。何晏傅粉,一为放浊之行,而荐绅争于旷达。正始遗音,至元嘉而为坠,徒令后之人斥王、何于桀纣之伦,诛夷甫于陆沉之后,而拯救末由也。

　　(二)政治上　桓、灵以来,政衰法弛,吏习为奸,人安苟且,有识者亟思有以易之矣。故崔寔、荀悦著论,斤斤于督责之治。魏武以刻薄寡恩之资,惩汉失而进崔琰、毛玠、陈群、钟繇之徒,任法课能,以严为治。武侯,淡泊宁静士也,而亦与先主相尚以综核,导申韩之术,挽西蜀疲缓之人心。斯固出于因病制药之不得不然也。

(三)道德上　群雄割据,得士者昌,失士者亡。魏武知天下之人才不可拘求于儒术也,于是崇尚跅弛之士,轻视节行之人,峻削严迫之相高。士困于督察,人苦于烦苛,激之已极,无所择而惟其泛滥,思一假息于清虚。司马氏起而收之以宽,而人心始愈趋于放荡。申韩原于道德之意,而刑名亦产老庄之风。又况据乱之世,杀戮为多,易代之交,嫌疑易构。士有忧生之叹,人怀自危之心,故庞公登鹿门而不返,阮籍托醉乡而有逃。及至五胡云扰,人不聊生,六代禅传,如置棋石,益兴短世之虑,自诎名检之思,而陷溺之人心几不可复返矣。

儒学道衰,经世才乏,故魏晋之际鲜论策家、历史家,而汉世所萌芽之排偶文,演而为骈四俪六之体。下逮齐梁,益崇绮靡,脂粉之香,花钿之饰,涂布行间,有如倡冶。然厌世之想喜近自然,放达之行耽于审美,文质虽衰,而文貌亦开一新生面。

第十七章　八代文章之始衰

东汉以后,骈俪盛行,争尚词华,略于理实,忠直之气,旷焉无闻。后世以其语为四六,声必求其弼谐,辞必配以俪偶,因号曰骈体,或曰四六者是也。此由修辞上观之,偶一遣用,有如溶溶春水,浮数片落红,亦自风神楚楚,然浓妆却形其丑,多宝不足为珍。及其敝也,用事浸巧,点鬼贪多,气累于词,文过其实。

夫造化赋形,肢体必双,神理为用,事不孤立,丽辞之体,亦出自然。昔唐虞之世,辞未及文,而皋陶赞云"罪疑为轻,功疑为重",益陈谟云"满招损,谦受益",岂营丽辞,率然对尔。《易》之《文》《系》,圣人之妙思也。序乾四德,则句句相衔;龙虎类感,则字字相俪。乾坤易简,则宛转相承;日月往来,则隔行悬合。虽字句或殊,而偶意则一。至于诗人偶章,大夫联辞,奇偶适变,不劳经营。老子元经,词多妃偶;孙卿儒雅,文则斑斓。特其气力迈往,规度宏壮。自扬、马、张、蔡崇盛丽辞,如宋画吴冶,刻形镂法。丽句与深采并流,偶意与逸韵俱发,然风骨道上,足障东川。至魏晋群才,析句弥密,联字合趣,剖毫析厘。子建倡霸魏朝,规模东京,加以工整,骈俪之帜以张。暨乎晋初,斯风益畅,陆机连珠五十,属对精巧,更大开四六之门。然树骨立干,驱气遣词,犹未甚靡。五马南奔以后,文格陵夷日甚,四六之浊流,涨溢于大江南北,滔滔之势,难可复返。秉意乎炎刘,回薄乎唐宋,通望乎来今,亦足见天地间自应有此一种美文,不可澌灭。顾西汉以上之为丽辞者,率本自然,魏晋以降则意存奇巧,涂抹粉黛,不厌娇娆,斯为下耳。

如斯骈俪弥漫之中,而有不入浮靡,自成质奥,足追西汉以上之气格者,斯真严霜之中而见黄华之傲,时装队里而见古衣冠之人。魏晋之交,风轨未遥,犹存古逸,如诸葛亮之《出师表》、李令伯之《陈情表》、王羲之《兰亭集序》,皆发于满腔之至情,而非同骈俪之虚饰。陈寿《三国志》高简有法,足与马班抗衡,下此刘琨、陶潜以抗愤之辞、冲缓之气,颇欲挽颓风于末俗,而卒病未能。斯亦足扬古文一缕之命脉者也。

第十八章　正始文学

　　正始文学,标榜老庄主义、破坏儒教主义者也。其倡始虽发之于王、何,而继起之盛,则实推竹林七贤。故七贤者,为正始文学之中心,而刘伶之《酒德颂》厌俗儒之拘泥,破学者之苛碎,又为七贤思想之代表。《酒德颂》曰:

　　　　有大人先生以天地为一朝,万期为须臾,日月为扃牖,八荒为庭衢。行无辙迹,居无室庐,幕天席地,纵意所如。止则操卮执觚,动则挈榼提壶,惟酒是务,焉知其余。有贵介公子,缙绅处士,闻吾风声,议其所以,乃奋袂攘襟,怒目切齿,陈说礼法,是非蜂起。先生于是方捧罂承槽,衔杯漱醪,奋髯踑踞,枕曲藉糟,无思无虑,其乐陶陶。兀然而醉,豁尔而醒,静听不闻雷霆之声,熟视不睹泰山之形。俯观万物,扰扰焉如江汉之载浮萍,二豪侍侧焉,如蜾蠃之与螟蛉。

　　竹林七贤者,山涛、阮籍、嵇康、向秀、刘伶、阮咸、王戎七人也。斯七人者,激于叔季之颓流,而更扬一波。托于曲蘖,逃入昏迷,一以遣慷慨悲愤之情,一以肆任放旷达之行。是岂非东汉全盛之弊,徒流形式,而以学者皆为无用。士大夫不足有为,遂排斥经术,唾弃名教,以自纵其情性而安于恣睢。故彼等之思想,倾于破坏者也;彼等之主义,属于厌世者也。或为本能论,或倡怀疑论,一时景慕其风者,莫不骛于清谈,习于任达。

　　阮籍、嵇康,七贤中之领袖也。较其所作,阮之诗旨遥深,嵇之词气清峻;阮之才华如芳春,嵇之心情如劲秋。阮之志气狂易,嵇之气宇傲岸。故以诗言之,嵇诗峻切而乏蕴藉之致,阮诗雄劲之中饶有渊深之趣;以文言之,阮文宽缓,不若嵇之削切。

　　籍所作,于文有《大人先生传》《乐论》《达庄论》,于赋有《东平赋》《元父赋》《首阳山赋》,皆自陶写性情,发扬幽思。然其文学之价值不在文与赋,而在诗,所为《咏怀》八十二首,触绪抒情,无端哀乐,身仕乱朝,文多隐避。原其忠悱所寓,《离骚》之遗也,当涂之世,此为别调。康之文,有《与山巨源绝交书》《与吕长悌绝交书》,自写素志,而峭直之气自见于文字之表。所作《幽愤诗》最为清隽,然词气颇伤急促,少渊雅之致。

此外如山涛荷天子之宠任,常以知足知止,谦退自晦。向秀注《庄子》,能发明深趣,畅衍玄风,皆深得老庄之旨者也。王戎遭母丧,饮酒食肉,不遵礼制。阮咸于端午日悬犊鼻裈于竿头,树之庭中。皆欲以破陋儒之迂拘,矫末俗之委琐者也。于当时思想界颇著其功,而于文学界不及嵇、阮二子。

自七贤出而天下为之风靡,相与仿效之者,有王衍、乐广以清谈著,王澄、谢鲲、毕卓、胡母辅之以任达闻。士大夫之追攀,几如东汉名节之激劝。彼为儒教主义之团结,此为老庄主义之流行;彼则砥砺廉隅,崇尚节义,其极也流于虚伪,此则鼓吹自由,标榜任放,其敝也限于恣睢。患中于人心,而国事不可复问已。

第十九章　太康文学

梁钟嵘尝论晋之文学曰："太康中三张、二陆、两潘、一左，勃尔而起，是为文章之中兴。"然就诸子评之，除左思外，似皆陷于同一之窠臼。张载、张华不及张协，二陆则弟逊于兄，两潘则尼不如岳，而推为冠首，实数陆、潘。顾以比于邺下之词人，则微有间。盖汉魏之诗主于造意，两晋以后之诗重在造词；汉魏之诗多起于患难流离之际，两晋以后之诗则主供恬安娱乐之为。凡人当困苦之境，其操危虑深，故发之于文字者，特为幽婉感怆，可兴可观。反是而乐丝竹，盛晏游，以从容文藻之场，自必镂肝琢肺，研声律，务精巧，故纤密而少气骨，秀整而乏精神。风会之变迁，常足致文章之升降，虽有豪杰，犹无奈何。兹为略次太康以来诸家，以著其概。

二陆，晋室之双璧也。张华尝称陆机之才曰"人为文恨才少，机独患才多"，周浚称陆云之才曰"闻一知十，当今之颜子也"。机字士衡，云字士龙，吴大司马陆抗之子。太康末，兄弟俱入洛，抵张华之家。张华素闻二陆名，一见如旧相识，乃曰"克吴之利，不如获二俊"。云虽与兄齐名，而文章实不及机。机著作最富，《晋书》称其诗文凡三百余篇，今存者，散文则论、序、表、传等不过十数篇，韵文则赋三十篇，诗一百首，连珠五十首，及诔、颂、箴、铭、吊文、哀辞等十数篇。就中最可观省者为韵文，而诗赋、连珠尤善。诗，钟嵘以列入上品。赋皆取调楚辞，至为秀逸。而连珠五十尤为四六文之滥觞，文学史上所宜特笔大书者也。《演连珠》曰：

　　臣闻日薄星回，穹天所以纪物；山盈川冲，后土所以播气。五行错而致用，四时违而成岁。是以百官恪居，以赴八音之离；明君执契，以要克谐之会。

要之，机作意欲逞博而胸少慧珠，笔又不足以举之，遂间出排偶之一家，西京以来，空灵矫健之气不复存矣。以士衡名将之后，破国忘家，称情而言，必多哀怨，乃调旨敷浅，但工涂泽。虽宏赡自足，而风骨已微，宜与弟并及于害也。

潘岳，字安仁，幼有才颖，人目为奇童。及长，才名冠世，性轻躁，而姿貌甚美。奇才偃蹇，久不得志，谄事贾谧，后被诬告，见戮于市。人品上甚无足称，而所为文皆才藻妍丽，辞气清绮，能承建安之余韵，启太康之新声。尤工于抒哀情，如《秋兴赋》《怀旧赋》《寡妇赋》《内顾赋》《悼亡诗》等最为出色文字，其情韵有欲尽不尽之妙。试一诵其文，则词气凄婉，令人恻然呜咽，是为独得之妙技，亦千古之绝艺也。《晋史》称之曰"机文似海，岳藻如江"，二人者实当代之雄也。

张协，潘、陆之羽翼，三张中之冠冕也。字景阳，少有隽才，仕为秘书郎，累迁中书侍郎。时天下亦已多事，寇盗猖獗，协绝人事，屏居草泽，守道足己，优游自适，以吟咏为乐。因作《七命》，虽规模枚乘《七发》、曹植《七启》，而行文渊博，造语名隽，有过人者。其他有《咏史诗》《杂诗》，皆以恬退之人自写胸臆，词采葱蒨，音韵铿锵，亦堪为百世之矩矱也。

外此求诗人于两晋，西晋则有傅玄、傅咸，东晋则有王羲之、王献之。二傅以严正名，二王以风流称，然其气骨棱棱，则两者不相逊。其他与潘岳情好最渥而有连璧之目者，有夏侯湛；耽于读书而有书淫之号者，有皇甫谧；受业皇甫谧而才学通博，著《文章流别论》者，有挚虞；平吴之后倾心经籍，自称《左》癖者，有杜预；作《天台山赋》，掷地作金石声者，有孙绰。虽有名当时，无关风会，惟左思、刘琨、郭璞三人后先相望，以雄俊警健之音，振潘、陆华胈之气。而征士渊明独于东晋之末开淡远之宗，是诚疾风之劲草，狂澜之砥柱也。

第二十章 东晋之诗杰

东晋一代，前有刘琨、郭璞方轨太冲，后有靖节陶潜独标逸范，皆词人中之特秀者也。左思本出西晋，顾移叙于此者，以欲与越石、景纯连类而及，以见三人之颇赓同调，于风会倾靡之中，而能陶冶汉魏，自铸伟词，斯诚空谷之足音矣。大抵太冲挺拔，越石清刚，景纯豪隽。究观其作，盖可知之。

左思初作《齐都赋》，一年而成，后作《三都赋》，构思十年，门庭藩溷，皆著笔纸，得一句辄书之。赋成，伟赡钜丽，当世无比，豪贵之家竞相传写，洛阳为之纸贵。张华许为班固、张衡之流，思亦自负不让。初，陆机入洛，欲作此赋，闻思方作之，抚掌而笑，寓书弟云云"此间有伧父，欲作《三都赋》，俟成，当以覆酒瓮"。及见其赋，叹为不能复加，遂辍笔。思天性重厚，貌寝口讷，而辞藻壮丽，不好交游，唯以闲居为事。尝作《咏史》诗以见其志，沈德潜谓其"胸次高旷，笔力雄迈"，故是一代作手，非潘、陆辈所能比垺，其赋其诗诚足嗣汉魏之遗响，障潘、陆之颓波已。

越石生逢丧乱，志存晋室，盖慷慨之士，孤愤之臣也。《北伐》《劝进》两表，劲气直辞，回薄霄汉，诗亦悲凉酸楚，托意雄深。元遗山《论诗绝句》云"曹刘坐啸虎生风，四海无人角两雄。可惜幽并刘越石，不教横槊建安中"，洵得之矣。

郭璞博学高才，好古文奇字，撰《洞林》《新林》《卜韵》《尔雅注》数十篇，又注《三苍》《方言》《山海经》《楚辞》，诗赋数十万言。避地过江，元帝甚重之。王敦反，璞遇害。所作如《江赋》《南郊赋》沉博绝丽，可追马班。《游仙诗》辞多慷慨，与阮籍《咏怀》、左思《咏史》同趣，变永嘉平淡之体，足称中兴第一。

过江末季，挺生陶公，不啻屈指典午，势将上掩黄初。梁昭明序其集云：

渊明文章不群，辞采精拔，跌宕昭彰，独超众类，抑扬爽朗，莫之与京。横素波而傍流,干青云而直上。语时事则指而可想,论怀抱则旷而且真。加以贞志不休,安道苦节,不以躬耕为耻,不以无财为病。自非大贤笃志,与道污隆,孰能如此乎!……尝谓有能观渊明之文者,驰竞之情遣,鄙吝之意袪。贪夫可以廉,懦夫可以立,岂止仁义可蹈,抑乃爵禄可辞。不必傍游泰华,远求柱史。此亦有助于风教也。

渊明以名臣之后,丁改玉之交,虽长往不还,而意未忘世,慷慨之志时形于言。其《拟古》云"少时壮且厉,抚剑独行游",盖不徒《饮酒》《咏荆轲》诸诗,足以见其寄托矣。惟是渊明善寻孔颜乐处,自赋《归去来》以来,爱自然,守丘壑,娱诗酒,忘贫贱,能乐天而无怨天,方入世而非厌世。其与愤时嫉俗之不平家、破弃礼法之方外士,迥乎异矣。故能以光风霁月之怀写冲淡闲远之致,任天机,主兴会,质而绮,癯而腴,开古今隐逸诗人之宗。后此唐之王维、储光羲、韦应物、柳宗元、白居易,宋之王安石、苏轼,学焉而各得其性之所近。然或失之平易,或失之清刻,莫有及焉者也。渊明诚独步千古者矣。

第二十一章　南北朝之佛教思潮

　　后汉明帝时，佛教始入中国，信奉者尚少。酝酿于魏晋，迎之以老庄之说，至南北朝，遂为佛教之全盛时代，历代君主莫不崇奉佛法。而如僧道安、惠远、法显、鸠摩罗什，又能以一代之硕学高僧，坚其信仰。其在南朝者，宋文帝则令沙门与颜延之参与机政；齐武帝则使法献、法畅翼赞枢机；梁武帝幸同泰寺，三度舍身；陈武帝幸大庄严寺，因群臣奏请，久乃还宫，其佞佛可谓至矣。故梁时，金陵之寺多至七百，皆极庄严，至陈尤甚。其在北朝者，魏明元帝封沙门法果为辅国宣城子，孝文帝七发佛法兴隆之诏，宣武帝使菩提流支译《十地论》于太极殿，其信仰亦云笃矣。故魏之僧侣数达二百万，佛寺三万有余，而涅槃宗兴于宋，地论宗、净土宗兴于魏，禅宗兴于梁，俱舍宗、摄论宗、天台宗兴于陈，皆各辟宗门之起源，以光被教旨为务，故风靡于南北。

　　佛教之东渐，于中国文艺起一大革新。不惟伽蓝之建立足以促建筑术之发明，佛画佛像之制作足以敦绘画、雕刻之进步，而诗人眼底常认佛陀之光明，文士笔端喜颂三宝之功德，学者之脑海浸染因果报应之思潮。总其及于文学上之影响者，则思想之变迁与辞藻之窜用、声韵之发明是已。故诗人采佛典为文料，文士以禅意润篇章，学者竞交缁流，互延声誉，虎溪三笑，为世美谈。萧齐张融尝以调合儒道佛三教自任，临死，左手取《孝经》《老子》，右手执小品《法华经》，此足以窥见当时学者之思潮矣。又魏孙炎始倡反切法，晋沙门竺法护因创四十一字母，寻十四字母之说亦起齐梁之际。沈约著《四声谱》，周颙撰《四声切韵》，王斌作《四声论》，声韵之论盛兴。此皆佛教东渐之影响也。

第二十二章　元嘉文学

文至宋而又一大变。气变而韶,色变而丽,体变而整,句变而琢。诗则于律渐开,文则于排益甚,而质直之貌衰焉。原其所自,厥有数因:

(一)因于国势者　自五胡云扰,晋元中兴,举江东以号召,而名士播迁,渡江而至者,皆经大乱之后,元气耗敝,求能立国,斯为遂心。既而君臣拮据,幸完疆圉,中原规复,志早不存。故淝水之捷,谢安以之自盈;姚泓之俘,刘裕藉以为篡。朝野上下率已放于晏安,薰于游侠,盖无复有击楫之概、新亭之泣矣。故声色之美盛而淫佚之辞多。

(二)因于地利者　吴楚古多词人,盖由于食物之饶足,得以乐其所生。然其地自春秋以来,中州人士多以蛮夷外之,汉兴为立郡国,户口稍稍孳息焉。顾其蕃剧,尚未得比于腹地。东汉之末,孙氏凭以为雄,地利乃益开发。典午南渡,北士流移者无算,由是而人烟之稠密,富源之拓兴,自更倍于往昔。以江南佳丽之地,重金陵帝王之州,历朝踵事增华,而玩愒之风乃以益畅。听莺载酒、漱流枕石之徒,后先师放,盖无复有苦寒之思、饮马之意矣。故冶荡之情盛而荒乐之咏兴。

(三)因于学风者　儒术既绌,士大夫相习于清谈,贱礼节,贵玄虚,而佛教又乘之以兴,益驰于放弛之俗,无复有以国家为事者。视市朝之变异若传舍之转迁,彼灵运所谓"韩亡子房奋,秦帝鲁连耻。本自江湖人,忠义感君子",是岂真知忠义者哉? 故六朝文士,除一渊明外,盖无非轻佻薄行之人,质既不存,于文何贵!

有宋一代作者,实推谢灵运、颜延之、鲍照三人,为元嘉文学之代表,而灵运尤著。沈约修《宋书》,次《灵运传》,以其关一代得失,因纵论之曰:

歌咏之兴自《生民》始,周室既衰,风流弥著。屈平、宋玉导清源于前,贾谊、相如振芳尘于后。英辞润金石,高义薄云天。自兹以降,情志愈广。王褒、刘向、扬、班、崔、蔡之徒异轨同奔,递相师祖。虽清辞丽曲时发乎篇,而芜音累气固亦多矣。若夫平子艳发,文以情变,绝唱高踪,久无嗣响。至于建安,曹氏基命,二祖、陈王咸蓄盛藻,甫乃以情纬文,以文被质。自汉至魏四百余年,辞人才子文体三变:相如巧为形似之言,班固长于情理之说,子建、仲宣以气质为体,并标能擅美,独映当时。是以一世之士各相慕习,原其飙流所始,莫不同祖风骚。徒以赏好异情,故意制相诡。降及元康,潘陆特秀,律异班贾,体变曹王。缛旨星稠,繁文绮合,缀平台之逸响,采南皮之高韵。遗风余烈,事极江左,有晋中兴,玄风独振。为学穷于柱下,博物止乎七篇。驰骋文辞,义单乎此。自建武暨乎义熙,历载将百,虽缀响联辞,波属云委,莫不寄言上德,托意玄珠,道丽之辞无闻焉尔。仲文始革孙许之风,叔源大变太元之气。爰逮宋氏,颜谢腾声,灵运之兴会标举,延年之体裁明密,并方轨前秀,垂范后昆。

颜谢并称,其来久矣。谢诗如芙蓉出水,颜诗如错采镂金,然较其工拙,延之雕镂,不及康乐之清新,亦逊明远之廉隽。

灵运为性褊激,多怨礼度,而文章之美冠于江左。朝廷以文义处之,不以应实相许,自谓才能宜参权要,既不被知,常怀愤愤,时或非毁执政,构扇异同,黜为永嘉太守。因放游山水,动逾旬朔,民间听讼不复关怀,所至辄为诗咏以致其意焉。后被征为秘书监,使撰《晋书》,而灵运以缺望参政,但粗立条流,书竟不就。出郭游行,或经旬不归,公务旷废。免官东还,与族弟惠连、何长瑜、荀雍、羊璿之以文章赏会,为山泽之游,时人谓之"四友"。故其集中多游览行旅之作,感时伤己之篇,又流连法业,时时赞佛辨宗,远有深致,故能刻尽山水,独具会心。世以陶、谢并称,惟陶之对于自然也,以主观而纵往自得,所长在真在厚;谢之对于自然也,以客观而有意追琢,所长在新在俊,然究非渊明匹矣。延之亦性褊激,兼有酒过,肆意直言,曾无遏隐。在朝每犯权要,出为永嘉太守,意怀怨愤,作《五君咏》以见其志,又尝作《庭诰》之文。与灵运俱以词彩齐名,而性行亦颇相类。然谢尚豪奢,车服器皿皆极鲜丽。颜居身清约，布衣蔬食，常独酌郊野，旁若无人，比于灵运，为得善终。鲍照尝谓延年曰"谢诗自然可爱，君诗雕绘满眼"，延之终身病之。

立于颜谢之间者，有鲍照，字明远。元嘉中尝为《河清颂》，其叙甚工。以诗见知义庆，事文帝为中书舍人。帝好文章，自谓人莫能及，照悟其旨，为文章多鄙言累句，咸谓照才尽，实不然也。所作诗文，以俊逸之笔写豪壮之情，发唱惊挺，操调险急，雕藻淫艳，倾眩心魂，古乐府尤奇调独创。史称其文甚遒丽，信然。然其所短，颇喜巧琢，与延之同病，至其笔力之矫健，则远过之。与谢并称，允符二妙，顾名不及焉者，岂所谓才秀人微，取淹当代者耶？

抑颜、鲍、谢三家，尤足启后代之津途。自汉以来，模山范水之文，篇不数语，而康乐重章累什，陶写流峙之形，后之言山水者，此其祖矣。陆士衡对偶已繁，而用事之密、雕镂之巧，始于延年，齐梁声病之体，后此对偶之习，是其源矣。国风好色而不淫，楚辞美人以喻君子，五言既兴，义同诗骚，虽男女欢娱幽怨之作，未极淫放。至明远，倾侧宫体，作俑于前。永明、天监之际，延年、康乐皆微，惟鲍体盛行，事极徐、庾，红紫之文遂以不返，并时文苑之才，虽有若傅亮、谢晦、谢瞻、谢庄、谢惠连、袁淑、范晔、何承天之伦，藻饰纷披，雕文纂合，各标所长，而比于三子之关系，为较轻矣。

第二十三章　永明文学

　　永明文学,承元嘉之流风而更钻研声律者也。当是时,汝南周颙好为体语,因此切字皆有纽,纽皆有平上去入之异,而吴兴沈约、陈郡谢朓、琅琊王融盛为文章,以气类相推毂。约等文皆准音韵,用宫商,以平上去入四声制韵,不可增减,世呼为"永明体"。沈约遂撰《四声谱》,刘绘、范云之徒慕而煽之,由是远近文学转相祖述,而声韵之道大行。约持论以为五色相宣,八音协畅,繇乎玄黄律吕,各适物宜,欲使宫商相变,低昂互节。若前有浮声,则后须切响。一简之内,音韵尽殊;两句之中,轻重悉异。妙达此旨,始可言文。于是八病四声之论竞起,务为音律之协谐,雕绘者益进而纤巧,绮丽者益进而轻艳。是为永明文学之特色,而为其中心者竟陵八友。

　　竟陵王萧子良者,齐武帝第二子,而为当时奖励文学最有力者也。武帝有男二十三,竟陵王最贤,好士礼才,故天下文人词客皆集其门下,而以谢朓、任昉、沈约、陆倕、范云、萧琛、王融、萧衍为一代领袖。谢朓以诗鸣,任昉以文章闻,沈约诗文兼长,陆倕以下五人并皆当代才俊,世称竟陵八友是也。

　　李青莲论诗目无往古,惟于谢玄晖,三四称服,泛月登楼,篇咏数见,至欲携之上华山、问青天。其为五言诗,情文骏发,往往神似玄晖,诚心仪之,非临风空忆也。梁武帝绝重谢诗,云"三日不读,即觉口臭",沈约亦曰"二百年来无此作也",其见贵当时如此。试反复读之,觉其灵心妙悟,寓深情于笔墨之中,发至理于笔墨之外,渊然泠然,别饶风趣。然唐之声律实自此肇矣。世以玄晖与灵运、惠连并称"三谢",然康乐每患板涩,玄晖多清俊,以厚论之,终居康乐下,至法曹尤非二人敌也。朓性轻险,仕齐明帝为中书郎,寻出为宣城太守,东昏侯废立之际,朓畏祸,反复不决,被收下狱死,时年三十六。

　　任彦升天才卓尔,文章辞赋皆极精深典实,仕为尚书殿中郎,转竟陵王记室,性孝友,好交结,奖进士友。善属文,才思滔滔不穷,当时侯王奏疏多出其手。为文起草辄成,不加点窜。梁武帝初在竟陵西邸,一日戏谓昉曰:"吾登三府,当以卿为记室。"昉亦戏之曰:"吾登三事,当以卿为骑兵。"盖以武帝善骑故也。后武帝登三府,果引昉为记室,齐梁禅让之际,玺书诏令多昉为之。为文壮丽,少浮泛之弊,字字凝练,语语铿锵,实齐梁二代之冠冕,六朝三百年之菁英。沈约称其"心为学府,辞同锦肆",时人云"任笔沈诗",昉闻,甚以为病。晚节用意为之,欲以倾沈。用事过多,属辞不得流便,自尔都下士子慕之,转为穿凿,于是有才尽之叹矣。

沈休文历仕三代,著书四百余卷,藏书至二万卷,六朝诗人文士甚多,鲜能出其右者。为学出入儒道佛三家,精通旧章,博览洽闻,当世取则。谢玄晖善为诗,任彦升工于文章,约兼而有之,然不能过也。所撰《四声谱》为声韵学上一大发明。时梁武帝不好四声,而约自信为入神之作,以为在昔词人累千载而未悟,己独得其妙旨,至令唐宋以后千有余年之诗人,皆奉其遗型,是岂非文学史上可特笔大书者乎？性恬退,虽仕进而不恋荣利,居处俭素,以郊居之乐自慰。为《郊居赋》,辞情朗逸,论者尝以山涛比之。好诱掖后进,王筠、张率、何逊、刘孝绰、吴均、刘勰皆当世能文之士,尝蒙其推挽,最有助于文学之发达者也。所著《宋书》,虽文章缓弱,不及范晔《后汉》,而该详富赡,亦自可观。诗较鲍、谢为逊,在萧梁间亦不失为大家。

陆倕文章与任昉并称,梁简文帝为太子时,与湘东王书曰:"谢朓、沈约之诗,任昉、陆倕之笔,实文章之冠冕,述作之楷模也。"王融博涉有文才,然好作艳句,刻饰涂泽,务以声色胜人,颇乏神气。所作《曲水诗序》以巧丽称,一时有胜于颜延年之誉。范云每一下笔,金玉立成,时人疑其宿构。萧琛夙见知于梁武,备受恩遇,称为宗老。皆有声响于当时,蔚一世之文运者也。

谢朓《离夜》云:

> 玉绳隐高树,斜汉耿层台。离堂华烛尽,别幌清琴哀。翻潮尚知限,客思耿难裁。山山不可梦,况及故人杯。

沈约《玩庭柳》云:

轻阴拂建章，夹道连未央。因风结复解，沾露柔且长。楚妃思欲绝，班女泪成行。游人未应去，为此还故乡。

王融《临高台》云：

游人欲骋望，积步上高台。井莲当夏吐，窗桂逐秋开。花飞低不入，鸟散远时来。还看云栋影，含月共徘徊。

范云《巫山高》云：

巫山高不极，白日隐光辉。蔼蔼朝云出，冥冥暮雨归。岩悬兽无迹，林暗鸟疑飞。枕席竟谁荐，相望空依依。

此录其尤近唐音者，用以知其风骨卑弱，已开律体之先路矣。

第二十四章　梁陈间作者

齐梁陈三朝递嬗,其间文人大抵为贰臣,如沈约、任昉、陆倕、范云、萧琛、何逊、吴均、刘孝标、丘迟、庾肩吾之伦,旧皆策名萧齐。阴铿、徐陵、张正见辈,又皆筮仕萧梁。人既不殊,体无或异,统曰梁陈间作者,正以著当时文风之相同也。竟陵八友,惟萧衍遭际时会,自致大位,不仅以文名。

梁祚虽仅五十年,而文运之隆在六朝中为最,其源实自武帝父子畅之。武帝幼而聪明睿敏,长更博学多艺,好筹略,有文武才干,洞达儒道佛,时流名辈,靡不推许。即位之后,博求人才,大修文教,鼓吹玄风,扇扬儒业。尤笃信正法,长于释典。为文下笔成章,千赋百诗,直疏便就。虽怒徐摛之宫体,而其诗亦渐染艳情,不能遂革靡靡之习,而变诸子浮薄之风。太子统笃学早逝,第三子简文帝博综儒书,善谈玄理,读书十行俱下,作诗千言立成。好作艳曲,江左化之,因有宫体之目。元帝天才英发,读书万卷,能继承父兄之风流,文采、著述、词章并传于世,而文格绮靡,无复温柔敦厚之遗。

梁武父子酷似魏武父子,而功业文章究莫能及,时为之,亦才为之也。顾当时文士,可匹建安诸子者,则少有人焉。任昉、沈约其称著者已。何逊诗文工丽,范云见其文,嗟赏曰"观文人质则过儒,丽则伤俗,能清浊古今,见之何生矣",沈约谓"每读卿诗,一日三复,犹不能已"。刘孝绰为文甚美,王融谓"天下文章无我,卿当独秀"。王筠之文藻,沈约叹为"晚来名家之独步"。张率之才华,武帝称其长兼枚、马。周兴嗣之《舞马赋》压倒张率,《光宅寺碑》凌驾陆倕。其病也,武帝兴斯人斯疾之叹。吴均博学才俊,体清拔,有古气,好事者效之,谓之"吴均体"。外此江淹、丘迟、到溉、到洽、徐摛、庾肩吾辈,要皆佼佼一时,而关系尤重者,莫若徐陵、庾信。

世以徐、庾并称,然徐实不及庾。梁大通间,徐陵与其父摛仕于太子,得恩宠。时庾信亦与其父肩吾出入东宫,当时称为"双俊"。梁禅于陈,陵历事武帝、文帝、宣帝,盛被礼遇,凡梁陈禅让之诏策及陈初之檄书诰命,皆出其手笔,盖犹任昉之于齐梁之际也。为文绮艳,世与庾信称"徐庾体",一时后进之士竞相仿效,隐为一代文宗。庾信后入周,以南人而雄视北方,启隋唐之新运,则所关尤较重焉。信字子山,幼而俊迈聪敏,博览群书,尤精《春秋左氏》。及聘东魏,邺下文人学者皆盛称其文辞。梁亡,入西魏,遂仕于周。凡经四朝十帝,殊可谓长乐老人矣。陈、周通好,南北流寓之士各得归其乡,周主独留信与王褒不放还。居恒郁郁,有乡关之叹,此《哀江南赋》所为作也。其在周,以文倾世宗、高祖,以逮滕、赵诸王,皆款待优渥,与为布衣之交。凡周群公墓志碑铭,多出其手,其文不独高出北朝,即当时南朝诸人,亦皆在下风,时有南徐北庾之称。然其才华富有,绮丽之作本自青年,渐染南朝数百年之流风。及其流转入周,重以漂泊之感,调以北方清健之音,故中年以后之作能洒脱梁之宫体而特见风骨。杜甫称之曰"清新庾开府",又曰"庾信文章老更成",盖上摩汉魏之垒,下启唐宋之途,实以信为能兼之也。徐、庾以外,以善属文名者,南有阴铿,北有王褒。阴铿仕于陈世,与何逊并称阴何,然阴专工琢句,实不逮何。王褒与庾信留周,并齐名,往往有感怆之句,而亦终不及信。

夫文自齐梁以来,其词概绮艳而失于轻浮,其情则多哀思,几如听亡国之音。南风之不竞,是岂无故哉!彼其君臣游乐,据半壁之江山,以偷一时之安逸,而忘百年之远图。风俗日偷,淫荒日甚,陈后主之昏亡,尤足以著江左文章之结穴。后主少有才慧,自为太子时,与詹事江总等为长夜之饮。即位后,更起临春、结绮、望仙三阁,各高数十丈,连延数十间。其窗牖壁带,悬楣栏槛皆以沉檀为之,饰以金玉,间以珠翠。外施珠帘,内有宝床宝帐,其服玩瑰丽,近古所未有。每微风暂至,香闻数里。其下积石为山,引水为池,杂植奇花异卉。后主自居临春阁,贵妃张丽华居结绮阁,龚、孔二贵嫔居望仙阁,并复道交相往来。又有王、李二美人,张、薛二淑媛,袁昭仪、何婕妤、江修容并有宠,迭游其上,以宫人有文学者袁大舍等为女学士。仆射江总虽为宰辅,不亲政务,日与孔范、王瑳等文士十余人侍宴后庭,无复尊卑之序,谓之狎客。后主每饮酒,使诸妃嫔及女学士与狎客共赋诗,互相赠答,采其尤艳丽者被以新声。选宫女千余人，习而歌之，分部迭进，其曲有《玉树后庭花》《临春乐》等，大略皆美诸妃嫔之容色。君臣酣饮，自夕达旦，以此为常。由是宦官近习，内外连结，宗戚纵横，货赂公行，文武解体，以至覆灭。淫靡之风，浮华之习，一至于此，其亡也宜哉。

第二十五章　大邢小魏

自五胡递兴，典午南渡，河淮以北，鞠为战场，礼乐文章，荡然以尽。拓跋崛起，收拾群窃，日寻干戈，不遑文事。虽有崔浩、高允之徒，蔑足道矣。孝文迁洛，慕尚文雅，庶几华风，如李冲、李彪、高闾、王肃、郭祚、宋弁、刘芳、崔光、邢峦之徒，皆以文雅见亲。而孝文亦善属文，每于马上口占，不更一字，一切诏策多自为之。故能振起人文，革粗鄙之旧，兴太平之风，以迄于齐。而执当时文坛之牛耳者，前有袁翻、常景，后有萧悫、颜之推，尤以温子昇、邢邵、魏收三人为最。

温子昇、邢邵皆才德兼备之士，以文章德行名一时，世称温邢。魏收则天才焕发，夐在二子之右，而年齿在其后，故子昇死而邢、魏并称，有大邢小魏之目。大小之意，非以其人品学识之高下，由其年辈之前后称之也。而二人者各异所好，邢邵规模沈约，魏收私淑任昉。及两人互争名而相訾毁也，魏收常薄邢之文，谓为沈约集中之贼，而邢邵亦谤收模拟任昉，时时剽窃。祖珽对颜之推曰"邢、魏之臧否决，即沈、任之优劣定矣"，而文宣尝贬邢之才，谓不及收，文襄亦谓温、邢词气逊于魏收，岂休文终乙于彦升乎？

北朝文学之特色，有清刚质实之音，无轻艳浮华之习，力虽不逮汉魏，格已高出齐梁。此固风会使然，亦由地气所致。如温、邢二子，文行忠信士也，温素不作赋，邢亦不甚好之，惟魏收诘其所短而傲之，尝曰"能作赋者始为大才"，然温、邢之文质彬彬，其高出于魏收之奸秽者，固已多矣。

第二十六章　六朝之乐府

自《乐经》放失，汉立乐府以后，歌咏杂兴，而诗之流乃有八，名曰行，曰引，曰歌，曰谣，曰吟，曰咏，曰怨，曰叹，皆诗人六义之余也，至其协声律、播金石而总谓之曲。若夫均奏之高下，音节之缓急，文辞之多少，则系乎作者才思之浅深与其风俗之薄厚。司马相如、匡衡之徒，所为文章，深厚尔雅。曹氏父子气爽才厉，恒悲壮奥崛，颇有汉家遗风。自晋迁江左，下逮隋唐，德泽浸微，风化不竞。去圣逾远，繁音日滋，艳曲兴于南朝，胡音化于北俗。哀淫靡曼之辞递作并起，流而忘返，以至陵夷。故萧齐之将亡也有《伴侣》，高齐之将亡也有《无愁》，陈之将亡也有《玉树后庭花》，隋之将亡也有《泛龙舟》。所谓繁手淫声，争新怨衰，新声炽而雅乐亡矣。条其流品，略如下方。

汉以后乐府，风体颇极发达，而雅颂则微。魏郊庙疑用汉辞，晋使傅玄改其乐章，宋命颜延之造天地郊登歌三篇，大抵依仿晋曲。南齐、梁、陈，初皆沿袭，后更创制。元魏宇文，雅好胡曲。沿隋及唐，初依江左旧乐，既乃更造新章，然古意久亡矣。汉鼓吹、铙歌，军乐也，原有《朱鹭》等二十二曲，魏使缪袭改为十二曲，而《君马黄》等十曲并存旧名。晋命傅玄复制二十二曲以代魏曲，惟玄云《钓竿》之名不改汉旧。宋齐并用汉曲。北齐二十曲，皆改古名，其《黄爵》《钓竿》则略而不用。后周革前代鼓吹，制为十五曲。隋唐承之，非复古遗矣。又魏晋以后有横吹曲，初亦称鼓吹，汉有二十八解，后不复存，所用者有《黄鹄》等十四曲。又有《关山月》等八曲，梁陈隋唐间拟其辞者颇众。相和歌，汉旧歌也，旧有平调、清调、瑟调，谓之三调，后又有楚调、侧调，总谓之相和调，魏晋以来相承用之。后魏用兵淮、汉，获南音，谓之清商乐，相和诸曲亦皆在焉。隋加损益，特置清商署以管之。唐以领于十部，其新起于江左者，则《吴歌杂曲》《西曲歌》《江南弄》。《吴歌杂曲》其始皆徒歌，既而被之管弦，盖自永嘉渡江后，下及梁陈，咸都建康，所由起也。《西曲歌》出于荆郢樊邓之间，其声节迭和，与吴歌异。《江南弄》则梁武帝改西曲为之也。此外尚有《舞曲》《琴曲》《杂曲》等歌,而《杂曲》尤广用。《杂曲》者,历代有之,或心志之所存,或情思之所感;或宴游欢乐之所发,或忧愁愤怨之所兴;或叙离别之怀,或言征战之苦;或缘于佛老,或出自夷虏。其名甚多,或因义命题,或学古叙事,体变于风而情词放欤矣。

当是时,词人之歌咏往往制为长短句,开后世填词之祖,如梁武帝、沈约等之所为者,至隋炀帝《望江南》八阕,直成词谱。然《西溪丛话》谓为朱崖李太尉为亡姬谢秋娘所作,殆或然欤,今不取。梁武帝《江南弄》七曲,其一云:

众花杂色满上林,舒芳耀绿垂轻阴。连手躞蹀舞春心。舞春心,临岁腴,中人望,独踟蹰。

沈约《六忆》云:

忆眠时,人眠独未眠。解罗不待劝,就枕不须牵。复恐旁人见,娇羞在烛前。

长短句之相间,盖因合乐之时,随低昂而生节奏,以致错落不齐,周颂汉歌,往往然矣。惟天籁独摅,初无定谱,按歌合节,一主于和。洎乎郑卫杂兴,竞为靡曼,声病之说出,而朴直之气衰,律以密而弥拘,情以荡而益促,古人以声就词,后人以词就声,此不独乐府之变,抑亦天人之代迁也。

第二十七章　文集与文史之盛兴

　　六艺皆圣人之制作,所用以平治天下者,而文其寄焉耳。周道既衰,诸子蜂起,各以其学驰骛于世,思明其道术,而文始繁。然志在存道达情,初无意于为文,而无不可视为文也。逮乎两汉,学术益梦,文章渐富,文集与文史句萌始达,而后文学之途径成焉。

　　班志艺文,如以贾谊之奏议入于儒家,辞赋入于赋家,但记目篇,不区体制,则以其渊源所自,尤足成一家之言,与诸子未甚相远。然赋本出于诗,不仿太史公入《春秋》例,以居葩经之后,而另立赋家,自为一略,文学分途,已难合轨,然犹未尝有汇次诸体,裒为文集者也。自东京以降,迄乎建安、黄初之间,文章转繁,众家之集日以滋广,范、陈二史所次文士诸传,识其文笔,但云所著诗赋碑箴颂诔若干篇,而不云文集若干卷,则文集之实已具而文集之名犹未立也。晋代挚虞苦览者之劳倦,于是采摘孔翠,芟简繁芜,自诗赋以下各为条贯,合而论之,谓之《流别》,学者便之。及阮孝绪撰《七录》,始立文集录,由是后世牵率应酬之作,决科俳优之文,亦横入别集,用供尾闾。是文集之名实仿于晋代,而成于萧梁昭明太子,复祖述挚虞之意,筑文选楼,与刘孝威、庾肩吾等所谓高齐十学士者讨论篇籍,商榷古今,成《文选》三十卷。徐孝穆又取《文选》之所弃余者,集其艳词为《玉台新咏》十卷。此二书者为后世文选与诗选之权舆,亦为总集与别集之分派,文章之繁,盖于此而可见也。

　　战国诸子之所争,尝在学术。荀子之《非十二子》篇,庄子之《天下》篇,韩非子之《显学》篇,皆学术之品量,而不及于文艺。两汉专家之学就衰,而论文始盛。枚、马之徒互竞妍丑,向、雄诸子讥议前哲,魏文《典论》则品藻夫时人,士衡赋文又抉发其利病。文学之研究,浸重于世矣。由是而继起者,则有挚虞之著《流别》,李充之论《翰林》,本平生之心裁,充文坛之祈向,文学一途,益以精进。洎乎梁代,英彦朋兴,刻意文藻。刘勰始商榷古今,包罗群籍,别其体制,较其短长,为《文心雕龙》,凡五十篇。将欲以济圣经之用,成一家之言,自谓梦持礼器,随仲尼南行,自负亦不浅矣。同时作者尚有任昉之《文章缘起》,取秦汉以来之文而析其源流。钟嵘之《诗品》,列古今诗人而分为三品,虽不逮刘氏之明通,抑亦艺苑之宝筏,大启后世文评、诗话之宇者也。吴兢《西斋》取题文史,《文献通考》因之,文学之研究盖至此而始盛也。

然则文集之兴,实起于学不专师,杂无可投,不得不以集统之也。文史之兴,实起于文章既繁,渐成专业,不能不有史以明之也。自《文选》出,而言文学者始有范围;自《文心雕龙》出,而言文学者始穷格调。此文学之坦途,抑亦文学史上之大关键也。

第二十八章　隋之统一与文运之更始

隋与秦,居相等之闰位者也。秦承姬周学术之分裂,为汉代文化之椎轮;隋亦承南北朝之浮华,启李唐文教之新运。先是,宇文泰病当时文章竞尚浮华,欲革其弊。魏主飨太庙,命苏绰仿《周书》作《大诰》,宣示群臣,戒以政事,其略云:

惟中兴十有一年仲夏,庶邦百辟,咸会于王庭。柱国泰洎群公列将,罔不来朝,时乃大稽百宪,敷于庶邦,绥我王度。皇帝曰:昔尧命羲和,永厘百工。舜命九官,庶绩咸熙。武丁命说,克号高宗。时惟休哉,朕其钦若,格尔有位。胥暨我太祖之庭,朕将丕命女以厥官云云。并命自今文章,皆依此体。

及隋文帝受周禅,性不喜词华,诏天下公私文翰并宜实录。泗州刺史司马幼之文表华艳,付所司治罪。治书侍御史赵郡李谔亦以当时属文体尚轻薄,上书曰:

魏之三祖崇尚文词,忽君人之大道,好雕虫之小技。下之从上,遂成风俗。江左齐梁,其弊弥甚。竞一韵之奇,争一字之巧。连篇累牍,不出月露之形;积案盈箱,唯是风云之状。世俗以此相尚,朝廷据兹擢士。利禄之途既开,爱尚之情愈笃。于是闾里童昏,贵游总卅,未窥六甲,先制五言。至如羲皇舜禹之典,伊傅周孔之说,不复关心,何尝入耳!以傲诞为清虚,以缘情为勋绩,指儒素为古拙,用词赋为君子。故文笔日繁,其政日乱。良由弃大圣之轨模,构无用以为用也。今朝廷虽有是诏,如闻外州远县,仍踵弊风。躬仁孝之行者,摈落私门,不加收齿;工轻薄之艺者,选充吏职,举送天朝。盖由刺史县令未遵风教,请普加采察,送台推劾。

诏以谔所奏颁示四方。王船山论之曰："文章之体,自宋齐以来,其滥极矣。裁之以六经之文,而言有所止,则浮荡无实之情抑亦为之小戢。故自隋而之唐,月露风云未能衰止,而言不由衷,无实不祥者,盖亦鲜矣,则绰实开之先矣。宇文灭高齐而以行于山东,隋平陈而以行于江左,唐因之而治术文章咸近于道。生民之祸,为之一息。此天欲启晦,而泰与绰开先之功,亦不可诬也。"

隋非必能起衰也,疲极思息,郁极思舒,当箕风毕雨之时,而有月晕础润之兆也。故其见于文字者,不古不今,而有不醇之色,以至于唐初,徐庾邢魏之流风,盖犹未沫。积重难返之势,本不可遽期之岁月间也。炀帝,当时唯一之词人,司转移风会之枢机者也,其荒淫骄奢等于陈之后主,而大有豪健之风。盖轻艳本之梁陈,而如《饮马长城窟》《白马篇》则气体阔大,能存雅正之音。诏书亦稍近质厚,如《再伐高丽诏》雄伟宏丽,颇为得体,正明而未融之候也。此外诸臣,亦同风调,足征南北思潮之合流,而犹有淄渑之味也。

北朝好质而尚经学,南朝好文而尚诗歌,及隋起而天下一统,南北潮流始合。故如陆法言之《切韵》,则承沈约之遗风也。颜之推之《家训》、王通之《中说》,则纯然儒家言也,而王通为尤。通字仲淹,家世以儒术显,至通而益大。通少受《书》于东海李育,学《诗》于会稽夏琠,问《礼》于河东关子明,正《乐》于北平霍汲,考《易》于族父仲华。仁寿中,西游长安,上《太平十二策》,文帝大重之。以见沮于公卿,遂归河汾,作《东征》之歌,隐居教授,乃续诗书,正礼乐,修元经,赞易道。九年而六经大就。书未及行,遭时丧乱,竟以亡失,惜哉! 而后之论者,多所疑怪,诮其续经为吴楚僭王,陋儒从而和之,加诟厉焉,于是通之道不行于当时,且长埋于后世矣。夫就秦汉以来之事,而窃取其义,以明王道,统文献,征进化,夫复何害? 苟其不足比于六经,自有优劣之判,则并存焉而以观后王为法,亦未始非治平之一助。必悬一六经以尚古为能事,务排通而后快,谓经不可续、圣不可继也,岂不悖哉!而幸也通之道薪尽而火传也。

第四编　近古文学

第一章　唐之文化及思潮(一)

　　唐之文物典章灿然具备,而其基皆建之于贞观。贞观之政,文治武功古今无两,而其端悉操于太宗之庙谟。太宗实圣神文武之资也,既扫清妖孽,巩立皇图,乃北殄突厥、西平吐谷浑、高昌,东伐高丽,北灭薛延陀,西臣西域,领地被于四垂矣。而又远揽成周,近观叔世,度立国之宏规,成一王之典制。自为秦王时即潜心治道,开文学馆,延致文学之士,讨论文艺尝至夜分。及即位后,复置弘文馆,聚四部二十余万卷书,妙选天下文学之士为弘文馆学士。听政之暇,引见内殿,商榷古今,醲醲然宏奖文学,崇尚经术,儒雅之风渢然云蒸。而当时诸臣亦极一时之选,原其所自,大都为王仲淹徒人。通教授河汾,弟子盖千余人,其著者,窦威、贾琼、姚义受《礼》,温彦博、杜如晦、陈叔达受《乐》,杜淹、房乔、魏徵受《书》,李靖、薛方士、裴晞、王珪受《诗》,叔恬受《元经》,董常、仇璋、薛收、程元备闻六经之义,而房玄龄、温大雅以及繁师玄、靖君亮、王孝逸、裴嘉之伦皆列在门墙。若房、杜、李、魏、二温、王、陈辈,迭为将相,辅翼太宗,唐三百年之业,多出通门人之功,岂不伟哉! 夫以汉之近古,遭秦一炬,而所遇多武夫。然则唐之所以胜于汉者,实通之有所留贻。惜天不假通以年,而使圣主遇圣臣,致令房、魏诸公戚戚于礼乐之兴,而兴有元首无股肱之叹也。

　　战国南北之思潮统一于汉(参观第二编第八章),魏晋五季之思潮融会于唐。唐之世,实儒道佛三教汇流之时代也。自魏晋崇黄老,而宋齐以下,浮屠之教义又泛滥焉。齐梁间三教调和,恒为当世学者之理想(参观第三编第二十一章),而王仲淹亦有是志也。程元曰:"三教何如?"文中子曰:"政恶多门久矣。"曰:"废之何如?"子曰:"非尔所及也。真君建德之事,适足推波助澜,纵风止燎尔。"子读《洪范谠议》曰:"三教于是乎可一矣。"唐兴,高祖太宗均崇尚儒教,砥砺经术,屡幸国子监,奖进天下名儒,而又皈依佛教,尊崇道教。三藏玄奘,译印度经论一千三百三十余卷,太宗高宗皆信仰之,释徒以盛。以老子姓李氏而与同姓,太宗特尚老子,位于释氏之上,高宗更尊老子为太上玄元皇帝,故道教于唐益滥。历世之主虽时有异尚,而究少偏残,故终唐之世,尝呈三教合流之观。儒教思潮以为政治上之源泉,佛道二教视为宗教上之根本,景教、回教则细流而已。至三教融铸之功,有宋理学始为得之。

第二章　唐之文化及思潮（二）

　　有唐一代,文学极盛之时也。而其垂范后昆者尤莫若韵文,而无韵文次之。"自从建安来,绮丽不足珍",唐开神尧之运,于诗有李杜,于文有韩柳,咸有登峰造极之观,而诗尤盛于文者。盖通唐三百年,弥满于上下,均各极其能事也。故次唐之文学,诗为主而文次之,其余杂艺以时附见云。

　　唐诗超轶古今,顾其所由致此者,主因有二:唐代人主靡不能诗,庙堂之上雍容揄扬,侍从游宴之作,奉诏应制之篇,不一而足。人情喜仕宦而唐制最重进士,以诗赋选录,其始进也如此。宪宗读白居易讽谏诗,召为学士。穆宗善元稹歌诗,征为舍人。文宗好五言诗,特置诗学士七十二人。其被用也又如此。上以是征,师以是教,交友以是相高,其盛也不亦宜哉?

　　唐之诗集汉魏以来之大成,开宋元以后之宗派。以体言,则五、七、杂言以至乐府歌行、律、绝,无一不备;以格言,则圣神、仙凡、妖艳、鬼怪各品,无所不有;以调言,则飘逸、雄浑、精深、博大、绮丽、幽邃、清奇、纤冶、奥峭,无一不至;其人则帝工将相,以至村夫野老,妇孺樵牧,缁流道士,无有不能。清乾隆时敕撰《全唐诗》,凡九百卷,二千三百余家,四万八千九百余首。自唐至清,垂千余年,其间湮没不传者何限,而犹浩若烟海,供后人之沾丐。有唐韵文,在中国数千年中可谓最极其盛者矣。

　　总全唐诗之变迁,明高棅本陆游说,分初唐、盛唐、中唐、晚唐四期。初唐自高祖武德元年至玄宗开元初,凡一百年。盛唐自玄宗开元元年至代宗大历初,凡五十余年。中唐自代宗大历元年至文宗太和九年,凡七十余年。晚唐自文宗开成元年至昭宗天祐三年,凡八十余年。因时代以分人,虽人各一体,而一时代必有一时代之特色与其精神。兹就四期中诗风之变迁,略为次论之。

　　六朝之诗,艳矣丽矣,而格调之壮阔、气势之雄浑,盖阙如也。隋炀帝有复古之志而不果,唐承之而加进焉。然初唐之际,犹秉六朝余风,未能澌除旧习。王、杨、卢、骆四杰之作虽雄丽宏恢，而不脱脂粉之气、骈俪之调。及陈子昂出，始慨然有志复古，开风雅之源而为盛唐之先驱。中宗之世，天下无事，怀于宴安，侍臣词人争以诗酒相虞乐，献酬交错，唱和风生，帝亦多取诗文之士充弘文馆学士。由是望风承旨、希荣固宠之徒藉歌咏以倖进，轻佻之风因以日炽。沈佺期、宋之问二人，尤为班首。玄宗即位，笃嗜文学，深厌浮华，群臣乃黜轻绮，谢雕琢，遂一转而入于盛唐之域。方是时，唐威震四夷，承累世之富，府库充实，长安繁华，前后无比。宫室之壮丽，衣服之丽都，盖驾于天下矣。南衢北里，美女如云，千金游侠之子流连其间，丝竹之声昼夜不绝，洋洋乎太平之象也。故建筑、音乐、绘画、雕刻诸艺术，咸极一时之盛，而诗亦开未曾有之大观。李杜，诗中之圣也，而翼之以王维、孟浩然、储光羲、岑参、高适、李颀、常建、贾至、王昌龄之徒，并辔联镳，互相辉映，譬之梅樱桃李，烂发一时，万紫千红，各标特色。俄而风姨暴起，折木扬尘，魏紫姚黄，狼藉都尽。渔阳鼙鼓动地方来，万乘旌旗仓皇西幸，九重城阙蹂躏于胡马之蹄，六宫娥眉宛转于翠华之道。时势之斗转，致令诗学之意象与音节亦随之而变迁。故天宝之乱为唐室盛衰之转关，抑亦唐诗盛衰之分水岭也。言诗至李杜，譬之登山而达于绝顶，自兹以往，则骈骅骝而下峻阪矣。中唐以后，专求语句之工巧，气象迫促，已不如盛唐之混涵，其间惟韦应物之雅淡、钱起之清赡庶几接踵前武。元和之世，韩、白二家并宗杜甫，然一失之险，一失之易。逮至晚唐，自李商隐、温庭筠、杜牧以下有许浑、刘沧，而剩水残山难语于大。至皮日休、陆龟蒙，已开宋诗之端，而唐音于此绝响。

诗莫盛于唐，而赋亦莫盛于唐。自魏晋以来，上焉者以浩博竞胜，往往组织伤风雅，词华胜义采。次之则一例绮靡，殊欠古气。唐总八朝之众轨，启后代之支流，踵武姬周，蔚然翔跃。古赋、排赋、律赋、文赋，百体争开，昌其盛矣。人徒以清疏雅隽之派归宗于欧阳永叔之《秋声》、苏子瞻之《赤壁》、李泰伯之《长江》、黄鲁直之《江西道院》，不知实导源于唐也。韩柳为扫除对偶之宗，亦即倡导声音之祖，试观所著，意味深长，风骨苍劲，挟周翼汉，特冠当时。其他有韵之辞，大率类是，唐于辞赋，信可云善变矣。后代循流继轨，异制无多,而轻华腐滥之辞,一式同声,迭相祖述。孔子曰:"禘自既灌而往者,吾不欲观之矣。"本篇言赋,于此咏麟趾焉。

四六远肇东京,篇不数联,其风未畅。齐梁绮艳,始拓坦途,至于唐而亦大盛。追原所自,多由试赋而来。官烛易销,意取数行俱下;韵枝所窘,常恐孤字难安。沿徐庾之流风,加急就之章草。譬若隶书,用居省便,宏用于应奉,通道于志状,盖不独制诰、表章、笺启之属然矣。综其前后,虽体态略殊,而朴直之气,精湛之色,殆已透过六朝。陈子昂、独孤及、韩愈、柳宗元等相继提倡雅正,以古文相号召,天下为之辟易。虽慕从者较鲜,而得此振臂之呼,散文骈文亦自骎骎入古,开有宋古文极盛之源。唐于文学界之关系,洵不浅也。

第三章　古今体诗格之成立

诗之体制,至唐而大成。汉魏六朝诸作,祖述风骚,陶写情性,篇无定句,句无定声,长短曲折,惟意所从,世号曰古体。唐调以声律,加以排整,句有绳尺,篇有矩矱,世号律诗,或曰今体(一曰近体),以别于古体也。古体、今体,唐代始划立鸿沟,下此千余年间,倾无量英俊之心血,要皆依样葫芦,初未敢越雷池一步也。

律诗之兴,发于齐梁间作者(参见第三编第二十三章),非必始兴于唐也。盖自沈约创声病之说,尔后诸家遵轨,竞为新丽,益与律体相近。陈隋之间,江总、庾信、虞茂、陆敬、薛道衡、卢思道等所作,往往见五律、七律、排律之体。唐王绩《野望》《九月九日》等诗,唐太宗饯来济诗,则声律稳顺,属对精密,又近开律体之先声。然其初非出有意,不过偶合新调,故未能别成一格,凡其集中用律诗格调者,或仅六句,或至十句。至陈、杜、沈、宋揣其声音,顺其体势,始与六朝以前之古诗判然分途。盖前者之作不期而成八句,后者之律则立意而为四韵也。严羽有言:"风雅颂亡,一变而为离骚,再变而为西汉五古,三变而为歌行杂体,四变而为沈宋律诗。"是已。

近体诗,合五七言律、五七言绝而称也。绝之声调与律同,或不与律同亦可,章四句,通常散行,亦有全体属对者,有前二句或后二句属对者,盖由律诗中截来,故又号曰截句。五绝则本汉魏小乐府五言,如"藁砧今何在,山上复有山。何当大刀头,破镜飞上天",此其祖也。此类之作,其始皆用隐语,若《子夜》《欢闻》《前溪》《读曲》诸歌辞皆是。齐梁以后,淫哇成风,荡子浪妇以为信口道情之具,校其声律,遂成绝句。然则律为古诗之变,而绝为乐府之变。即以七绝论,如《挟瑟歌》《乌栖曲》等,亦已肇其端,而大业末年,有刺炀帝之巡游无度者云:"杨柳青青著地垂,杨花漫漫搅天飞。柳条折尽花飞尽,借问行人归不归?"盖宛然盛唐之音也。是绝句之创定,先于律诗,而五绝之早成,又先于七绝。

知绝句之源于乐府,则知唐之乐府大抵主于绝句也。王渔洋山人尝撰宋洪氏《唐人万首绝句选》,以庀唐乐府,以谓李杜、韩柳、元白、张王、李贺、孟郊之伦,皆有冠古之才,不沿齐梁,不袭汉魏,因事立题,号称乐府之变。而考开元天宝以来,宫掖所传,梨园弟子所歌,旗亭所唱,边将所进,率当时名士所为绝句,故王之涣"黄河远上"、王昌龄"昭阳日影"之句,至今艳称之。而右丞"渭城朝雨"流传尤众,好事者至谱为《阳关三叠》。他如刘禹锡、张祜诸篇,尤难指数。由是言之,唐三百年以绝句擅场,即唐三百年之乐府也,诚可谓体兼古今、无美不备者矣(汪师韩《诗学纂闻》谓七言律诗即乐府也,此乃为乐章者偶用律体云尔,兹略不举)。

唐不独诗有古今体,赋与骈文固亦有之。齐梁之作大抵端庄不尚流利,燕许钜公,长篇盘硬,吟口未谐。温李晚出,音节小殊,然温伤仄少而平多,李恨仄多而平少,错落不拘,宕逸自喜,犹有魏晋遗意。至若子安之序滕阁,宾王之檄武曌,语无骨鲠,偶必妃豨,音调务极铿锵,属对更为工整,务除钩棘,敝失侈淫,世因称前者为古体骈文,后者为律体骈文。律体之作虽较少于前,而沿宋迄清,蔚成风尚,实自唐发之也。尝试衡之。文自唐以后为一大变,唐以前字华,唐以后字质。唐以前句短,唐以后句长。唐以前如高山深谷,唐以后如平原旷野。唐以前之为文者,于古人非斤斤乎步骤而私淑之也,唐以后韩欧之文辗转相师,有若道统之传而不坠。唐于文学界,实关古今之分殊焉。

抑与韵文最有关者为韵学,而唐之韵略与今异。初,沈约推衍前人之说,撰《四声谱》,其书今不传,无由详知,然其为后世韵学之祖,已无疑矣。王应麟《玉海》曰:"世谓仓颉制字,孙炎作音,沈约撰韵,为椎轮之始。"至隋,陆法言患南北音乖舛,开皇初,与刘臻、颜之推、魏渊、卢思道、李若、萧该、辛德源、薛道衡等八人,据吕静以下六家韵书,讨论删定者十数年,至仁寿元年始成,名曰《切韵》,以为为文楷式。其书平声五十七韵,上声五十五韵,去声六十韵,入声三十四韵,合二百六韵。后玄宗天宝十载,孙愐增其字,改名《唐韵》,韵目一仍其旧。《唐韵》在唐代盛行,如女道士吴彩鸾所手写者,即是书也。唐代诗人之所循用者,惟此二百六韵,然其间有官韵、私韵之别。官韵用于科举，不许通移，私韵则因官韵限制之严，取其声相近者通用之，用便吟咏。然以比于今日之百六韵，其为严密可知，而唐诗仍极声调之美，其冠绝今古宜也。

《唐韵》至宋仁宗景祐中，丁度等本《切韵》《唐韵》二书，增广之，撰为《集韵》，更合订而为《礼部韵略》，颁诸国子监，以便科试者取则焉。但二百六韵仍循旧未改，私韵仅并为十三部。其后平水人刘渊撰《平水韵》，于唐人私韵果如何通用，既不精审，又唐宋间字音之讹亦未详考，唯就当时发音之类似者，合部目而为一韵，其武断至为可骇。书凡平、上、去三声，各三十韵，入声十七韵，前二百六韵至此一变，几去其半矣。元初阴时夫著《韵府群玉》，删上声中一韵，为一百六韵，即今日所使用者也。明太祖患韵学芜杂，命乐韶凤等撰《洪武正韵》，平、上、去三声各二十二部，入声十部，并为七十六韵，然格未竟行。今之所用，仍为阴本，比平水韵减去一韵，比《唐韵》，其宽严不同日而论矣。读唐诗者，所不可不知也。

第四章　十八学士与唐之经学

　　太宗既已勘定天下，欲偃武修文，七德之舞俯首而不欲视，独谛观于九功之舞者，其微旨盖已有在也。故登极之后，开弘文馆，召致文学之士杜如晦、房玄龄、于志宁、苏世长、薛收、褚亮、姚思廉、陆德明、孔颖达、李玄道、李守素、虞世南、蔡允恭、颜相时、许敬宗、薛元敬、盖文达、苏勖十八人，分为三番，每日六人直宿，讨论坟籍，商略古今，号曰十八学士，使阎立本画像，褚亮作赞，藏之御府。当时天下士大夫以入此选为无上之光荣，名之为"登瀛洲"。

　　十八学士皆能际会风云，于政事上成经国之大业，于文学上又立不朽之盛名者也。善谋之房玄龄，以国器称。善断之杜如晦，以王佐才闻。虞世南拾遗补阙，为人伦之准的。于志宁善于启沃，薛收长于方略。其余诸子，概驰骛于军旅之际，经略天下，款陈襟抱者也。而其入《儒学传》中者，虽止陆德明、颜相时、孔颖达、盖文达四人，入于《文艺传》中者，虽仅蔡允恭一人，然皆负文艺之俊才，积经术之素养。房玄龄幼而警敏，善属文，贯综坟籍，兼工草隶。杜如晦英爽喜书，常以风流自命。虞世南有德行、忠直、博学、文词、书翰五绝，徐陵尝赏其文类己。褚亮博学多识，尝赋诗陈主前，江总诸人惊其敏赡。姚思廉受诏与魏徵撰梁、陈二史。李守素通氏姓之学，号为肉谱，又称人物志。苏勖博学有美名。薛收马上草书檄，该敏如宿构。薛元敬掌文翰于军国之际，最为称职。许敬宗常掌法令，撰国史。外如于志宁、李玄道、苏世长，文辞皆有可观，此其所以佐英主而彰伟绩也。

　　唐一代思潮，虽曰三教合流，而高祖太宗之胸中曾归重于儒学。高祖尝诏立周公、孔子庙于国学。太宗封孔子为先圣，颜子为先师，屡幸国子监，行释菜之礼，又命祭酒、博士讲论经义，故能使一代之经术炳焉勃兴。天下秀才争负笈挟策，云集乎京师，学舍至一千二百区，诸生三千二百员，高丽、百济、新罗、高昌、吐蕃诸酋长皆遣子入学。又以五经自魏晋以来，章句繁杂，谬误滋多，诏孔颖达与颜师古、司马才章、王恭、王琰撰五经义疏百余篇，命曰《五经正义》,折衷南北之学说,斯大有功焉。然终唐之世,经学无进步之迹,不复见革新之端者,亦以此区区老死训诂之间耳,三百年之经术所以不如诗歌之盛也。

第五章　十八学士与唐之史学

　　唐文学之士，其未入弘文馆而有名著述者尚多，然以十八学士观之，不特经学，而于史学故亦有大功，是亦足以彰一时之盛也。史自马班而后，专门之业稍衰。寿志过于率略，范书体致局弱，沈约《宋书》取讥烦杂，魏收《魏书》号为秽史。他有作者，尤无完善。唐兴，斯道复振，补前代之阙略，一裁之以简正。而聚人修史，实开后世馆局之公，虽能各极所长，而抵牾复沓之弊不少。盖史权既散，家法久湮，记传之繁，与时并进。马迁之业难以责夫后人，此亦势之不得不然者也。唐所修各史，皆简净有法，而晋、隋二书尤善。其属于一人著作者，姚思廉之于《梁书》《陈书》，李百药之于《北齐书》，李延寿之于南北史是也。思廉本梁史官察之子，贞观三年，诏思廉同魏徵撰《梁书》，思廉推其父意，采谢吴等所记以成之，徵唯著总论而已，笔削次序，皆出思廉。又以父在陈，尝删撰梁陈事，陈亡，以所论载上隋文帝，未讫而殁，因继其父业。贞观中，与《梁书》同时上之。百药亦本父德林在齐所著纪传，应诏续成以献，诸史称帝号，百药避唐名讳，不书世祖世宗之类，例既不一，议者少之。延寿以父太师，尝欲改正宋齐逮周隋索虏岛夷之称，拟《吴越春秋》编年，未就而卒，因究悉旧事，更依马迁体，总序八代，为南北二史。好述妖异兆祥谣谶，颇为繁猥，然叙事简径，比于南北正史，无烦冗芜秽之辞，陈寿之后，此其亚也。其成于众手者，房乔等之于《晋书》，令狐德棻等之于《周书》，魏徵等之于《隋书》是也。贞观中，以何法盛等十八家晋史未善，诏乔与褚遂良、许敬宗再加撰次，乃据臧荣绪书增损之。后又命李淳风、李义甫、李延寿等十三人分掌著述，敬播等四人改正类例，虽详核而丛冗最甚。《周书》虽有柳虬牛弘各家，率多抵牾，德棻请撰次，乃诏与陈叔达、唐俭共成之。《隋书》则魏徵等撰纪传，长孙无忌等撰志。初诏颜师古、孔颖达修述，徵总其事，序论皆徵自作。后又诏于志宁、李淳风、韦安仁、李延寿同修五代史志，无忌上之，诏编第入《隋书》，故亦号"五代史志"。夹漈郑氏曰："唐始用众手修书，然随其学术所长者而授之,未尝夺人之所能,而强人之所不及。如李淳风、于志宁之徒则授之以志,如颜师古、孔颖达之徒则授之以纪传。以颜、孔博通古今,于、李明天文地理图籍之学,所以晋、隋二志高于古今,而《隋志》尤详明。"初,令狐德棻武德中建言近代无正史,诏德棻及诸臣论撰,历年不能就,罢之。贞观二年,复诏撰定,议者以魏有收、澹二家书,为已详,惟五代史当立。德棻与岑文本、崔仁师次周史,李百药次齐史,姚思廉次梁陈史,魏徵次隋史,房玄龄总监而修撰之。历代史事,于是告成。而其原皆自德棻发之也,惟诸史论赞竞为艳体,仅思廉之文不尚骈偶,实不足以扬马班之业,则固囿于当时风气而无如何也。

第六章　初唐四杰与沈宋二家

唐初作者承江左流风，未能脱纤丽之习，幸赖贤君臣起而挽之，故能酿盛世之元音。初，太宗尝作宫体诗，使虞世南赓和，世南对曰："圣作诚工，然体不雅正，臣恐此诗一传，天下风靡，固不奉诏。"而魏徵亦以佐命功臣务为遒峻，其《述怀》一首，实立于唐诗之源头。王绩风骨隽远，《古意》六首又为陈、张《感遇》之先声。三百年之雅音，可谓胚胎于此时矣。惟去齐梁未远，一时体制每带徐、庾，而表而出之者，则为王、杨、卢、骆四杰。

王勃，字子安，通之孙也。属文初不精思，酣饮之后，援笔立就，不易一字，时人谓之腹稿。为沛王府修撰，以戏为诸王斗鸡檄，高宗怒斥出府。所为《滕王阁序》最有名，韩公谓江南多游观之美，滕王阁独为第一。后省父往交趾，渡海溺水死，年二十九。时与勃齐名而耻居其后者有杨炯，博学善属文，显庆中，举神童，授校书郎，为崇文馆学士，终盈川令。尝作《盂兰盆赋》献武后，词甚雅丽，张说曰："盈川文如悬河，酌之不竭。耻王后信，愧卢前谦也。"卢照邻初事邓王，调新都尉，以疾去官，隐具茨山下。手足挛废，苦久疾，诀别亲属，自沉颍水。自以当高宗时尚吏，己独儒，武后尚法，己独黄老，因作《五悲文》自伤。所著号幽忧子，厌世之意最切。《长安古意》一篇，化班、张之赋体而入于诗，词旨华丽，后世之所师奉也。骆宾王于武后时数言事，得罪贬临海丞。怏怏不得志，弃官去。徐敬业举兵，为作檄斥武后罪。后读至"一抔之土未干，六尺之孤安在"，矍然曰："有如此才，而使之沦落不偶，宰相之过也。"敬业败，宾王亡命灵隐寺为浮屠。妙于五言诗，所作《帝京篇》与卢之《长安古意》同工异曲，亦一代绝艺也。

王勃高华，杨炯雄厚，照邻清藻，宾王坦易。四子自一时之俊也。惟使事尚巧，不免取讥于人。若杨炯喜用古人姓名，人称"点鬼簿"。宾王好以数对，时号"算博士"。杜子美云："王杨卢骆当时体，轻薄为文哂未休。尔曹身与名俱灭，不废江河万古流。"其用骈俪作记序碑碣，盖一时体格如此，而后来颇议之,杜甫诚知言者哉。

与四杰相匹者有沈、宋。沈佺期字云卿,及进士第,由协律郎累迁弘文馆直学士。尝侍中宗宴,舞回波为弄辞以悦帝,诏赐牙绯。善属文,尤长于七言。宋之问字延清,武后召与杨炯分直习艺馆,谄事太平公主,为考功员外郎,贿赂狼藉。睿宗初,贬死钦州。二人皆以附二张进,而之问尤无行可耻。自魏建安讫江左,诗律屡变,至沈约、庾信,以音韵相婉附,属对精密。及之问、佺期又加靡丽,回忌声病,约句准篇,如锦绣成文,学者宗之,号曰沈宋。当时为之语曰:"苏李居前,沈宋比肩。"律诗之法门,实成于二人之手。然性行轻薄,属辞绮丽,如良金美玉而多媚态,未尝有高洁之思、雄大之气,齐梁绮习几欲阶而长焉。得陈子昂起而芟除之,而后唐三百年之风气始于是开。

第七章　陈子昂

　　唐以前无古、律体之分,陈子昂特起于王杨沈宋之间,始以高雅冲淡之音夺魏晋之风骨,变齐梁之俳优,力追古意。后代因之,古体之名以立。其《感遇》三十八章,上接嗣宗,下开张李韦柳,其风节虽不足称,而振起文章雅正之功不可诬也。子昂尝谓"文章道弊者五百年,汉魏风骨,晋宋不传,然文献犹有足征者。仆尝观齐梁间诗,彩丽竞繁,兴寄都绝。每咏叹而思古人,常恐逦迤颓靡,风雅不作,是为耿耿耳"。斯亦足以窥其抱负矣。

　　子昂诗,如"世人拘目见,酣酒笑丹经。昆仑有瑶树,安得采其英",如"林居病时久,水木澹孤清。闲卧观物化,悠悠念群生。青春始萌达,朱火已满盈。徂落方自此,虑叹何时平",如"务光让天下,商贾竞刀锥。已矣行采芝,万世同一时",如"吾爱鬼谷子,青溪无垢氛。囊括经世道,遗身在白云。舒可弥宇宙,卷之不盈分。岂徒山木寿,空与麋鹿群",如"临歧泣世道,天命良悠悠。昔日殷王子,玉马遂朝周。宝鼎沦伊谷,瑶台成古丘。西山伤遗老,东陵有故侯",皆蝉蜕蹊径,妙绝齐梁。韩退之云"国朝盛文章,子昂始高蹈",而柳仪曹亦曰:"张说以著述之余攻比兴而莫能极,张九龄以比兴之暇攻著述而不克备。唐兴以来,称是选而不作者,子昂而已。"韩柳二公为文章大家,而盛见推许,亦可知其声价矣。

　　子昂字伯玉,梓州射洪人,少以豪侠使气,及冠,折节为学,精究坟典,耽爱黄老易象。初举进士,上书召见,累擢拾遗。武后时,拜麟台正字,死年四十二。为《神凤颂》《明堂议》贡谀牝朝,诚所谓荐圭璧于房闼,以脂泽污漫之者也。

　　与子昂同时者,有杜审言、崔融、苏味道、李峤,世号崔李苏杜为文章四友,而李峤晚没,有文章老宿之目。后子昂而起者有张九龄,所作《感遇》诗,本诗人比兴之义,托意草木虫鱼,足以追配伯玉。至其相业,上接房杜,下联姚宋,子昂不敢望也。故有子昂之起衰而诗品始正,有曲江之继轨而后诗品乃醇。

第八章　开元天宝间诗学之极盛

唐三百年,诗学全盛之天下也。而开元天宝之诗,尤全盛中至极之时也。然是时治安已极,阳有四海欢虞之象,阴即有崇极而圮之势,日中则昃,月满则亏,历史上于此起一大转变之机,而天下亦于此开一大活动之舞台矣。

玄宗中主也,得姚崇、宋璟、张九龄之启沃,而为开元之盛明。因李林甫、杨国忠之壅蔽,而肇天宝之祸乱。于是忠臣泣血,义士蕴愤,诗人学者,痛哭流涕,发经世于文章。故士或掷笔而捉剑,或卖刀而买书,或释褐而升青云,或挂冠而怀山水,而其显呈活气则一也。当时之诗,或为飘逸,或为沉郁,或为悲壮,或为真朴,而其发扬精采则一也。

唐一代诗人多,而开元天宝之际尤多。李白、杜甫,诗中之圣也,为全唐文学之中心,而产于开元天宝之间。等而下之,颉颃二圣者有王维,称燕许大手笔者有张说、苏颋,工文章而撰《李氏花萼集》者有李乂兄弟,负才名四十年而以"三绝"闻者有广文郑虔,妙于七言绝句而有诗天子之号者有王昌龄。与昌龄缔交莫逆,剧饮流歠,不遑他恤者有孟浩然。往来鞍马烽尘之间十余年,最长边塞之作者有岑参。与岑参齐名,悲歌慷慨,以功名自喜者有高适。赋《黄鹤楼》诗,使供奉搁笔,称唐人七律中第一者有崔颢。《江南意》一诗而推为诗人以来罕有此作者有王湾。他如储光羲、李颀、常建、王之涣、王翰、祖咏、贾至之伦,莫非一时之杰。玄宗尝曰:"前世有李峤、苏味道,擅一时文名,号苏李。今朕得苏颋、李乂,何愧前人?"济济多士,词采如花,洵盛唐之伟观也,而其中尤宜注意者莫如王孟高岑四家。

王维,字摩诘,太原人。开元九年进士,终尚书右丞。幼能属文,工草隶,善画,为南宗之祖。安禄山反,陷贼中,贼大宴凝碧池,赋诗痛悼,诗闻行在,后得免死。维与弟缙夙奉佛,居常蔬食,不茹荤血,晚年长斋,不衣文彩。得宋之问蓝田别墅,在辋口,辋水周舍下,别涨于竹洲花坞。维与道友裴迪浮舟往来,弹琴赋诗,啸咏终日。尝裒其田园所为诗,曰《辋川集》,其诗得气之清,蝉蜕尘埃之外,浮游万物之表,皭然泥而不滓者也。渔洋山人以为与李杜比之为仙圣佛。

孟浩然,襄阳人,少隐鹿门山,工五言诗。年四十,乃游京师,应进士,不第。尝与诸名士联句,一座钦伏。张九龄、王维雅称道之。维私邀入禁林,适玄宗临幸,浩然匿床下,维以闻,上曰"素闻其人"。因召见,命自诵所为诗,至"不才明主弃"之句,上曰"不求仕而诬朕弃人",命放归。诗与王维均学陶,王得其清腴,孟得其闲远而时失枯澹。要其与维俱为有唐冲夷简静之宗。

高适字达夫,沧州人,性磊落,不拘小节,耻预常科,混迹博徒。天宝中,举有道科。禄山反时,擢谏议大夫,转四川节度使,终散骑常侍。适喜功名,贵节义,年五十始为诗,即工,以气质自高。每一篇出,好事者辄传布之,开元以来诗人之达者也。

岑参,天宝中进士,累官补阙起居郎,出为嘉州刺史。退居杜陵山中,属中原多故,遂终于蜀。始佐封常清幕,久在西域,边塞之诗殊多。高、岑二人诗,略同一畦径,骨力老苍,才思奇纵,戛然金铁之音。虽不足比于李杜,亦自别树一体。

第九章　李白、杜甫

　　拱众星而扬日月之辉,连群山而标泰华之峰,多士云起之中而能略兼诸家之长者,实惟李白杜甫。昔人谓诗至李杜,地负海涵,千汇万状,兼古今而有之。故五古如王、孟、储学陶,而供奉学阮,与射洪、曲江同宗,而更出之以旷逸。少陵才力飙举,纵横挥斥,不主一家。七古,王、李、高、岑安详合度,供奉加之以恣肆,少陵又济之以沉雄。五律,王孟悠然自得,太白秾丽,复运以奇逸之思,工部更于四十字中包涵万象。七律,右丞、东川安和俊爽,高、岑亦与比肩,太白好运古于律,时与少陵同,不拘拘于声律对偶,而一种英爽之气亦自凌厉无前。少陵尤五色藻绩,八音和鸣,故能前无古人,后无来者。所为长律亦与供奉俱臻绝伦。绝句,右丞、龙标并皆佳妙,太白纯以神行,独多化工之笔,杜所不及者惟此耳,犹李之短于七律也。韩退之曰"李杜文章在,光焰万丈长",信乎其弗可及已。

　　李白,陇西一布衣也。五岁诵六甲,十岁通诗书。性偶倪,喜纵横之术,好击剑为任侠。轻财重施,不事产业。虽长不满七尺,而心雄万夫。益州刺史苏颋见之,待以布衣之礼,谓群僚曰"此子天才英丽,下笔不休,若广之以学,可与相如比肩"。尝自岷山出居襄汉之间,更南游江淮。至楚,留云梦三年。去而之齐鲁,居徂徕山,与孔巢父、韩准、裴政、张叔明、陶沔纵酒酣歌,时号"竹溪六逸"。天宝初,客游会稽,与道士吴筠居剡中。筠被召,白亦至长安,贺知章见其文,叹曰"子谪仙人也"。言于玄宗,召见金銮殿,论当世事,奏颂一篇。帝赐食,亲为调羹。有诏供奉翰林,而白与酒徒日醉饮于长安市。一日,帝与杨贵妃赏牡丹沉香亭,意有所感,欲使白为新乐章。召入,而白已沉醉,左右以水注面,稍解,援笔赋《清平调》三章,婉丽精切。帝爱其才,数宴见,将有所大用。而白常醉使高力士脱靴,力士嗛之,摘其诗激贵妃。帝欲用白,妃辄沮之。白知不容,益骜放,而与贺知章、崔宗之、张旭、苏晋、焦遂等沉湎于酒,所谓"饮中八仙"是也。既而去京,放浪四方。北抵燕,西至岐邠,东接溟海,南极苍梧,转至金陵,上秋浦,抵浔阳。后永王璘辟为僚佐,璘谋乱,白坐长流夜郎,赦还,过当涂卒。

李白诗类其为人,志气宏放,喜为大言。青年时,侠骨棱棱,不顾细谨,不修小节,气若盖一世。故语用兵,则先登陷阵,不以为难;语游侠,则白昼杀人,不以为非;语功名,则谈笑而静胡沙,不以为意。其所钦慕者常拳拳于鲁仲连、侯嬴、郦食其、张良、韩信之伦。然卒以其狂易之性,遇逆放废,所至不改其旧。一酣放于酒,其神识超迈,故能易功名之野心而为出世之逸想,洒落豁达,曾无浮世之艰。故其发于诗也,亦侠亦仙,飘然而来,倏然而往。不屑屑于雕章琢句,不劳劳于刻骨镂心,而天马行空,不可羁轭。鞭扬马,轶屈宋,一洗梁陈宫掖之风,而出以缥缈浮云之志。彼于《古风》五十九首之第一章而叹大雅之不作,慨正声之微茫,嘲六代之绮丽,明删述之隐衷。洵无愧其言矣。

杜甫,忠爱之诗人也。审言之孙,少贫,寄食于人。客游吴越齐赵间。天宝中,举进士不第。后献《三大礼赋》,玄宗奇之,使待制集贤院。累上赋颂,高自称道,谓"臣之述作虽不足鼓吹六经,而扬雄、枚皋可企及也"。已而禄山叛,陷京师,甫避乱走三川。肃宗即位灵武,甫自贼中赴行在,拜左拾遗。以论救房琯,出为华州司户参军。时关辅饥乱,乃寓居同州同谷县。身自负薪,采橡栗自给。乾元二年至蜀,严武镇成都,奏为参谋检校工部员外郎。武与甫世旧,待遇甚厚,乃于成都浣花里种竹植树,枕江结庐,纵酒啸歌其中。后携家避乱荆楚,出瞿塘,下江陵,溯湘流,登衡山,寄寓耒阳以终。甫为人旷放不自检,好论天下大事,高而不切。少与李白齐名,时号李杜。数当寇乱,挺节无污,为歌诗,伤时桡弱,情不忘君,人怜其忠云。

杜甫诗善自道其境遇,纯以学力而得,非若李白之运以天才者比也。"语不惊人死不休"一语,实自状其本领。盖其思力沉厚,他人说不过七八分者,少陵必说至十分,甚者至十二三分,而笔力之豪劲又足以副之,必使经千锤百炼而后出,故其句法、字法、章法、篇法无一不曲尽其妙,诚可谓集古今诗之大成者也。一生坎壈蹭蹬,而笃于性情,故其诗常沉郁雄奇。又善陈时事,律切精深,至千言不少衰,世号为"诗史"云。

　　李杜二人时同境同,交情颇密,而其性行、其思想、其文章则各擅其胜,亦一奇也。李受南方感化,杜受北方感化;李之品如仙,杜之品如圣;李出世,杜入世;李理想派也,杜实际派也;李受道家之影响,杜本儒教之见地;李如李广,杜如孙吴;李以才胜,杜以学胜;李豪于情,杜笃于性;李斗酒百篇,有挥洒自如之概,杜读书万卷,极沉郁顿挫之观;彼海阔天空而乐自然,此每饭不忘而泣时事;彼为智者乐水,此为仁者乐山。二者殆不易轩轾也。元稹尝论李杜优劣,谓"李不能窥杜之藩篱",而韩愈斥之曰"不知群儿愚,那用故谤伤"。李杜诗家之两极,洵不许群儿之容喙矣。

第十章　大历十才子

天宝已还,安史之乱初平,朱泚之祸又起。内而藩镇跋扈,互结党援,外而回鹘吐蕃滋为寇害。天子空想望太平,士大夫徒几幸无事。宰辅疲驽不任,宦竖因而窃权。朝廷威信有若赘旒,姑息因循,不复见兴国之气象,是为偷安时代。即宪宗之世,贤相名将迭起,平淮西,下河北,一时朝野赫然。然帝意浸骄,任用非人,国政日紊,藩镇复叛。秋阳之暴亦已不长,玄阴之凝转袭其后,以底于亡而不可复振矣。唐之文学正与其国命相为消长,故中唐之世有韦、刘、韩、白,以与大历十才子互相先后,回翔容与,如抗如坠。盛唐之音欲垂未下,晚唐之调有开必先,盖风气至此而渐转也。

韦应物少事玄宗为三卫郎,晚更折节读书,授京兆功曹,迁洛阳丞。大历中,除栎阳令,不就。建中三年,拜比部员外郎,出为滁州刺史,调左司郎中,终苏州刺史。性高洁,所在焚香扫地以坐,唯顾况、刘长卿、丘丹、秦系、皎然之俦,厕于宾客,得与唱酬。其诗闲澹简远,人比之陶渊明,称陶韦。其诗云"尝爱陶彭泽,文思何高元。又怪韦苏州,诗情亦清闲",白居易谓其自成一家体者是已。

刘长卿,字文房,开元间成进士。至德中,历监察御史,以检校祠部员外郎出为转运使判官。以罪贬潘州南巴尉,终随州刺史。长卿清才冠世,颇凌浮俗,性刚,多忤权门,两度迁斥,人悉冤之。诗雅畅,于五言尤神妙,故权德舆推为"五言长城"。长卿尝自谓曰:"今人称前有沈宋王杜,后有钱郎刘李,李嘉祐、郎士元安得与予并驱乎!"每题诗,不言姓,但书"长卿",天下莫不知名。

当是时,有韩翃、卢纶、钱起、李端、吉中孚、司空曙、苗发、崔峒、耿沣、夏侯审,所谓"大历十才子"者,皆善为五言诗。结交唱和,驰名都下,与刘长卿竞以研炼字句,力求工秀为归,不复有盛唐深厚兀傲之气。然亦自清雅圆利,就中韩翃、卢纶、钱起、李端词采高华,尤为多士之选。

韩翃,字君平,少有才名。天宝末登进士,不得志,荜门圭窦,四壁萧然,室无一物,而其诗兴致繁富,如芙蓉出水。一篇一咏,朝野莫不珍之。尝作《寒食》诗,代宗时阙制诰令,御笔特批简"春城无处不飞花"之韩翃,遂任驾部郎中知制诰。建中末卒。卢纶,字允言,天宝末举进士不第,客游鄱阳,与郡人吉中孚为林泉之交。大历初还京师,迁集贤学士秘书省校书郎。数和御制诗,为代宗所赏。其诗如三河少年,风流自赏,文宗雅爱之,遣中使至其家,得诗五百首。钱起,天宝十年登进士第,授秘书省校书郎,除考功郎中。大历中,迁大清宫使翰林学士。其诗体制新奇,理致清赡。李端,大历五年进士也,授校书郎,迁杭州司马卒。初,郭暧大会客赋诗,约诗先成者赏百缣。端先赋一诗,钱起曰:"李校书诚有才,然此篇恐宿构,愿更赋一诗,请以起之姓为韵。"端立成一章,比前尤工,一座莫不感叹。此外司空曙之清华,崔峒之冲融,吉中孚之神骨,耿𣵀之逸调,苗发之能文,夏侯审之才思,皆足追随韩卢钱李四子者也。

与十才子相辉映者,尚有郎士元、李嘉祐、皇甫冉、皇甫曾、朱放、包何、顾况、张继、戴叔伦、李益等,然诸家之作虽时有佳联佳句,然少浑成之妙。洪响既灭,纤音乃起,严沧浪所谓"大历以还之诗,为小乘禅",信矣。

第十一章　元和长庆之中兴

　　李杜逝而诸家出,日月没而爝火兴。唐之诗,其衰于大历矣乎!自韩白出而振风雅之遗韵,元和、长庆之间几复见开元天宝之盛。故有四杰之纡轸而后有李杜之上骧,有十才子之渟潴而后有韩白之奔流。乾隆《御选诗醇》独以韩白继李杜,洵为卓见矣。尤可异者,韩白二家俱学杜,而韩更欲高,白更欲卑。韩得其峻,白得其平。因宗匠之各殊,而一时流风所扇,俨有二大潮流之观。兹先就二家之大体言之。韩之诗尚奇险,白之诗尚坦夷;韩务言人之所不言,白务言人之所欲言。故韩之诗能夺人魂胆,怵人耳目;白之诗能沁人心脾,耐人咀嚼。前者如山之巍巍,时不免佶屈之嫌;后者如水之荡荡,亦觉有平浅之陋。然其抗垒前贤,特开生面,皆于文学上可大书特书者也。

　　韩愈,古文家也,而善于诗。其才气之英伟,学问之赅博,非寻常诗人所及,而其思想则醇乎儒教主义也。其诗虽无李白之才思,杜甫之情致,而剜削之貌,具博厚之观,雄鸷之中含工巧之妙。纵横驰骋,奇气袭人,于李杜之轨辙以外,盖凿山通道,自成一家者也。集中古诗多,律诗少,以不屑于格律声病而自喜驰骤,故特见其长。虽律诗中如《咏月》《咏雪》诸作,体物工,措辞雅,然比于元和《圣德诗》《南山诗》《琴操》等之郁律突崛源本雅颂者,固有间矣。特其字拗语奇,往往招意象之晦涩,故后人多以此少之。

　　白居易,诗人也,而工文章,顾况览其文曰"吾谓斯文遂绝,今后得吾子矣"。居易儒学之外尤通内典,虽遭迁谪,常以忘怀处顺为事。为人和平简易,晚年尤甚,自号醉吟先生,亦称香山居士。其诗根柢六义之旨,不失温厚和平之意,变杜甫之雄浑苍劲而为流丽安详,不袭其面貌而得其神味。盖当是时,务矫大历十才子之风尚,动拟汉魏,甚者模雅颂,强自为高。居易则专主入俗耳,背险峻而驰入坦途。旧传居易作诗,必使一老妪闻之,解则录之,不解则复易之。此虽附会之谈,亦足以窥其用意。故上自王公,下至士庶、僧道、孺妇、处女往往有诵其诗者,禁省、寺观、邮堠墙壁之上往往有题其诗者。

外而传播朝鲜,流行日本,价重于鸡林,其势力之所及,岂不伟哉！论者以其清空如话,绝少豪放高古之趣而嗤为浅俗,亦非无故。然于李白之飘逸、杜甫之沉郁、韩愈之奇险外,卓然以流丽伍于三家之间,为百代之仪型,亦不可谓非人杰者矣。

与韩愈同学杜而为友者有孟郊、贾岛、李贺、卢仝,而其门下则有张籍、王建,皆受韩愈之推挽与诱掖者也。孟郊字东野,少隐于嵩山,性狷介少谐合。愈一见为忘形之交,与唱和于文酒之间。其诗多奇涩不可读,而愈称之曰"高出魏晋,不懈而及于古,其他浸淫于汉氏矣"。郊一生穷苦彻骨,至不能养亲,屡举进士不第,周游天下无所遇,故其诗刻苦。贾岛字浪仙,初为僧,号无本。元和中,元白变而尚轻浅,岛独案格入僻,以矫浮艳。当冥搜之际,虽王公贵人皆不觉,游心万仞,虑入无穷,自称碣石山人。好苦吟,与愈为布衣之交,愈授以文法。去浮屠,举进士第。其诗或寒涩,或幽奇,或奥僻,论者以俪孟郊,斥为郊寒岛瘦云。李贺字长吉,七岁能辞章,愈与皇甫湜过而试之,贺援笔立就如宿构,二人惊为奇才。后举进士,卒时年二十七,以鬼才称。其诗尚奇诡,绝去畦径,当时无能效者。乐府数十篇,云韶诸工,皆合之管弦。卢仝隐于少室山,自号玉川子。性情高洁,无仕进之志,破屋数间,上奉慈亲,下养妻子。愈为河南令,爱其诗,厚礼之。后因宿王涯第,罹甘露之祸。其诗比于李贺,更为怪诞。时有刘叉者,亦客韩愈门,作《冰柱》《雪车》二诗,狂怪更出卢仝、李贺之右。张籍字文昌,性狷直,善古体诗,尝取杜甫诗一帙,焚为灰烬,饮之曰"欲以改易吾肝肠也"。当代公卿如裴度、令狐楚、白居易、元稹皆与之游,而韩愈尤重之,荐为国子司业。尤长于乐府,多警句。王建字仲初,大历十年进士,以《宫词》百首得名。尝游愈之门,与张籍契厚,唱答尤多,时称张王。此六子者,东野之古诗、浪仙之五律、长吉之乐府、玉川之歌行并如危峰绝壁、深涧流泉,各自成趣,不相沿袭,与昌黎深契合者也。至张籍、王建则以平丽胜人,与愈家数略异,其为开中唐之新调则一也。

与白居易为友者有元稹、刘禹锡。元稹,字微之,以歌诗为穆宗所赏,为祠部郎中知制诰。未几,入翰林为中书舍人承旨学士。长庆之年,拜同中书门下平章事。稹为人轻浮而猜忌,与居易交最厚,少时才力相匹。其诗亦尚坦夷,唱和之多,无逾于二人者。当时言诗者称元白,号元和体。稹所为诗往往播乐府,妃嫔近习皆诵之,宫中呼元才子。及知制诰,变诏书体,务纯厚明切,盛传一时。有《长庆集》,与《白氏长庆集》盛行于世。刘禹锡,字梦得,为人倔强自傲,屡遭贬谪而无悛悔之色。素善诗,晚节尤精,不幸坐废,偃蹇寡合,乃以文章自适,与白居易唱酬颇多。居易推为"诗豪",言其诗在处,应有神物护持。禹锡早与柳宗元为文章之友,称刘柳,晚与白居易为诗友,称刘白。虽诗文似少不及,然能抗衡二人间,信天下之奇才也。

柳宗元,古文家也,而亦善诗。文名与韩愈相若,出处与禹锡略同,而诗则造诣峭劲,于韩、白二家之外独标宗派。当举世为元和体,韩犹未免谐俗,而子厚独能为一家之言。在唐与王摩诘、韦应物相上下,颇有陶谢风气。东坡谓子厚诗"发纤秾于简古,寄至味于淡泊",在陶渊明下,韦苏州上。退之豪放奇险则过之,而温丽靖深不及也。此外作者,有杨巨源、鲍溶、李绅、羊士谔,皆能以诗著名者。元和之风气,固过于大历矣。

第十二章　晚唐之诗学

　　文学之盛衰与国运相消长。国家将兴，国民之心声自有雄大之气，安乐之极，艳靡之音渐繁。洎乎国势日非而暮气中乘，徒自局于一丘一壑之间，无复有长驾远驭之志。将军一去，大树飘零，壮士不还，寒风萧瑟，晚唐之世，盖同此况味矣。虽其间作者时作壮言豪语，而精已销亡，不免外强中干之消。故自太和以后，诗格益卑，步武中唐，每况愈下。朱庆馀、陈标、任蕃、章孝标、司空图、项斯，学张籍者也。李洞、方干、姚合、喻凫、周贺、九僧，学贾岛者也。许浑、赵嘏专工琢句，日休、龟蒙只讲咏物，以及刘驾之叠字，韩偓之香奁，纤巧淫猥，去风人远矣。而其善自振拔者，则商隐之精深，庭筠之藻绮，牧之之俊爽，尚不愧为大家。

　　李商隐，字义山，开成二年进士，令狐楚奏为集贤校理。楚出汴、滑、兴元，皆表幕府，尝补太学博士。商隐原无意党争，为时势所驱，陷于怨牛党李之间，遂妨仕进，一生落魄，不安其处。初为令狐楚客，后从王茂元、郑亚，二人皆李德裕所善，坐此为令狐绹所憾，竟坎壈以终。诗宗老杜而绮丽绵密，多讽谕时事，意义贵深蕴，喜用故事烘托，往往过于僻涩，语工而意不及。然其骨力开张，洵杜陵嫡派也，大抵义山文诡怪，诗华缛，此其特色。

　　温庭筠，本名岐，字飞卿，诗赋清丽，与李商隐齐名，时号温李。能逐弦歌之音，为侧艳之辞，为行尘杂，不修边幅，而好游狭邪。恃才傲兀，为当途者所薄，名宦不进，坎壈终身。其被贬为方城尉，制辞有曰："孔门以德行为先，文章为末，尔既德行无取，文章何以称焉。"徒负不羁之才，罕有适时之用，终流落而死。庭筠才思绮艳而风度未宏，尤长乐府一体。在三唐之间，词极风雅，接轨齐梁，太白以外实推庭筠，其描写富贵处赡丽典雅，芊绵绮合，为人所不能及。

　　杜牧，字牧之，太和二年进士，复举制科。会昌中，拜考功郎中、知制诰，终中书舍人。牧才高，俊迈不羁，兼有经济之略，善论兵事。为人刚直有奇节,不为龌龊小谨,敢论列大事,指陈利病。为文奥衍而多切于时务,诗豪而艳,有气概,非晚唐人所能及也。当时承元和后,白氏一体靡天下,加以国运衰替,诗风入于柔靡,牧独力矫时弊,故措辞必拗峭,立意必奇僻,多为翻案之语。何义门称"牧学子美,豪健跌宕而不免过放",洵不诬也。与李商隐齐名,号李杜,又号小杜,以别于甫云。

　　要之温、李、杜三子之诗,其风格皆可嗣响盛唐,所惜体率纤冶,而无旁魄论都之观,则时为之矣。昔人谓诗莫备于有唐三百年,自初唐之浑融变而为中唐之清逸,至晚唐则光芒四射,不可端倪,如入鲛人之室,谒天孙之宫,文彩机杼,变化错陈。密丽若温李,奥峭若皮陆,爽秀条畅若韩薛罗韦,大含细入,无不凿之方心,实殿三唐之逸响,似未免揄扬过分也。然其刻画景物之作,足以怡闲情而发幽思,虽曰尖新,亦自轻利,要有不可没者在也,宋诗之薪火于此实先之矣。

第十三章 韩柳以前文章三变

　　唐代文家,首推韩柳,韩柳之于文,盖百世不祧之祖也。然风气之迁转,原非可期之于一人一时,必先有为之驱除难者,而后因之而大成。韩柳以前文章凡三变矣,初变于四杰,再变于陈子昂、燕许二公,三变于元结、独孤及,文章始次第入古。

　　唐兴,文章承徐庾余风,天下祖尚,骈四俪六之体盛行于时。太宗雅好艺文,颇崇纤丽。王杨卢骆四杰出,始以精切豪厉相尚,已逾江南之风,渐成河朔之制。杨炯序《王勃集》云:

　　　　尝以龙朔初载,文场变体,争构纤微,竞开雕刻。糅之金玉龙凤,乱之朱紫青黄。影带以徇其功,假对以称其美。骨气都尽,刚健不闻。思革其弊,用光志业。薛令公朝右文宗,托末契而推一变。卢照邻人间才杰,览青规而辍九攻。……君于时鼓舞其心,发泄其用。动摇文律,宫商有奔命之劳;沃荡词源,河海无息肩之地。……长风一振,众萌自偃……积年绮碎,一朝清廓。翰苑豁如,词林增峻。反诸宏博,君之力焉,矫枉过正,文之权也。后进之士翕然景慕……虽雅才之变例,诚壮思之雄宗也。

此足以考见四杰之风力矣。

　　子昂于诗,既开古风一体,于文亦变而之雅驯。马贵与谓其不脱偶俪卑弱,与王杨沈宋同。观其文,表、序虽沿时习,而论事、奏疏之类疏朴近古,古文疏凿之功不少也。其时又有北京三杰者,富嘉谟、吴少微、谷倚亦排斥浮艳,为文雅厚雄迈,人争效之,号吴富体。而尤有力者,推张说、苏颋。说字道济,永昌元年贤良方正策第一,累迁凤阁舍人。睿宗时,兵部侍郎平章事,开元十八年,终左丞相燕国公。为文精壮,长于碑志,朝廷大述作多出其手。尝典集贤图书之任,论撰国史。颋字廷硕,调露二年进士,贤良方正异等。玄宗时，为中书舍人知制诰，开元初，同紫微黄门平章事，封许国公。颋幼敏悟，一览五千言辄覆。为文敏赡，李德裕谓近世诏诰，惟颋序事外为文章。景龙后，以文章名当世，而为人所倾慕者，颋与张说，时号燕许。二子之文，虽体制不甚超奇，而以宏茂广波澜，则两汉之胎息也。同时张九龄风度蕴藉，亦不减燕许。九龄幼善属文，玄宗朝知制诰，谔谔有大臣节。文如轻縑素练，实济时用，而微窘边幅。柳宗元谓九龄兼攻诗文，但不能造其极。文章至此，盖去华缛而入于精洁之一途矣。

燕许之后有萧、李、常、杨。士颖伉爽精深，词采炳蔚，衮长于除书，炎善为德音，皆以排摈浮俚，超追上乘，开元以来之卓卓者，至陆宣公贽，尤为另开一体。贽字敬舆，大历八年进士，中博学宏词、书判拔萃科。德宗初，为翰林学士，从奉天还为中书舍人平章事。贽在奉天，日下诏书数百，初如不经思，逮成，皆周至人情。常为帝言今盗遍天下，宜痛自悔，以感人心，诚不吝改过，以言谢天下。使臣持笔，亡所忌，庶叛者革心。上从之。所下制书，虽武夫悍卒无不感动流涕，议者谓兴元戡难，虽爪牙宣力，盖贽与有助焉。其文议论婉畅，理致生动，无襞积之痕，为后世言事者所祖，欧苏之骈俪大都取法于此也。而元结、独孤及乃大变排偶浓艳之习，韩柳二公从而推挽之，而后古文始告成功。结字次山，天宝十三载进士，复举制科，授右金吾兵曹，累迁容管经略使。始在商余山，称元子，逃难入琦玕洞，称琦玕子，或称浪士，渔者称为聱叟，酒徒呼为漫叟，及官呼为漫郎，因以命其所著。结性耿介，有忧道悯世之意，逢天宝之乱，或仕或隐，自谓与世聱牙，而其文辞亦如之。辞义幽约，譬古钟磬，不谐于俚耳，而可寻玩。在当时名出萧、李下，至韩愈称唐之文人，独数结云。结文大抵澶漫矫亢，戛然独造，高氏子略谓其"奇古不踏袭，视柳柳州又英崛，唐代文人，惟二公而已"。独孤及，字至之，天宝十三载举洞晓元经科。代宗初，为太常博士，舒、濠二州刺史，政称最，徙常州，卒官。及幼有成人之量，遍览五经，观其大义，而有章句学。为文以立宪诫世，褒贤过恶为用，长于议论，其胜处有先秦西汉之风。《唐实录》称韩愈师其为文，及门人有梁肃、李舟，善属文，能祖述其意云。

第十四章　韩愈、柳宗元

　　唐兴八世百六十年间,文章承江左遗风,陷于雕章绘句之弊。贞元元和之际,韩愈、柳宗元出,倡为先秦之古文,与李翱、李观、皇甫湜等相应和,遂能挽回八代之衰,上踵孟庄、荀韩,下启欧苏、王曾。盖古文之名始此,而唐以后之为文者,莫不以韩柳为大宗。

　　韩愈,字退之,南阳人,贞元八年进士,累擢知制诰,进中书舍人,迁吏部侍郎,卒赠礼部尚书,谥曰文。愈三岁而孤,自知读书为文,日记数千百言。比长,尽通六经百家之学,酷排释氏。性明锐,好直言,不为诡随,累遭贬黜而不改其旧。慨然以兴起名教、宏奖节义为己任,诱掖后进,极为恳切。每言近世文章多拘束于排偶之弊,经诰之指归,马班之气格,不复振起。故深探本原,上规姚姒,下逮百家,不主故常,无所不有,无所不妙,卓然树立成一家言。其本传赞曰:"愈以六经之文为诸儒倡,障堤末流,反刓以朴,划伪以真,粹然一出于正。刊落陈言,横骛别驱,汪洋大肆,无抵牾圣人者。"又云:"其《原道》《原性》《师说》数十篇,皆奥衍宏深,与孟轲、扬雄相为表里,而佐佑六经云。至他文,造端置辞,要不为蹈袭前人者,惟愈为之沛然有余。至其徒李翱、李汉、皇甫湜从而效之,遂不及远甚。"而旧史称愈恃才肆意,戾孔孟之旨,若南人妄以柳宗元为罗池神,而愈碑以实之。李贺父名晋肃,不应进士,而愈为作《讳辨》,又为《毛颖传》,讥戏不近人情。此文章之甚纰谬者,抑未免过当矣。以文学界言之,破骈俪而为古体,弃脂粉而独崇质素,摧陷廓清之功比于乃祖淮阴,可谓雄伟不常者矣。苏氏洵曰:"孟子之文,语约而意深,不为巉刻斩绝之言,而其锋不可犯。韩子之文,如长江大河,浑浑流转,鱼鳖蛟龙,万怪惶惑,而抑遏蔽掩,不使自露。人望见其渊然之光,苍然之色,亦自畏避而不敢迫视。"若夫奇辞险句,时出而走于佶屈聱牙,至与扬雄同弊,亦其过也。欧阳公爱愈诗独工于韵,得韵宽则波澜横溢,泛入傍韵;得韵窄则不复傍出,而因难见巧,愈险愈奇。圣俞戏曰:"前史言退之为人木强,若宽韵可自足,而辄傍出;窄韵独用,而反不出,岂非其拗强而然与?"彼其于文,容有类此。

　　柳宗元,字子厚,河东人,贞元九年进士,中博学宏词科,授校书郎,终柳州刺史。宗元少精敏绝伦,及长,俊杰廉悍,议论证据古今,踔厉风发,一时名士皆慕与之交。为文章卓伟精微,既罹窜斥,涉履蛮瘴,放浪山水之间,湮厄感郁一寓之于文,仿《离骚》数十篇,读者为之悲恻。在柳州,进士走数千里从学,经指授者文辞皆有法则,世号柳柳州,元和十四年卒。史称子厚少聪警,尤精西汉诗骚,下笔创思,与古为侔。体裁密致,粲若珠贝。刘禹锡序言"韩退之言,吾尝评其深雄雅健,似司马子长,崔、蔡不足多也",安定皇甫湜于文章少所推让,亦以退之之言为然。

　　韩柳二人倡为古文辞,斤斤焉以为文之心法开悟后进,如韩之《答崔翊书》、柳之《与韦中立论师道书》是已。一时文风赖以转移,而文学之师法亦于此确立,是又《文心雕龙》以后之一进步也。顾二人生同时,交最密,与李杜同也;其性行、其主义、其本领、其文致,亦如李杜之各异焉。韩毕生力排佛老,柳则嗜浮屠之言,而合于《易》《论语》。韩自信传孔孟之道统,不顾流俗,抗颜而为人师,收召后学。柳有志圣人之道,而不欲为人师。韩数遭贬谪,而百炼之钢毫无屈折,晚使河北,面叱王庭凑。柳坐贬永州,即深自短气,抑郁以死。自其文章论之,韩如高山之雄峙,如大川之奔放;柳如巉岩之奇峭,如激湍之幽咽。韩如平原旷野,师以正合;柳如间道斜谷,兵以奇接。韩如美玉,柳如精金。韩如静女,柳如名姝。韩原经而论理,柳原史而叙事。前者以宏大雄肆胜,后者以缜密隽洁胜。故韩之诗,时为有韵之文;柳之文,时为无韵之诗也。然柳之文如李之诗,本于其才之所至,韩与杜得力于学。故学文者多宗韩,学诗者多宗杜,亦以韩与杜之无所不有,学焉而各得性之所近也。有唐一代,于诗有李杜,于文有韩柳,殆所谓日星河岳者与!

　　与韩愈相师友者,有李翱、李观、皇甫湜。翱字习之,愈之侄婿也,贞元十四年进士,调校书郎知制诰。会昌初,终山南东道节度使。翱性峭鲠,论议无所屈,仕不得显官,怫郁无所发,从韩愈为文,词致浑厚而得其谨严。集皆杂文,无歌诗。苏舜钦云"唐之文章称韩柳,翱文虽词不逮韩,而理过于柳",然不长于作诗,故集中无传。观字元宾,华之从子,愈之友也。贞元八年与愈同年进士,明年,中博学宏词科,终太子校书郎。观为文不袭前人,时谓与韩愈相上下,议者以观文未极,愈老不休,故卒擅名。陆希声以为观尚辞,故辞胜理;愈尚质,故理胜辞。虽愈穷老,不能加观之辞,观后愈死,亦不能逮愈之质云。湜字持正,元和元年进士,仕至工部郎中。裴度辟东都判官,度修福先寺,求碑文于白居易,湜怒曰:"近舍湜而远征居易,请从此辞。"度谢之,湜即酣饮,援笔立就,度赠车马缯彩甚厚。其为文得愈之奇崛,与翱为韩门弟子,而亦不能诗。湜一传为来无择,再传为孙樵,专刻意求奇,每况愈下。而翱之文则最为北宋人之所宗尚也。

第十五章　韩柳以外之文家

自韩柳以古文为天下倡,其承流而变者固已有人,而卒以得位未崇,偃草力弱,骈俪之余波浸染甚久,回荡振转,其势未能遽熄,至于宋,而古文始大畅其风。韩柳之功在唐为小,在后世为甚钜也。兹略举其同时与后时者,以考见之云。

权德舆,字载之,未冠以文章称诸儒间,贞元十年知制诰,累官中书舍人。元和五年,以礼部尚书平章事。为文雅正赡缛,当时公卿功德卓异者,皆所铭记。虽动止无外饰,其蕴藉风流自然可慕。贞元元和间,为缙绅羽仪,其《两汉辨亡》论世祖封不义侯,世多称之。尝自纂《制诰集》五十卷。韦处厚亦有名,未为近臣以前,所著词赋、赞论、记述、铭志,皆文士之词,以才丽为主。自入为学士至宰相以往,皆经纶制置、裁成润色之词,以识度为宗。命相之册和而庄,命将之诰昭而毅。荐贤能,其气似孔文举;论经学,其博似刘子骏。发十难以摧言利者,其辩似管夷吾,诚台阁能手也。吕温,字和叔,贞元十四年进士,官左拾遗,贬衡州刺史。温从梁肃为文章,规摹左氏,藻赡精富,流辈推尚。刘禹锡少工文章,纵横博辩,于韩柳外自为轨辙,柳子厚尝谓其文隽而膏,味无穷而炙愈出。白居易文章亦精切,然体清驶,与其诗之平易,皆若信手而成者。刘、白二人,其文究不如其诗之工也。元微之为文长于诗,初喜藻丽,及知制诰,变诏书体,务纯厚明切,盛传一时。又有樊宗师、张登者。宗师官谏议大夫,韩愈称其为文不剽袭,然甚晦涩,其《绛守居园池记》殆不可句读。经王晟注释,犹有不尽通者,如"瑶翻碧潋""嵬眼澒耳"等语,皆前人所未道也。元和之后,文章则学奇于韩愈,学涩于樊宗师云。登官殿中侍御史、漳州刺史,工为文,权德舆以公干、景阳比之。长于小赋,气宏而密,间不容发。有织成隐起,结采蹙金之状,凡此皆与韩柳同时者也。

后韩柳而起者,有令狐楚、李德裕,以擅长笺奏制诰鸣于时。楚字悫士,掌笺奏者十三年,相宪宗,会昌初卒。为文以意为骨,以气为用,以笔为驰骋,能脱尽裁对隶事之迹。德裕字文饶,穆宗初擢翰林学士。会昌时,以功拜太尉,封卫公。善为文章,有《会昌一品集》,皆制诰、诏册、表疏之类。谋议援古,衮衮可喜。其外集《穷愁志》,晚年迁谪后所作,论精深而辞峻洁,犹可见其英伟之气。从楚学今体章奏者,有李商隐。商隐初为文,瑰迈奇古,及从楚学俪偶长短,而繁缛过之,旨意能感人。人谓其横绝,前后无俦者。旧史称其与温庭筠、段成式齐名,时号"三十六体"云。又与商隐并称者,有杜牧之,为文豪迈有奇气。其语感时愤世,椎胸而不能自已,殆与贾长沙相上下。所为《罪言》,尤有名于世。此后惟刘蜕之文势奔放、司空图之诗文高雅为可称,余子琐琐,仰四六之流沫而已。

第十六章　佛教之势力与缁徒之文学

　　有唐一代,非儒家得意时代,而缁徒之得意时代也;非经学极盛时代,而文学之极盛时代也。故缁徒之势力强,而儒家之地位卑;文学者之闻望高,而经学者之境遇晦。而缁徒与文学者,又尝握手与相契合于文酒之间。此唐之文学与佛教所由合同而化也。骆宾王亡命杭州而为浮屠,无本还俗而为韩门弟子。诗如张说、王维、李端、白居易,文如梁肃、柳宗元,皆以好佛,而为文有高致,得佛教之趣味。虽力排佛老如韩愈,犹与文畅、高闲、大颠之徒相往来,而况其他者乎?其在缁徒中,如皎然、广宣、贯休、齐己、法震、法照、无可、护国、灵一、处默、清江、寒山、拾得之伦,皆以能诗名,置之诸唐诗人中,亦无逊色。而寒山、拾得二人为尤著,其诗以佛教大乘之理想,发为宗教或哲学之诗歌。嘲骂时俗,警醒顽愚,固不当以工拙论。及乎有宋,邵康节以下,道学之诗率祖尚之,遂为诗家之一体。

　　中土布教之流传,盛于六朝而大成于唐。善导之净土宗、慧能之禅宗、道宣之律宗、法藏之华严宗,皆集唐以前之宗教思想而成者也。窥基之法相宗、金刚智及不空之真言宗,则新启宗门者也。其时朝野上下,靡不好之。天子则太宗、高宗、中宗、睿宗、玄宗、肃宗、代宗、德宗、宪宗、宣宗、懿宗,皆崇拜三宝。宰相则张说、宋璟、杜鸿渐、王缙、孟简、裴休,皆皈依佛门,自执弟子之礼。佛教之比于儒,其范围天下思想界,殆有中分之势焉。虽以武宗之排佛极暴,终于无效而浸润之久,遂以产宋代之理学。吾国思想至此生一大变化。

　　随佛教之流行,而经典之翻译,与夫赞铭、倡颂、论疏之文,亦蔚然称盛,而有加于前。光智译《宝星经》等五部矣,玄奘译《因明论》以下经论七十四部矣,法朗之译《大云经》,法藏之译《大宝积经》,法琳之为《破邪论》,惠乘之著《辩正论》,杜顺之撰《华严法界观》《五教止观》,以及道宣之《行事钞》、义净之《寄皈传》、道世之《法苑珠林》、智昇之《开元释教录》,非皆于文学上有素养者不能也。是曰缁徒文学,而尤以玄奘所系为钜。玄奘患从来翻译讹谬颇多,欲广求异本参验之。贞观初,随商贾游西域,留十七年,赍梵本六百五十部而归,诏使译经大慈恩寺。自是,称唐以前翻译者曰旧译,成于玄奘之手者曰新译。重要之佛典,至今日而得以完全无误者,不可不归功于玄奘也。

第十七章　唐代小说之盛兴

小说家者流，魏晋以后作者不绝，大都文辞猥琐。迄乎唐代小说界，虽不足以划一新时期，而简册之多，门类之繁，比于前世固有足多者。其叙历史者，若张鷟之《朝野佥载》，康骈之《剧谈录》；记社会者，若《唐语林》《芝田录》（二书未详何人）①；资谐笑者，有李商隐之《杂纂》；供辨正者，有李匡乂之《资暇》；述鬼怪者，有《博异志》《陆氏集异记》；谈义侠者，有《虬髯客传》《剑侠传》；言情者，有《游仙窟》《章台柳传》《步非烟传》《霍小玉传》。而如《游仙窟》，假神仙以述情事，颇为秽亵，文辞绚烂，是乃后世淫书之作俑。而《虬髯客传》之类，则开后世之杂剧、传奇也。其种汇为唐代丛书，《龙威秘书》《五朝小说》等所收，无虑数十百部，实不胜枚举矣。

晋宋以来，二氏之道大行，其影响之所及不特文章、诗歌为然，即小说界亦本其迷信，喜谈妖怪，习为荒诞之辞。唐以前如王嘉《拾遗记》、干宝《搜神记》、陶渊明《搜神后记》、焦度《稽神异苑》、任昉《述异记》、吴均《续齐谐记》、颜之推《北齐还冤志》是已。入唐以后，除前《博异志》《陆氏集异记》外，则有薛用弱之《集异记》、唐本德之《冥报记》、牛僧孺之《玄怪录》、李复言之《续玄怪录》、郑常之《洽闻记》、薛渔思之《河东记》、段成式之《酉阳杂俎》、温庭筠之《乾馔子》、陈翰之《异闻集》、裴铏之《传奇》，皆杂记神仙鬼怪变化，及草木禽兽妖异谲诡之事，以投时好。即如《剑侠传》《红线传》《长恨歌传》《仙苑编珠》，亦何莫非道家之末流阶之厉哉。

---

① 《唐语林》是宋人王谠的作品。

第十八章　词学之发展

　　词滥觞于唐,滋衍于五代,而造极于两宋,曲调极多。唐以后,声律学之一体也。以其调有定格,字有定数,韵有定声,只于其间填字,故曰"填词"。然或号曰"诗余",以为自古乐府流衍而来。惟考汉代古诗与乐府始分(见第三编第七章),而乐府又略有十种之别。东汉以后,乐府之音节渐归澌灭,至曹子建,已患其难识。东晋江左,惟存清商曲辞之一。此本江南风谣,亦实唐绝之嚆矢也(见第三编第二十六章)。及四声八病之说起,乍见之,似欲主以音律之关系,被歌管弦。实则止于整饬语格,协谐韵调,与乐律上之音谱,全为别物。所云"诗律即乐律",徒耳食之见耳。诗至唐律,益远于歌矣。盖汉代以来之乐府,既亡于齐梁之间,所谓乐府者,皆拟作耳。以故隋唐以后,盛传外族之乐。唐十部乐中,为中原本土之音者,仅清商曲辞所遗之清乐而已。其余有由凉州、伊州、甘州、天竺、高丽、龟兹、安西、疏勒、高昌、康国等采用者。天宝之末,明皇诏道调法曲与胡部新声合作,盖可知矣。乐既采自外族,奏之歌词,是有不能备协,而系于清商乐之绝句,又过于单调。不得已而于向来绝句之歌法,调以外族之乐律。虽不必八音克谐,而绝句一体,已有诗乐一致之势。唐梨园教坊所传习之大曲、小曲即是也。惟乐曲概长,重叠绝句以叶其节奏,其不和固已多矣。而歌绝句之际,或于字间加散声,或于句里插和声,以期变化歌法,则文字与曲节又不免背离。由是而求救济之方,乃以曲谱为基础,散声、和声皆填字以迁就之,以视乎诗,故字有多少,句有长短,即所谓填词是也。

　　彭孙遹《词统源流》以词之长短错落,发源于三百篇,固数典太远。实则诗自三百篇以降,历乎汉魏六朝,体制虽多,大别归于句格之整不整二者而已。其不整者,如梁武之《江南弄》、沈约之《六忆》,其声调之圆美,正可推为绝妙好辞。以之为倚声之权舆,自无不可(见第三编第二十六章)。然普通称词之滥觞者,实推李白之《忆秦娥》《菩萨蛮》及张志和之《渔歌子》,其词录载于下：

《忆秦娥》云：

箫声咽，秦娥梦断秦楼月。秦楼月，年年柳色，灞陵伤别。　　乐游原上清秋节，咸阳古道音尘绝。音尘绝，西风残照，汉家陵阙。

《菩萨蛮》云：

平林漠漠烟如织，寒山一带伤心碧。暝色入高楼，有人楼上愁。玉阶空伫立，宿鸟归飞急。何处是归程？长亭更短亭。

《渔歌子》云：

西塞山前白鹭飞，桃花流水鳜鱼肥。青箬笠，绿蓑衣，斜风细雨不须归。

是知填词之发生，实破五七言之绝句为之，非必脱胎于古乐府也。如《菩萨蛮》合五七言而成，《渔歌子》则裁七言绝一字者也。至《忆秦娥》之长短错落，亦裁之于七言，或有余或不足，皆以协和其调也。又杨升庵《草堂序》云："唐人之七言律，即填词之《瑞鹧鸪》也；七言之仄韵，即填词之《玉楼春》也。"然则词不惟破绝，并破律为之矣。汪森曰："古诗之乐府，与近体之诗分镳并驰，非有先后；谓诗降而为词，以词为诗之余者，殆非通论也。"王昶曰："不知者谓为诗之变，实则诗之正也。"以证前言，信不诬矣。自是作者辈起，韦应物、戴叔伦、王建、韩翃、白居易、刘禹锡、温庭筠皆创调填词，至五代尤盛。譬之黄河，梁武、沈约为其昆仑，伏流千里；忽发于李白、张志和之俦，漏为星宿海；至五代则出龙门、越底柱，而驰于豫兖之域矣。诗词两体，盖犹夫古今体诗之异形也。

词之有调,犹近体诗之有声律。有调各别名者,有调名同而体异者。短者如《十六字令》,仅仅十六字,长者如《莺啼序》,多至二百四十字。万红友《词律》载填词图谱,凡六百六十调,千百八十体。清康熙《钦定词谱》凡载二百二十六调,二千三百六体,其繁冗宏富如此。

词上承诗,下启曲,亦唐代一大创制也。蜀赵崇祚编有《花间集》十卷,其词自温飞卿而下十八人,凡五百首,为后世倚声填词之祖。陆务观曰:"诗至晚唐五季,气格卑陋,千人一律。而长短句独精巧高丽,后世莫及,此事之不可晓者。"王渔洋以谓《花间》之妙,蹙金结绣,而无痕迹。五季文运萎敝,他无可称,独词浓艳稳秀。兹举其著者,南唐二主,中主李璟,后主李煜,其词凄婉动人,所谓亡国之音哀以思者耶。其臣有冯延巳,字正中,陈世修称为"思深词丽,韵逸调新"者也。所作《菩萨蛮》《蝶恋花》诸调,尤堪爱诵。韦庄,字端己,蜀人,为词婉秀,不减飞卿,世以温韦并称。此外有皇甫松、毛文锡、和凝、牛希济、薛昭蕴等。至于宋,以词为乐章,因之更大进步。小令、中调之外又出以长调,而其体大备。

第十九章　宋之学术与文学之影响

　　有宋一代,理学昌明,于汉族人文史上,可与春秋战国并称为思想界活泼之一大时期。盖自两汉以来,学者专业一经,师弟相传,墨守旧说而无复创见。马融、郑玄、王肃之徒,所为毕生事业者,止于该统众说,笺注群经。至唐重加疏解,演绎周详,委曲旁贯,愈趋于繁碎丛冗,使人生厌倦之心。然上世之名物度数,后人得以推明者,亦不可谓非汉唐诸儒之功也。中如扬雄、王通、韩愈之辈,自任甚重,藐薄诸儒,一意以远绍先圣为志,然究无甚发明。《太玄》拟《易》,《法言》效《论语》,《文中子》一书,其语气务追仿宣尼。韩氏之《原道》《原性》《师说》等篇,固有益文字,要不过前人之糟粕也。然则自汉至唐,专事讲习,钻研故纸而已。有宋学者,苦汉唐之繁碎,不役心于文字,直阐发乎精神。南北两思潮导源于先秦,并流于魏晋,经六朝、李唐而又有身毒思想之混合,大奋其势力。于是而至宋儒,乃融会贯通,发为性理之学。故宋儒者,实能化儒、释、道三元素而生一新元素者也。试略就宋儒与佛老之消息言之。宋儒阳排释氏,实阴入佛门,讲禅悟者也,与韩愈不翻佛书,力斥浮屠者殊科矣。周敦颐之于僧寿涯,朱熹之于妙喜禅师,皆以他山之石攻玉者也。周子"无极而太极"之语,取于杜顺之《华严法界观》,亦合于道家之说。其胸中洒落,如光风霁月者,不外参禅佛门、悟道彻底之功。而明道《行状》谓其出入佛老者几十年,反求诸六经而后得之。张子之《正蒙》曰:"知死之不亡者,可与言性。"其《西铭》之"民,吾胞也;物,吾与也",何莫非窃取佛家之语与其慈悲之意乎?邵雍传陈希夷河洛之学,尤近于道。而谢良佐谓其皇极经世之学,发于庐山一老僧。后儒斥其不醇,则以调和之功未能如程朱之翕合无间也。陆象山直指本心,则几坠入禅学中矣。况如彼欧阳修之于契嵩、林逋之于智圆、苏洵之于祖印、苏轼之于了元,其交游最密,尤为世显著者乎。观《伊洛渊源录》《朱子语录》,程门诸贤如杨时、谢良佐、游酢、吕大临等,皆归于佛老。一时学士大夫滔滔皆是,以定静参悟心性,合道清虚,取佛老之纯理,明孔孟之教义,是为当代思潮之大势。而转掩闭其原,谓其理吾儒尽具。至举《大学》《中庸》以尊之,用示所本,资便附会。窃人之所有而掩伏其赃,复深拒之者,则以佛老有蠹于政治,不可以为教。是虽宋儒者之陋,抑亦苦心之所蕴藉也。究之以禅学饰儒术,推行之于政治,终非所宜。而归于文弱,不能自振。其与晋室清谈之祸,相去岂绝远哉?

宋之儒家固有佛学之修养,而宋之佛家,亦多有儒学之修养。杨亿为译经使,赞宁乃为翰林编修也。佛家之著作中,极有名于后世者,如延寿《宗镜录》、赞宁《宋高僧传》、道原《景德传灯录》、道成《释氏要览》、契嵩《辅教编》、继忠《义成记》、圆悟《碧岩集》、法云《翻译名义集》、志磐《佛祖统记》,其数至多,不可枚举。而契嵩在沙门中,尤以学问文章名一世。李觏尝著《潜书》排释氏,见《辅教编》而太息曰:"吾辈之议论,曾不若一卷《般若经》。"而欧阳公亦曰:"不意僧中有此郎。"王安石尝问张方平曰:"孔子逝后百年而生孟子,孟子以后,无复及者。何吾道之寥寥也?"方平对曰:"岂无人哉!如马祖、云峰、岸头、云门,皆骐骥千里之材。孔孟之教,不能勒住此辈,皆去而归释氏。"安石以为然,张商英亦叹为至论。佛门之才何尝逊于儒哉!宋之于佛,虽阳甚受儒家之排挤,而实阴致其功。矧天子宰相如真宗、仁宗、王旦、文彦博、富弼、张商英、苏易简等,皆极崇信而修净业者乎。宋之道学,实可谓儒教与释教之变相也。

宋崇朴学,文章虽袭前人之遗轨,而务以理胜,故能游心万仞,沥液群言,不为所囿,骎骎乎欲驾而上之。文则欧、苏、曾、王以外,若刘原父兄弟、司马君实、周茂叔、张横渠、朱晦庵、陈同甫、叶水心、薛浪语、魏鹤山之伦,皆非后世号为古文专家者所易及,初未尝以步趋韩柳相矜也。宋初杨刘之学盛于一时,其裁割纂组之工极矣,犹未变唐体。至欧苏乃以博学富文为大篇长句,叙事达意,无艰难牵强之态。而王荆公尤深厚尔雅,纯乎义理之言。南渡以还,初寮、浮溪、平园、秋崖辈覃虑殚思,语多精妙,初不必执燕、许、常、杨以相竞也。诗初有白体、昆体、晚唐体。昆体杨、刘最著,晚唐至叶水心、四灵而大振。少陵体则欧、苏、梅宗之,参以太白、昌黎。至苏黄更踔厉焉,流而为豫章诗派，号为宋诗渊薮。王半山、杨诚斋得体于唐绝，姜白石得体于韦、柳，又何尝傍先民以自隘也？苏栾城有言："唐人工于为诗而陋于闻道。"吾以为宋人能闻道，故能变唐人之所未及焉。

第二十章　宋之政治与文学之影响

　　宋之学风,既融取佛老以缘儒术,故其以儒术见于政治上者,君相之精神尝与汉唐异。太祖少时学于辛文悦,晚年最好读书,向用儒臣,尝谓"宰相必用读书人",立国之遗谟,盖于此可见也。命曹彬伐江南也,戒以勿暴掠生民。彬亦克体其意,不妄杀一人。真宗朝,与契丹和战议起。寇准尝进百年无事之策曰:"不如此,数十年后,彼复生心。"真宗谓曰:"数十年后,当有能御之者。吾不忍生灵重困,姑听其和。"宰相李沆喜读《论语》,尝曰"为宰相者,如《论语》中'节用而爱人,使民以时'两句尚不能行。圣人之言,终身诵之可也"。此莫非仁心为质,而历世之秉朝政、当辅导者,又何莫非读书之人,足以矜式一世,卒之朝野上下,养成姑息之政,驯致苟安之风,甘于小康,无复有举国家百年之长计者。故始迫于辽,中劫于金,终亡于元。异族之祸,更烈于晋。其始也,赵普谓"以《论语》半部佐太祖定天下,以半部佐太宗致太平"。其终也,陆秀夫于流离颠沛之际,拥护末帝,而于崖山舟中犹讲《大学章句》。噫嘻!《论语》《大学》果有何神力而顾迷信于此?其谬妄迂腐至于此乎!综之宋人为学,失之文弱而有独善之风,全偏重于个人,而于国力之伸张不甚措意。一代之思潮,所由阙雄大魁奇之气也。

　　宋以文弱致败,然其收儒教之功者,固亦有焉。五季之乱,篡夺相仍,视君臣易位如弈棋。士大夫忠义之气,扫地以尽。宋兴,济之以文德,明君臣之分,严礼谊之防。优遇隐逸以励名节,登用贤俊以厚廉耻。庆历之际,尤称极盛。时承太宗、真宗之后,国是已定,天下士民渐习于义方。天子恭俭,爱人恤物,终始如一日。退奸进贤,发于至聪,动于至诚。人才辈出,群贤满朝,务以道义之心、忠正之气磨砻天下。故汴京既陷,犹支撑江南半壁之天。李纲、宗泽、岳飞、张浚之伦,义胆忠肝,坚如金铁,前仆后继,蹈刃无难,故能以积弱悍强胡。及夫国祚沉沦,崎岖海峤,四方之义士仍继起不绝。陆秀夫、张世杰、文天祥之所为,存一线于洪涛,被英风于千载。迄今读胡铨之《封事》、文信国之《正气歌》、谢枋得之《却聘书》,其有不感激自兴者乎?是不可谓非三百年劝学养士之余泽也。

唐之取士以诗赋,宋之取士以策论。故宋之文学不在诗,而常在文。文主议论,故散文尚焉。其间文体之变迁上,亦可划分一时期。前半期振复古之气运,后半期肇时文之发生。按宋初试士,诗、赋、论各一首,策五道,帖《论语》十,帖对《春秋》或《礼记》墨义十条。其九经、五经、三礼、三传、学究等,设科虽异,其墨义同也。王安石改法,罢诗赋、帖经、墨义,中书撰大义式颁行,须通经有文采,乃为中格,不但如明经、墨义,粗解章句而已。故论理之文称极盛云。

三百年间,作者如林。而夸一代文物之盛者,则在仁宗以后、哲宗以前。奎星照烂,欲掩诸家,则尤推苏子父子,此如李杜二家之于唐,为国运大转之候。邵康节闻天津桥上杜鹃声,而叹地气之迁徙,天下之变不远矣。既而靖康之难,徽钦北狩,江左偏安,苟延残喘。随国势之兴废,而文风亦遂截然不同。北宋累叶承平,士大夫争以气节相高,廉耻相尚。一扫五季之卑陋,有雍和博大气象,台阁文章尤为可诵。及至南宋,国势不振,天下多事。悲壮激越之音,痛哭流涕之文,继踵相因,是亦出于时势之不得不然也。

第二十一章　西昆体

五季五十余年间，天下纷乱如麻，日寻干戈。元元之民坠于涂炭，无复弦歌之声，是为中国文学黑暗时代。宋承景运，点检为天子。虽五季之弊少熄，而文物始复。武夫粗鄙，田野朴陋之作犹未绝也。五代时，江淮吴越间较北方为清晏，故其文学稍足称。罗昭谏之在钱氏，江东独步。诗文以讥刺为主，气雄调响，几欲方驾玉溪。然浅露纷呶之处，往往而有。沈颜之于吴，亦有志矫当时文章之浮靡矣。仿古著书百篇，而文特尥骹。南唐之著者，有韩熙载、徐铉，皆擅长制诰、碑表，词理精当。铉尤精小学，文思敏速，常曰"文速则意思敏壮，缓则体势疏慢"。后入于宋，为散骑常侍。同时有鞠常、杨徽之、李若拙、赵邻几四人，盛倡骈俪，而其文多疲萎不振。及太宗之时，杨亿起而一变文章之体，与刘筠、钱惟演互相唱和，转相切磋。三人同声，尚格调，练才藻。于文、于诗皆宗法义山，一时为之风靡，所谓"西昆体"是也。末流之袭杨、刘者，乃入于奇险辟涩，而文风益下。

西昆体者，有宋文学之新纪元也。其诗在当时为尤有势力，所辑《西昆酬唱集》二卷，诗凡二百五十首。杨、刘、钱外，有李宗谔、陈越、李维、刘骘、丁谓、刁衎、任随、张咏、钱惟济、舒雅、晁迥、崔遵度、薛映、刘秉等，共十七人。其诗专以李义山为宗，以渔猎掇拾为博，以俪花斗果为工，嫣然华美而气骨不存。及夸者为之，徒失于烂熟，无复空灵缥缈之神韵。往往窃取义山诗句，生吞活剥，腼然不耻。《后村诗话》谓《西昆酬唱集》"对偶字面虽工，而佳句可录者殊少"。

五代之间，多宗奉李商隐，唯喜字面绮丽，而未得其用意深厚之所在。西昆诸家亦然。杨大年尝以为商隐之诗，其味无穷，杜甫比之，则未免村夫子面目，是可知其嗜痂之癖矣。欧阳文忠曰："杨大年与钱、刘诸公唱和，自《西昆集》出，时人争效之，诗体一变。而先生老辈患其多用故事，至于语僻难晓，殊不知自是学者之弊。"又《答蔡君谟诗》云："先朝杨、刘风采耸动天下，至今使人倾想。"盖其诗之律切精工者，自不可废。而欧公之尤恶之者，则以其碑版奏疏颇伤雕摘。然五代以来，芜鄙之气由兹尽矣。

杨亿字大年，建州人。雍熙初，年才十一，召试诗赋，授秘书省正字，时号为神童。真宗时，累擢知制诰，入翰林为学士，兼史馆修撰。天性颖悟，自幼迄老，不离翰墨。为文敏速，对客谈笑，挥毫无滞。仁宗时，追赠礼部尚书，谥曰文。夏英公言其文"如锦绣屏风，但无骨耳"。刘筠，字子仪，大名人，咸平元年进士，累迁知制诰，翰林承旨，擢户部龙图阁学士。为人不苟合，学问宏博，文章以理为宗，辞尚致密。尤工篇咏，能俌揣情状，音调凄丽，与杨亿齐名，号为杨刘，两家刀笔皆四六应用之文。钱惟演，字希圣，吴越钱俶之子。官同中书门下平章事，卒谥文僖，与杨、刘鼎立，号江东三虎。

当杨、刘倡为昆体之际，同时有柳开、穆修、王禹偁、寇准、魏野、林逋、潘阆等另辟蹊径。文则柳、穆习为淳古。诗则王禹偁及徐铉兄弟、李文正昉、王汉谋奇为白体。寇、魏、林、潘学晚唐，曰"晚唐体"。特掌霸权者，犹当推昆体诸公耳。兹为各次其概。

柳开，字仲涂，开宝六年进士，仕宦累不进，咸平初卒。开幼奇警，有胆气，学必宗经。慕韩愈、柳宗元为文，因名肩愈，字绍先。既而易今名，自以为能开圣道之途也。宋之为古文者，实自开始。然其体艰涩，可谓明而未融。门人张景，从开学为古文，名最高。穆修，字伯长，祥符二年经明行修进士，仕不遇，困穷以死。为文沿溯韩柳而能自得者。其后一转而为尹洙，再转而为欧阳修，其功亦不浅。惟病出异标新，往往有僻论。水心叶氏曰："柳开、穆修、张景、刘牧，当时号能古文。今《文鉴》所存《来贤亭记》（柳）、《河南尉厅壁记》（张）、《法相院钟记》《静胜亭记》（穆）、《符月亭记》（刘），诸篇可见。时以偶俪工巧为尚，而我以断散拙鄙为高。"自齐梁以来，言古文者无不如此。韩愈之备尽时体，抑不自名。李翱、皇甫湜往往不能知，而况孟郊、张籍乎？古人文字，固极天下之巧丽矣。彼怪迂钝朴，用功不深，才得其腐败粗涩而已。要其所讥，而转移风气之功，固不可没哉。时在伯长前者，有王元之禹偁，太平兴国八年进士，官知制诰，出知黄州卒。词学敏赡，独步一时。虽未能尽去五代浮靡之习,而意已务实,但未得典则之正。水心叶氏谓其文"简雅古淡,不甚为学者所称,以无师友议论故也"。

寇准,字平仲,下邽人。太平兴国中进士,凡三入相,封莱国公,谥忠愍。善属文,尤长诗什,多得警句,而凄婉有致。林逋,字君复,钱塘人,隐于西湖之孤山。真宗闻其名,诏长吏岁时劳问,卒赐和靖先生。喜为诗,其语孤峭澄澹如其人。魏野,字仲先,蜀人,隐于陕州之东郊,号草堂居士。真宗闻其名,召之,野闭户逾垣而遁。为诗清苦,多警策。与寇准、王旦相善,每往来酬唱。潘阆,字逍遥,大名人,通《易》《春秋》,尤以诗知名,与王禹偁、孙何、柳开、魏野交好最密。

宋初文学之概况,具如上述。承唐末五代之弊,为俪偶者浮丽,攻古文者笨拙,学西昆者则脂粉涂附,好晚唐者又芜野为累。物极则反,气运之待转者,盖有如穷冬之候矣。

第二十二章　欧阳修与文运拓新

　　起赵宋文运之衰,而为一代诗文宗匠以转移天下之风气者,惟欧阳修。修固宋文学界极有力之人也,然有六朝之绮习,而后有伯玉之高踪,有元结、独孤及之前驱,而后有韩昌黎之矫厉,壮文界革新之势力。夫固有筚路蓝缕以启山林者,则尹师鲁、苏舜钦、梅圣俞之功不可忘也。

　　尹洙,字师鲁,河南人,天圣中进士。始判官西边,屡建讨夏之策,不用,以事贬筠州监酒。师鲁为人内刚而外和,与其弟学古文于穆伯长,且传其《春秋》学。为文古峭劲洁,有出蓝之誉。继柳、穆之后,尤卓然可传。钱惟演守西都,起双桂楼,建临园驿,命欧阳修及洙作记。修之文千余言,而洙只用五百字,修服其简古。自唐末文章卑弱,天圣初,洙与穆修振起之。然二公去华就实,可谓近古而未尽变化之妙。所以欧公谓老泉曰:"于文得尹师鲁、孙明复,而意犹不足也。"师鲁不长于诗,亦自以为无益而废事。

　　苏舜钦,字子美,景祐中进士,累进集贤校理。慷慨有大志,好古,工文章。及废居苏州,益读书,买水石自适,发其愤懑于歌诗。为体豪放,轩昂不羁,如其为人。而蟠屈为吴体,又极平夷妥帖。欧阳公曰:"子美之齿少于予,而予学古文,反在其后。天圣之间,予举进士于有司。见时学者,务以言语声偶摘裂,号为时文,以相夸尚。而子美独与其兄才翁及穆参军伯长,作为古歌诗杂文。时人颇共非笑之,而子美不顾也。其后天子患时文之弊,下诏书,讽勉学者以近古。由是其风渐息,而学者稍趋古焉。独子美为于举世不为之时,其始终自守,不牵世俗趋舍,可谓特立之士也。"

　　梅尧臣,字圣俞,宛陵人。少以荫补吏,累举进士,辄抑于有司。幼习为诗,出语已惊人。既长,学六经仁义之说,为文章简古纯粹。然最乐为诗,时无贤愚,语诗者必求之圣俞。圣俞亦自以其不得志者,乐于诗发之,故平生所作,于诗尤多。尝言:"诗家必能状难写之景,如在目前,含不尽之意,见于言外,然后为至。"又曰:"诗句义理虽通,而语涉浅俗可笑者,亦其病也。"故其诗古淡深远，外槁而内腴，自成一家特色。然不善学之，则枯淡而无味。故苏黄以后，传其派者希，惟陆务观重之。欧阳氏曰："圣俞、子美齐名一时，而二家之诗体特异。子美笔力豪隽，以超迈横绝为奇。圣俞覃思精微，以深远闲淡为意。各极其长，虽善论者不能优劣也。"

文如尹、穆，诗如梅、苏，固已履革新之运，而兼之而大者，实为欧阳修。宋兴七十余年，至天圣、景祐，而斯文终有愧于古，士亦因陋守旧，论卑而气弱。自欧阳公出，天下争自濯磨。以通经学古为高，以救时行道为贤，以犯颜纳说为忠，长育成就。至嘉祐末号称多士，欧阳之功为多。修字永叔，吉州庐陵人。四岁而孤，母郑氏贤而亲诲之。家贫不能得纸笔，令以荻画地学书。稍长，借书邻里，遂博极群书。公本以词赋擅名场屋，工俪偶之文。及得韩愈遗稿，心好之，苦志探赜，忘寝与食。必欲与并辔相驰，方以应试而未敢为也。既举进士，调西京推官，始从尹洙游，出韩文而问学焉。与论议当时事，迭相师友。又与梅尧臣游，为诗歌相唱和。虽皆在诸君后，而独出其上，遂为一代文宗。时进士文章务为钩章棘句，修知贡举，痛抑之，风气为之一变。曾巩、王安石及苏氏父子皆闻风兴起，由其汲引奖进以显。为人天资刚劲，见义勇为。虽机阱在前，而触发之不顾，放逐流离，至于再三，而志气自若。晚号六一居士，熙宁五年卒，赠太子太傅，谥文忠。

修以精赅之经学，具犀利之史眼，以故论事有制，引物连类，折之于至理。为文平淡温润，极纡余委备之致。凡人少年之作，有英气，有霸气。及至晚年，始老成圆熟。而公之文，无不温温然有君子之容。其晚年尝取平生所为文自编次，往往一篇至数十过。有累日去取不能决者，盖成于推敲改窜之余也。论公之文者多矣，举其尤善者，苏明允以为："词令雍容似李翱，切近适当似陆贽，而其才亦似过此两人。至其作《唐书》《五代史》，不愧班固、刘向也。"东坡次其集而论之曰："欧阳子论大道似韩愈，论事似陆贽，记事似司马迁，诗赋似李白，此非余言也，天下之言也。"王安石曰："如公器质之深厚，智识之高远，而辅以学术之精微，故充于文章，见于议论，豪健俊伟，怪巧瑰奇。其积于中者，浩如江河之停蓄；其发于外者，烂如日星之光辉。其清音幽韵，凄如飘风急雨之骤至;其雄辞宏辩,快如轻车骏马之奔驰。世之学者,无问识与不识,而读其文则其人可知。"

修之文学韩,诗亦学韩,而参以李杜。始矫昆体,专以气格为主,故其诗多平易疏畅。律诗意所到处,虽语有不伦,亦不复问。而学之者往往失于快直,倾囷倒廪,无复余地。然公诗好处,岂专在此。其婉丽雄胜之处,虽昆体之工,亦未易之。如《庐山高》《明妃曲》,为公最得意之作。尝自称《庐山高》今人莫能为,唯李太白能之。称《明妃曲》后篇,太白不能为,唯杜子美能之。又称《明妃曲》前篇,子美亦不能为,唯吾能之也。是虽酒中傲语,亦可想见其抱负矣。而后村刘氏谓欧公"诗如昌黎,不当以诗论,亟推宛陵为开山祖师"。宛陵于当时风气,诚有挽正之功,而贬庐陵,则未免失当也。

与修同时而能古文者,有石介、刘敞兄弟。介字守道,天圣八年进士,迁直集贤院。为文陈古今治乱成败,以指切当世,无所忌讳。陆放翁谓其文老苏不能及,殆未必然。欧公重其人,非以其文也。敞字原父,庆历六年进士,累迁知制诰,拜翰林学士,判南京御史台卒,学者称公是先生。为人明白俊伟,自六经百氏,下至传记,无所不通。为文章尤敏赡,好摹仿古语句度。英宗尝语原父,韩魏公对以"有文"。欧阳公云"其文章未佳,特博学可称耳"。或曰原父将死,戒其弟攽,"毋得遽出吾文,百年后自有知我者",其后东莱、水心极口称之,列之欧、王之间。实则原父之文,虽称雅健,然摹《春秋》公、穀两家、大小《戴记》太肖,蹊径未化,未足跻欧、王也。弟攽字贡父,号公非先生,亦博极群书,同时中第。敞性醇静,攽则才锋敏捷,词辩隽利。著作亦各肖其为人,然沉酣典籍、文章尔雅则一也。敞子奉世,字仲冯,亦有名,世称"三刘"。

与修同时而以骈俪腾声者,有夏竦、宋庠兄弟。竦字子乔,父死事补官。仁宗朝累擢知制诰,同中书门下平章事,封英国公,谥文庄,贵显凡四十年。善为文章,尤长偶俪之语。词藻赡逸,有燕许遗轨。朝廷大典策,累以属之。为诗巧丽,皆"山势蜂腰断,溪流燕尾分"之类,而为人奸佞。庠字公序,弟郊字子京。天圣中,兄弟同榜进士,俱历显宦,以词赋妙天下,号"大小宋"。公序馆阁之作,沉博绝丽。子京通小学,故其文多奇字。苏子瞻谓其"渊源皆有考",奇险或难句者是也。

修于散文,既以韩为宗,力振古学,挈有宋文章之领矣。而朝廷制诰,缙绅表启,如英公、大小宋,固尤未脱杨、刘之绮习也。修奋然为之,独尚雅隽,行以流转之笔,如《亳州乞致仕第二表》"臣闻神功不宰,而万物得以曲成者,惟各从其欲。天鉴孔昭,而一言可以感动者,在能致其诚,敢倾虔至之心,再渎高明之听"云云。南丰荆公,从而和之。而荆公尤喜运经语,脱口而出。子瞻兄弟更号英伟,去浓丽而宗雅淡,遂蔚为宋骈体之特色,而风气亦自修开之。修诚人杰矣哉!

第二十三章　曾巩、王安石

　　曾巩、王安石，同为修所奖进。其在政治之势力，曾不及王。而文章则曾之温雅与王之精悍，均为古今有数大家。

　　曾巩，字子固，南丰人也。幼聪敏有行义，及冠，才名闻四方。欧阳修见其文，大奇之，劝举进士。元丰中，为中书舍人卒。吕公著尝告神宗曰："巩之行义，不如政事，政事不如文章。"其文剽鸷奔放，雄浑瑰伟。其自负要自刘向，藐视韩愈以下也。晚年始在掖垣，属新官制，方除目填委，占纸肆书。初若不经意，及属草授吏，所以本法意、原职守，为之训敕者，人人不同，赡裕雅重，自成一家。欧公门下士，多为世显人。议者独以子固为得其传，犹学浮屠者所谓嫡嗣云。方以智曰："退之有时生割刻意，形容琢古，磨石未免乎痕。去其痕而一以平行之，则欧曾也。"曾本儒士，乏才气，其文典雅有余，精彩不足。朱熹始推尊之，又自学之。明清诸家亦皆宗尚，如方望溪一辈，所谓桐城派诸人皆是。盖凡才气短者，多避光华伟丽之文，喜沉静温恭，其极流于庸腐熟烂。学南丰之文，其弊有如此者。诗多醇厚可诵，要不及文，然比于苏洵为胜。

　　王安石，字介甫，号半山，临川人也。博闻强记，一过目终身不忘。议论高奇，能以辩博济其说。慨然以矫正一世为己任。释经义，不取一切先儒传注；著《字说》，务出新意，多穿凿附会。而其属文也，运笔如飞，初若不经意，及成，见者莫不服其精妙。曾巩导之于欧阳修，修为延誉。登进士第，及后得志，巩不复与交。神宗尝问安石于巩，巩曰："安石文学行义，不减扬雄，独吝于改过耳。"神宗夙异其文，召为翰林学士。熙宁三年，拜中书门下平章事，七年罢。明年再入相，九年罢，卒谥文。公为文简炼雄洁，拗折峭深。其一种精悍之气，于他人所不能见者，盖其所本在《荀子》。当时于南丰、眉山之间自占一席。诗如空中之音，相中之色。晚年律尤精严，造语用字颇以险绝为功。然意与言会，言随意遣，殆不见有牵率排比处。

安石不独长于文章,而其才兼具法理家头脑、理财家手腕。所谓新法,实参酌古今,兼济时变。虽非尽善,其大段规画,自有可观。特以不合于中国人历史上守旧之心理,既遭司马光、苏轼等之反对,而安石为人又执拗固僻、刚愎自用,素称公正者,既不与相合,不得已而求同志,托吕惠卿、曾布等奸险之徒以行。而新法乃益为世大病,而后人往往心醉于温公之德,倾倒于东坡之才,遂至诋为元恶大憝,亦未免悖矣。

惟因安石新法,而有宋党人之祸,实始于此。原党人之争,发端于宋襄《四贤一不肖诗》。而于石介《庆历圣德诗》与欧阳修《朋党论》益有水火之势,是为君子与小人之党争。及安石参政,苏洵先论辨奸,吕诲继斥为大奸,而蒲宗孟、章惇亦毁司马光奸邪。由是正奸之论常不决。元祐时,司马光为相,一反安石所为。绍圣初,章惇为相,复绌元祐之政。蔡京出而专遵安石旧法,并以昔日反对之文人学者如司马光、吕公著、程颐、苏轼、黄庭坚之伦凡百二十人,列其罪状,谓之奸党,为大碑树于端礼门。于是元祐之党人,一贬斥于绍圣,复追复于元符,再追夺于崇宁,又追赠于靖康。其间有洛党、川党、朔党三派,洛党以程颐为领袖,川党以苏轼为领袖,朔党以刘挚、王岩叟、刘安世为领袖。或为政事上之争论,或为学术上反目,甚者为人身之攻击。所谓正人君子者,亦自不相容,而宋室之祸乃岌岌乎不可为矣。

第二十四章　洛党与道学

元祐时，程颐为崇政殿说书，苏轼为翰林学士。轼喜谐谑，而颐以礼法自持，轼谓其不近人情，每嘲刺之，由此两人有隙。两家门下至相标榜，遂有洛党、川党之目。

程颐，世称伊川先生。司马光、吕公著谓为"儒者之高蹈，圣世之逸民"也。年十八，上书阙下，劝天子以黜俗论、宏正道为心。身逾五十，不求仕进。言主忠信，行遵礼法，安贫守节，笃学好古，无不读之书。其学以诚为本，以《论》《孟》《学》《庸》为标指。动止语默，一以圣人为师。其兄程颢尝称曰："异日能尊严师道者，吾弟也。"颢与颐同道，而气象各异。颢如春风，颐如秋霜。颢和粹之气溢于面背，门人交友，曾不见其忿厉之容。颐庄厉之色，虽进讲之时，对于天子，亦不少假借。颢初与弟颐受业周敦颐，寻孔颜之所乐，慨然以兴起斯文为己任。沉潜六经，出入老释者数十年，遂使孔孟之学焕然复明。颢卒，文彦博题其墓曰"明道先生"，伊川序之曰"孟子以后第一人也"。

盖自孔孟殁而世无真儒者千有余年。汉注唐疏，于训诂以外，殆无何等之发明。其间虽有论及大道者，而察焉不精，语焉不详，遂使圣人之道幽沉于魏晋，支离于齐梁，灭没于隋唐。及二程出，而始以千古不传之道学明于百世。盖道学者，宋朝学术之特色，而二程者，其又道学之主脑也。

今试寻道学之源流，二程以前有邵雍、周敦颐开其源。二程以后，有朱熹、张栻畅其流。而与同时者，则有张载、杨时，皆主理气性命之学者也。邵雍，字尧夫，谥康节。始，陈抟明易学，得河洛精蕴，以传于穆修。修传北海李之才，之才以授雍。雍妙悟神契，能通天地运化与阴阳消长，著有《皇极经世书》《伊川击壤集》。周敦颐，字茂叔，号濂溪，尝著《太极图说》，明天地之根源，究万物之终始。又著《通书》说道德之根本，修身之真谛。张载，字子厚，号横渠，其学以《易》与《中庸》为宗，尝著《正蒙》，撰《西铭》，发前圣所未发，二程深服其说，而杨时独疑其近于兼爱云。杨时，字中立，号龟山，师事程颢，造诣极深。及归,颢目送之曰:"吾道南矣。"时与谢良佐、游酢、吕大临有"程门四先生"之称。而龟山德望特高,其名至传于塞外诸国。他日朱熹、张栻之学,得二程之正宗者,亦私淑于龟山者多也。

第二十五章　川党与文学

洛党尚经术,守礼法,而文学则视川党为远逊。以唐宋两朝之文,仅八大家,而苏氏一门三父子,得各占一席,诚足以震动一世,为文人学者所宗仰。世称洵为老苏,轼为大苏,辙为小苏,三苏中而轼尤为称首。

洵字明允,号老泉,蜀之眉山人。年二十七,始发愤为学。应试不第,归而悉焚所为文,闭户读书,遂通六经百家之说。至和、嘉祐间,挈其二子轼、辙至京师。时欧阳修有大名,上所著《权书》《衡论》以下二十二篇。欧阳修大爱其文辞,以为贾谊、刘向不能过也。一时士大夫争相传诵,效其所为文。除校书郎,与姚辟等同纂《太常因革礼》百卷,书方成而卒。史臣谓永叔所献明允之文甚美,大抵兵谋、权谋、机变之言也。

轼字子瞻,洵之长子也。幼而颖悟,博通经史,属文日数千言。嘉祐中,与其弟辙应礼部试,主司欧阳修得其文,惊喜,以为异人,欲以冠多士,疑客曾子固所为,乃置第二。时科举文尚奇涩,欧阳修欲革其弊,凡涉于磔裂诡异者皆黜之。及榜放,平时有声名如刘煇辈,皆不预选,而轼兄弟皆入彀。仁宗得二苏对策,喜曰:"朕今日为子孙得两宰相。"英宗即位,召直史馆。神宗朝,与王安石不合,出知密州。坐乌台诗案下台狱,寻赦,贬黄州。轼在黄州,筑室东坡,自号东坡居士。哲宗立,迁翰林学士兼侍读。与程颐之徒不和,出知杭州。绍圣初,斥逐元祐党人,贬琼州。徽宗即位,赦还,卒于常州。高宗时,追谥文忠。轼初好贾谊、陆贽书,论古今治乱,不为空言。既责黄州,杜门深居,驰骋翰墨,其文一变。平生所为诗骚、铭记、书校、论撰,率皆过人。晚喜陶渊明诗,和之几遍。为人英辩奇伟,于书无所不通。所作文章,才落笔,四海已皆传诵。下至闾阎田里,外至夷狄,莫不知名。门下宾客亦皆一世豪杰,其盛宋以来所未有也。

辙字子由,洵之次子也。年十九,中进士第,为商州军事推官。以兄得罪,坐贬筠州监酒。宣仁临朝,擢中书舍人,代子瞻为翰林学士,寻拜尚书左丞,进门下侍郎。绍圣初,责置雷州,徽宗时北还,致仕,筑室于许,号颍滨遗老。著《诗春秋传》《老子解》《古史》,自谓得圣贤遗意。

三苏之文多得力于《战国策》《史记》,而洵之文古劲简至,其炼句锻字处,二子犹有不及。曾子固曰:"明允为文,少或百字,多或千言。其指事析理,引物托喻,侈能尽之约,远能见之近,大能使之微,小能使之著,烦能不乱,肆能不流。其雄壮俊伟,若决江河而下也。其辉光明白,若引星辰而上也。"子瞻之文,其飘忽变化类庄子,俊逸雅健似贾谊,圆转周到又与陆贽相若。盖无所不有,无所不能。尝自道其文曰:"吾文如万斛涌泉,不择地而后去。在平地滔滔汩汩,虽一日千里无难。及其与山石曲折,则随物赋形而不可知。"又曰:"文无定形,唯行乎其所不得不行,止乎其所不得不止。"自来论子瞻文者多矣,不如其自言之为得要也。子由文委曲明畅,言理处精赅沉着,是其独至。东坡谓其文汪洋澹泊,有一唱三叹之声,而其秀杰之气终不可没,然究不及其兄云。

三苏之诗,洵所作极少,亦非其所长。辙善诗,温雅高妙,如佳人独立,姿态易见,而亦非其兄子瞻之敌。子瞻诗大抵才思横溢,触处生春。如屈注天潢,倒连沧海,变眩百怪,终归浑雅。赵瓯北曰:"以文为诗,始自昌黎,至东坡益大放厥辞,别开生面。天生健笔一枝,有必达之隐,无难显之情。此所以继李杜而为一大家也。"且不特诗文然也,于词于书,俱臻绝妙。世谓李杜歌诗高妙而文章不称,李翱、皇甫湜古文典雅而诗独不传,惟坡公兼而有之,所以为古今有数人物。

第二十六章　江西诗派

二苏以硕学宏材鼓行士林，天下之依以扬声者，望尘惟恐弗及。陈后山有诗云："一代苏长公，四海名未已。"又云："少公作长句，班马安得拟。"盖世以东坡为长公，子由为少公云。其门下有客四人：黄鲁直、秦少游、晁无咎，长公客也；张文潜，次公客也，时谓之"苏门四学士"。加陈师道、李廌，又称"苏门六君子"。四客各有所长，鲁直长于诗辞，秦、晁、张长于议论文字，在苏门为最著。师道晚出，其名稍次，李方叔则更次之。

鲁直名庭坚，号山谷道人，又号涪翁，与子瞻并称，谓之"苏黄"。为诗奇崛，所谓江西诗派者宗之，是为宋诗一大变。后村刘氏曰："国初诗人，如潘阆、魏野，规规晚唐格调，寸步不敢走作。杨、刘则又专为昆体，故优人有拥挚义山之诮。苏、梅二子，稍变以平淡豪俊，而和之者尚寡。至六一、坡公，巍然为大家数，学者宗焉。然二公亦各极其天才笔力之所至而已，非必锻炼勤苦而成也。豫章稍后出，荟萃百家句律之长，究极历代体制之变，搜猎奇书，穿穴异闻，作为古律，自成一家，虽只字半句不轻出，遂为本朝诗家宗祖。"史称其自黔州以后，句法尤高，笔势放纵，实天下之奇作也。亦善文，文学西汉。子瞻尝荐之自代，曰："瑰玮之文，绝妙当世；孝友之行，追配古人。"世以为实录。惜其才力褊局，不能汪洋趋超。东坡尝云："鲁直诗文，如蝤蛑江瑶柱，格韵高绝，盘餐尽废，然不可多食，多食则发风动气。"又或谓其诗妙脱蹊径，言谋鬼神，无一点尘俗气。所恨务高，一似参曹洞下禅，尚堕在元妙窟里，诚不免有此病也。

无咎名补之，尝作《七述》，叙杭之山川人物之盛丽。时苏子瞻亦欲有所赋，见其文遂搁笔，屈行辈与之交。举进士，礼部别试第一，考官谓其文辞近世未有，遂以进御。神宗曰："是深于经，可革浮薄。"常自谓喜左丘明、檀弓、屈原、庄周、司马迁、相如、枚乘及唐韩柳氏，天下亦以为兼得数子之奥，莫敢与之争。晚惟文潜与之抗衡，是以后世谓之"晁张"云。文潜名耒，仕至起居舍人，在四学士之中独后亡。诗文兼长，故传于世者尤多，同时鲜有其比。晚年诗体效白乐天，乐府效张籍。初与秦少游同学于子瞻，子瞻以为"秦得吾工，张得吾易"，而世谓工可致，易不可致，以文潜为难云。又曰："无咎雄健峻拔，笔力欲挽千钧；文潜容衍靖深，若不得已于书者。二子各以所长名家。"

少游名观，号太虚。元祐初，苏轼荐为太学博士，迁国子编修。善为文，诗词兼工。子瞻尝谓李廌曰："少游之文，如美玉无瑕，又磨琢之功，殆未有出其右者。"王介甫谓其诗"新精婉丽，鲍谢似之"。少游亦自言其文铢两不差，但以华丽为愧耳。敖陶孙亦言其诗如时女步春，终伤婉弱。而吕本中谓少游过岭后诗"严重高古，自成一家，与旧作不同。盖其早标新颖，晚洗浮华也"。

师道字无己，一字履常，号后山。少以文谒曾南丰，南丰奇之，许其必以文著，因从受业焉。后喜黄鲁直诗，复从之学。元祐初，苏轼荐为棣州教授，终秘书省正字。为文简洁，极有法度。诗虽学豫章，然其造诣平淡，真趣自然，亦豫章之所缺也。论者曰："庭坚学杜，脱颖而出；师道学杜，沉思而入。宁拙勿巧，宁朴勿华，虽非正声，亦云高格。"廌字方叔。东坡知贡举，得试卷，以为方叔也，置之首选，已而不然，后竟不第。为文才辩纵横，去苏之本文最近。

四学士之于苏门，以黄为称首，所谓江西诗派，即本之而立者也。诗派之说，起于吕居仁。自言传江西衣钵，尝作宗派图，自山谷以降，列陈师道、潘大临、谢无逸、洪刍、饶节、僧祖可、徐俯、洪朋、林敏修、洪炎、汪革、李錞、韩驹、李彭、晁冲之、江端本、杨符、谢迈、夏倪、林敏功、潘大观、何颙、王直方、僧善权、高荷凡二十五人以为法嗣，谓其源流皆出豫章也。其间知名之士，有诗卷传于世，为时所称者只数人而已，其余无闻焉，亦滥登其列，以是前辈多有异论。居仁名本中，好问之子，祖谦之祖。靖康初，权尚书郎。绍兴中，赐进士第。少学山谷为诗，后人以其诗入派中。又与居仁同时，有曾文清吉父，乃赣人，诗与山谷相近。居仁常以诗往还，而不以入派，后村刘氏尝以此疑之。又南丰曾纮伯容，与其子思显道诗，皆源委山谷，高亢不仕，杨诚斋序其诗以附诗派之后。苏黄势力之及于宋文学，其大有如此者。

第二十七章　南渡后之文

　　宋自南渡以后,国势日非。其始也,忠臣义士犹感激奋发,陷胸断脰,以与金人争旦夕之命。既而河山清谧,半壁堪怀。北狩之奇辱,日远日忘;和议之足贪,相引相蔽。无复雪仇之志,共耽处堂之安。举朝野上下,沉酣于暮气之中。孝宗、光宗之际,犹有一二英杰之士,踔厉风发,倡复大仇。及韩侂胄一启兵端,师徒挠败,秋后之热,乃一泄而无余。惩羹吹齑,蝟缩鼠伏。在位者以持禄容头为上策,论学者以心性理气为空谈,终以弱亡,不少觉悟,此南渡以后之士风也。

　　自王安石罢诗赋、墨帖,专尚经义,行之既久,而迂疏浅陋者起而代之。濂洛之理学既行,语录习气又往往窜掇其间,芜鄙腐滥之词承间迭起,故求宏雅雄骏之文于南宋,实不可多得。然南渡之初,风概矫厉,本元气鼓荡而出,拥勇突怒,不少斩峻之裁。若李纲之雅健,胡铨之严正,其最可称者也。及其后,文多缓漫痿痹,毫无振作之概。矫亢者失之嚣,冲容者失之弛。朱子云:"今人文字全无骨气,自是时节所尚如此。"又曰:"时文之变已极,日趋于弱,日趋于巧小,将士人这些志气都消削得尽。莫说以前,只是宣和末年,三舍法才罢,学舍中无限好人才,如胡邦衡之类,是甚么样有气魄,做出那文字是甚豪壮。及绍兴渡江之初,那时士人所作文字极粗,更无委曲柔弱之态,所以亦养得气宇。只看如今,是多少衰气。"又曰:"最可忧者,不是说秀才做文章不好,这事大关世变。"文至朱子时,盖已不胜其敝矣。

　　宋绍圣初,既尽罢词赋,而患天下应用之文由此遂绝,始立博学宏词科,其后又为词学兼茂。词科之兴,最贵者四六之文,又谓之敏博之文。士大夫欲游场屋,即工时文,既擢词科,舍时文即工四六,不者弗得称文士。大则培植声望,为他年翰苑词掖之储;小则可结知当路,受荐举,至有以一联之工,而遂受终身之官爵者。尝有祖父子孙继登卿相,悉皆词科之人,四六之见重于当时者如此。然世道休明,词气盛壮。及其衰也,则惟夸对偶炫精的,日巧日小,无复典直宏大之观矣。

宋南渡后，乾道、淳熙间，苏文盛行，举子翕然宗之，号"乾淳体"。虽不及庆历、元祐之盛，而能文之士若朱熹、陈亮、吕祖谦、鄱阳三洪、周必大、楼钥、叶适辈，于散于骈，皆足以追北宋之矩矱云。

南宋之为古文者，有王十朋，字龟龄，绍兴中廷对以忠鲠称，擢第一。孝宗朝，累迁起居舍人，改吏部侍郎，历四郡守卒，谥忠文。有《梅溪集》，文尚理致，不为虚浮靡丽之词，惟典雅而气格卑下，不足称也。陈亮，字同父，永康人，淳熙中诣阙上书，绍兴四年策进士，擢第一。为人才气超迈，修皇帝王霸之学，金银铜铁，混为一器。所上书论治体本末甚悉，尤善谈兵。为文海涌泽聚，天霁风止，无狂浪暴流，而回漩起洑，萦映妙巧，极天下之奇险，然不无失之夸厉之处。纪昀谓亮"得志未必不为赵括、马谡"，是乃妄为贬词。同时有刘过者，字改之，号龙洲道人。尝以书抵时宰，陈恢复方略，不报，放浪江湖间。昀亦谓过"才气纵横，较亮为粗率躁妄"，要以迂拘之见衡之也。后人以亮等尚事功，称永康学派。时与亮齮齕者有朱熹，字元晦，年十九登进士第。光宗时，除江东转运使，宁宗欲向用之，而韩侂胄诬元晦为不轨，谪永州。胡纮、沈继祖复共论元晦十罪，因夺职。已而有余嘉上书，乞斩熹以绝伪学，宰臣斥之乃止。熹为南渡后大儒，于诗文非其本色，然以学问发为文章，深人自无浅语。文沿韩、欧、曾三家，而平正明畅，无语录粗鄙之态，南宋莫有过之者。吕祖谦，字伯恭，隆兴元年进士，复中博学宏词科，累除直秘阁著作郎，国史院编修，与朱子甚相得。有《东莱吕太史集》，其文博辩闳肆，朱子病其不守约。以严格论，实不免病粗俗也。叶适，字正则，号水心，温州永嘉人。淳熙五年，历权兵、工、吏三部侍郎，宝谟阁待制，知建康府，兼沿江制置使，终宝文阁学士，谥忠定。适才雄学博，雅以经济自负。为文藻思英发，而主于语必己出。峻洁醇雅，凌跨一代，翼然如登明堂，入清庙，黻冕崇丽，金奏而玉应也。同时有瑞安陈傅良，字君举，号止斋。乾道八年进士，累迁中书舍人，除宝谟阁待制。其学以通知古今、讲求实用为本，喜为经世之文，不空说性命以博名高。适等为学，主博通致用，称"永嘉学派"。嘉定以后，作者惟推真德秀、魏了翁。德秀字景希，庆元五年进士，中词科。绍定中拜参知政事，进资政殿学士，学者称"西山先生"。德秀承乾淳诸老之后，竟推为正学大宗。文恣肆条畅,于词命尤为擅能。了翁字华父,号鹤山,与德秀同年进士。理宗朝累官资政殿学士,为文根柢醇正,而纡余宕折,出以自然,诚卓立于流俗者矣。

南宋之为骈文者,有王安中,字履道,号初寮。政和中,累擢中书舍人,出镇燕山府,建炎初贬象州。为人喜依附名流,而反复炎凉,颇干清议。文瑰奇高妙,于制诰最为所长。汪藻,字彦章,高宗朝累除中书舍人,迁兵部侍郎,拜翰林学士。为文文从字顺,体制浑成,如金钟大镛,叩之辄应。自徽宗以来,擅制诰之美者初寮,而浮溪①尤集其大成。其隆祐太后手书《建炎德音》诸篇,感动人心,几于陆贽兴元之诏。孙觌,字仲益,靖康时为执法词臣,其章疏、制诰、表奏,往往如陆贽明辩俊发。每一篇出,世争传诵,《代高丽谢赐燕乐表》尤脍炙人口。至其为人,不足道也。綦崇礼,字叔厚,高宗朝拜翰林学士。工于四六,典雅精切。乾祐以后,鄱阳三洪、周益公、楼攻媿等最著。三洪者,洪适字景伯,遵字景严,迈字景庐。适、遵绍兴十二年同中词科。又三年,迈继之。三洪于孝宗朝均历显宦,适谥文惠,遵谥文安,迈谥文敏,文名满天下,为士林楷式。益公名必大,字子充,号平园叟。绍兴中进士,中词科。孝宗朝历右丞相,拜少保。善于制诰,亦能古文。晚作尤刻励,终洗涤词科气习不尽。楼攻媿骈散语比于益公为进,大率词气雄浑,援据赅洽,衔华佩实,兼有众长。其题跋诸篇尤资考证。攻媿名钥,字大防,隆兴初进士,累官中书舍人,宁宗朝参知政事。攻媿以后作者有真西山、魏鹤山,而李公甫亦其著者也。公甫名刘,号梅亭,嘉定初进士,官中书舍人、宝章阁待制。游于真西山之门,为文以流丽稳贴为主。西山尝指竹夫人为题,曰:"蕲春县君祝氏可卫国夫人。"刘援笔立成,末联云:"於戏!保抱携持,朕不忘乙夜之寝;辗转反侧,尔尚形四方之风。"西山击节叹赏。嘉熙己亥四月,诞皇子,告庙祝文,刘以四柱作一联云:"亥年巳月,无长蛇封豕之虞;午日丑时,有归马放牛之兆。"时方有蜀警,人咸赏其中的,著有《四六标准》。此后方岳之以意为主,语或天出。杨至质之边幅少狭,而吐属雅洁,亦宋季之铮铮者也。

---

① 汪藻,号浮溪。

第二十八章 南渡后之诗

元祐之后,诗人递起。一种则波澜富而句律疏,一种则锻炼精而性情远。要不出苏、黄二体,而江西一派之传为尤盛。陈简斋瓣香老杜,大体不越于黄,尤、杨、范、陆诸人,亦实通豫章之气脉。及永嘉四灵起,独喜姚、贾,稍就清苦之风,以矫江西粗犷之失。江湖诗人多效其体,一时谓之唐宗,而庸沓之习、粗俚之调不胜其敝。及乎国势日下,而方谢之徒相率为危苦急迫之音,而宋诗又一变云。

陆简斋,名与义,字去非。绍兴中历中书舍人,拜翰林学士,知制诰,寻参知政事。当崇观间,尚王氏经学,风雅几绝,而简斋独以诗名,陈、黄以后诗人无逾之者。其诗由简古而发秾纤,遭值靖康之乱,崎岖流落,感时恨别,颇有杜老忠爱之意,晚年尤奇壮。刘后村谓其"以简严扫繁缛,以雄浑代尖巧",第其品格,当在诸家之上。尤袤,字延溪,号梁溪。孝宗朝,权礼部侍郎,直学士院。光宗朝,除礼部尚书。诗平淡隽永,于律尤胜。范成大,字致能,号石湖居士。孝宗时,累官吏部尚书,拜参知政事、资政殿学士。杨诚斋谓其诗"缛而不酿,缩而不窘。清新妩媚,奄有鲍谢;奔逸隽伟,穷追太白"。其才调不及诚斋之富健,而无其粗豪;气象不及放翁之广博,而无其窠臼。大抵早年沿溯晚唐,后乃规取苏黄遗法,约以拗峭,变以婉媚,其品在杨、范之间。诚斋名万里,字廷秀。孝宗朝历秘书监,宁宗时,以宝谟阁学士致仕。尝谪永州,问学于张浚。诗才思健举,状物写情,无不入妙,洵有所谓"穿天心、透月胁"者。然时杂俚语,流于生涩。曾自序《江湖集》云:"予少作有千余篇,至绍兴壬午皆焚之,大概江西体也。今之所存,盖学后山、半山及唐人者也。"放翁名游,字务观。性忠孝,才气超绝,尤长于诗。范成大帅蜀,辟为参议,在蜀九年乃归。嘉泰初,擢宝章阁待制。有《渭南》《剑南》二集,为诗多至万余首,自来所希见也。中兴以来言诗者,必曰尤、杨、范、陆四家。尤、杨、范皆绍兴中进士,陆隆兴初赐进士出身,行辈略相等,其名亦不相上下。诚斋时出奇峭,放翁善为悲壮,梁溪、石湖冠冕佩玉,风骚婉雅,其大较然也。然四家中实推放翁第一,诚斋次之。放翁诗凡三变,初喜藻绩,中务闳肆,晚归恬淡。其传虽本曾几、吕本中,而清新刻露,出以圆润,自成一家。其惓惓君国之处,沉雄悲愤,几与老杜抗衡。惟其中多信手拈出,时有率易庸滑之失。刘后村曰:"近岁诗人,杂博者堆队仗,空疏者窘材料,出奇者费搜索,缚律者少变化。惟放翁记问足以贯通,力量足以驱使,才思足以发越,气魄足以陵暴。南渡而下,故当为一大宗。"放翁弟子有戴复古者,诗清健轻快,不假斧凿,然其弊也疏漫。诚斋弟子有萧千岩东夫,为诗工致而病瘦硬,与尤、杨、范、陆齐名,称尤萧范陆,或曰范杨萧陆。东夫弟子姜夔,尤杨后一大家也。夔字尧章,鄱阳人。东夫识之于年少客游,妻以兄子,因寓居吴兴之武康,与白石洞天为邻,自号白石道人。尤工度曲,详见后。庆元中,乞正太常雅乐,得免解,迄不第而卒。诗琢句精工,全谢山谓其"深情孤诣,拔出于风尘之表,而不失魏晋以来神韵。淡而弥永,清而能腴,真风人之遗也"。以诗传论之,杨之后变而弥上,陆不及已。

南渡中叶之诗,承江西派之末流,气失则粗,意失则涩。于是永嘉四灵之徒乃起,而以清虚便利之调行之。而四灵之有声,则由推毂于叶水心也。四灵曰徐照、徐玑、翁卷、赵师秀也。照字道晖,一字灵晖,号山民。玑字文渊,一字致中,号灵渊。卷字续古,一字灵舒。师秀字紫芝,号灵秀。四人惟玑官长泰令,师秀登科改官,然均不显,故其名不甚扬。而水心方倡为晚唐体之说,为诗精严高远,见诗秀所选唐贤诗《众妙集》而大赏之。其称徐照曰:"山民有诗数百首,琢思尤奇,皆横绝欸起,冰悬雪跨。使读者变踔愫慄,肯首吟叹,不能自已。然无异语,皆人所知也,人不能道尔。"赵汝回云:"唐风不竞,派沿江西,永嘉四灵乃始以开元、元和作者自期。冶择淬炼,字字玉响,杂之姚贾中,人不能辨也。"四灵诗长于近体五言,风调流丽,读之令人爽口沁心。当时江湖之士多从之,陈起之《江湖群贤小集》由此昉也。起字宗元,钱塘人。以业书肆,善诗,与江湖诗人相善。因取中兴以来江湖之士以诗驰誉者,集而刊之。其诗有刺时相史弥远者,起等坐投狱,并毁其板,且禁士大夫赋诗。绍定六年,弥远死,禁乃解。《江湖小集》今缺佚多,无由详见。然当时诗学之敝,洵严羽所谓"止入声闻辟支之果"也。

　　理宗之时,与蒙古合而亡金。于是志满气骄,以为大敌歼除,太平可立。共醉心于周、程、朱、张之理学,而扬右文之声,国运益以衰落。讲学家肤浅粗疏,江湖派雕镂细碎,而诗教不可问矣。然一二英特者起,随外难之激荡摇撼,亦自入于凄厉之音,一洗猥琐之陋。若刘克庄、方岳、真山民、汪元量、谢皋羽、张炎、郑思肖,其著也。克庄字潜夫,号后村,淳祐初赐同进士出身,官龙图阁直学士,学于真德秀,诗警切清稳,而格不甚高。岳字巨山,号秋崖,绍定初进士,累迁吏部侍郎,两谪邵武军,以坎壈终。岳天才骏厉,善用成语,运掉虚字,逸韵横生。虽无岳渎之观,而能刻意入妙。炎字叔夏,号玉田,又号乐笑翁。宋亡,落魄纵游,善为词,诗有尧章深婉之风。真山民亦宋末隐士,自云西山之后,诗得体晚唐,风神萧朗。元量号水云,宋亡,流浪四方,亡国之戚、去国之苦、间关愁叹之状,备见于诗,宋亡之诗史也。皋羽名翱,一字皋父,自号晞发道人,为文天祥咨议参军,宋亡,隐居不出。翱倜傥有大节,诗文奇气兀傲,一扫宋季之庸音。黄梨洲谓"文章之盛,莫盛于亡宋之日,而皋羽其尢也"。思肖字忆翁,号所南,宋亡后,客吴下,寄食城南报国寺以终。诗文矫厉逸宕,有《心史》七卷,明季始出。万季野以为海盐姚叔祥所依托,疑莫能明也。其尤赫赫在人耳目者,文天祥文山、谢枋得叠山之作,宏雅悲壮,又不徒以文章著矣。

第二十九章　鹅湖之会与朱陆异同

二程殁后数十年,而有朱熹、陆九渊出,振兴宋之哲学。然二人者,同时而各异其见,朱、陆之异同,遂成千古不可合并之案,亦千古不可少有之案。末流无识,哓哓门户之争,互相诟詈。与夫勉为解纷,调停两可,至于焦唇敝舌而犹不能以一也。兹为溯朱陆同异之争,实起于鹅湖之会。斗意见,辩是非,是亦学界之伟观,不减鸿都之论难也。

为鹅湖会见之因者吕祖谦。祖谦见朱、陆之学各殊,欲令会于一处,讨论是非,遂于淳熙二年为鹅湖之会。其主者,朱、陆外有吕祖谦及陆九龄,江浙之学士多来与会者,会期凡十日。时熹年四十六,九龄四十四,祖谦三十九,九渊三十七。九渊字子静,学者称象山先生。九龄字子寿,九渊兄也。

鹅湖之会,论教人之方。陆子欲先使人明发本心,而后取学问思辨之功夫。朱子则先使人博学审问,而后归于约。陆以朱子偏于道问学,为近于支离。朱以陆子之偏于尊德性,为流于虚无。各执一是,旬日之会,终不能汇一而罢。后六年,陆子再访朱子于南康,朱子迎之于白鹿洞书院,乞为诸生讲。陆子因讲"君子喻于义,小人喻于利"一章,听者皆为感动下泣。朱子大喜,以为切中学者深痼之病,刻之于石,垂为懿训焉。及与泛舟,叹曰:"自有宇宙,已有此溪山,唯无此佳客。"则二子之心机,几欲契合无间。既而谈论渐熟,再入鹅湖未了之宿题。陆子斥其弊,朱子为反复辨正之。于是白鹿洞之会晤,彼此意见亦终于不可并合,而匆匆分袂。

朱子之学,以道问学为主,以居敬穷理为入圣之阶梯。陆子之学,以尊德性为宗,简易直截,谓"六经皆我注脚"。故朱子以陆子之"顿悟"为师心自用,陆子亦以朱子之"穷理"为外索徒劳。然其为救正人欲横流之时病则一也。兹录鹅湖会朱陆唱和诗,以著其为学之旨,兼以见宋诗之道学习气,不独当时一佳话也。

陆九龄《鹅湖会前示子静》云:

孩提知爱长知钦,古圣相传止此心。大抵有基方筑室,未闻无址忽成岑。留情传注翻榛塞,著意精微转陆沉。珍重友朋相切琢,须知至乐在于今。

陆九渊《鹅湖会途上次子寿韵》云：

墟墓兴哀宗庙钦,斯人千古不磨心。涓流积至沧溟水,拳石崇成泰华岑。易简工夫终久大,支离事业竟浮沉。欲知自下升高处,真伪先须辨只今。

朱熹鹅《湖会和陆子寿》云：

德业流风夙所钦,别离三载更关心。偶扶藜杖出寒谷,又枉蓝舆度远岑。旧学商量加邃密,新知培养转深沉。只愁说到无言处,不信人间有古今。

朱、陆之学,一长一短,未易轩轾。大抵自周、程以来,创为道学,皆融取二氏之精液以成。而朱之学取于儒多,于释少；陆之学于释多,于儒少。故奉朱者诋陆为狂禅,宗陆者斥朱为散儒。其得失当让于哲学史,但以文学论,陆之诗不若朱之圆熟温润,陆之文不若朱之敷腴纵放也。

第三十章　记事文之发达

有宋史学因文学、理学之盛而益精到,其属于正史者,有《新唐书》《新五代史》。先是,石晋宰相刘昫等因唐事述旧史,增损成《唐书》二百卷,繁略不均,是非失实。仁宗时,诏曾公亮等删定,欧阳修撰纪志,宋祁撰列传。事增于前,文省于旧。议者谓旧书成于五代文章卑陋之时,纪次无法,详略失中,论赞多用俪语,固不足传世。而新书不出一手,亦未得为全善。本纪用春秋法,削去诏令,虽大略犹不失简古。至列传,用字多奇涩,殆类虮户铣溪体,识者病之。然其删繁为简,变今以古,用功亦可谓至矣。《新五代史》者,欧阳修以宋开宝中薛居正史繁猥失实,重加修定,藏于家。后朝廷闻之,取以付国子监刊行。欧阳子自谓:"孔子作春秋,因乱世而立法。余为本纪,以治法而正乱君。"发论必以呜呼,曰:"此乱世之书也。"诸臣止事一朝曰"某臣传",其更事历代者曰"杂传",尤足以为世训。欧阳子尝学《春秋》于胡瑗、孙复,故褒贬谨严,最得《春秋》之法,虽司马子长无以复加。不幸五十二年之间,皆戎狄乱华。君臣之际,无赫赫之功业可纪也。其属于编年者,有《资治通鉴》《通鉴纪事本末》《通鉴纲目》。《资治通鉴》,司马光奉诏编集,神宗所赐名也。上起战国,下终五代,凡一千三百六十二年,经十七年始成。体大思精,为秦汉以来未有之伟著。公自谓"平生精力尽于此书",信已。然其成亦得人焉。《史记》、前后汉,则刘贡父;三国历九朝而隋,则刘道原;唐迄五代,则范淳甫,为之分任。其叙事繁简,略师左丘明。年近则详,远则略。以唐纪视汉纪,其纸叶盖多八九,视周纪益滋多,近今各国编著所不外也。《通鉴纪事本末》,袁枢因病《资治通鉴》一事之首尾,或散出于数十百年之间,不相缀属,乃为此书,以便学者之省览。朱子《通鉴纲目》亦本温公著目录及举要历之意而作,自谓"义例精密,上下千有余年,乱臣贼子无所匿其形"。其大书者为纲,分注者为目。纲如经,目如传,其条贯至善也。然此二书皆因于温公《通鉴》而成,或错综其事以为尚书体,或原本其概以为春秋体,非有若创始者之难也。且温公作《通鉴》，止欲使观者自择其善恶得失，以为劝戒。而《纲目》乃仿《春秋》立褒贬之法，踵扬雄之故辙，近王通之僭拟。既有温公之书，无甚奇异之处，虽不作可也，取讥后儒，宜哉。其属于典志之作者，则后世所称"三通"，除杜佑《通典》外，占其二。郑樵《通志》作于淳熙之时，马端临《通考》成于南宋之末。虽多因《通典》旧文而自创义例，广厥体裁，皆特殊之著作。如《通志》之二十略，括历代之制度文物而详著于篇，独出胸臆，诚所谓非汉唐诸儒所得闻者。《通考》之考订详核，搜罗闳富，允称精密之作。此外则有胡宏之《皇王大纪》、罗泌《路史》，则衍皇甫谧之《帝王世纪》、谯周《古史考》而大之也。尤可纪者，地理一科实至宋而发达。周以前，其书掌于太史。汉以来，亦但述河渠沟洫之属，书之可考者，山经地志而已。晋挚虞始作《畿服经》，后代因之，并有纪载。至宋，则有《太平寰宇志》《舆地纪胜》《皇朝方域志》，卷帙多至二百，其他撰者不可胜记。盖已与史而别出为沱，扩附庸而成大国矣。是亦足知宋史事之发达也。

第三十一章　词学之极盛

宋之于词,犹唐之于诗。帝王如太宗、徽宗,大臣如寇准、韩琦、范仲淹、司马光,推而至于道学、武夫、妇人、女子、释子、羽流,多能通晓音律,制腔填词。词始浚发于残唐五季之间,至宋乃推阐极致。熙宁中,立大晟府为雅乐寮,选用词人及音律家,日制新曲,谓之"大晟词"。于是小令、中调之外更增长调。词调成于此际者居多。有是倡率,故宋于词学最称极盛时代。

晏氏父子、耆卿、子野、美成、少游、易安至矣,世称词之正宗。温韦艳而促,黄九精而刻,长公丽而壮,幼安辩而奇,世称词之变体。词体大约有二:一体婉约,一体豪放。婉约者其词调蕴藉,豪放者其气象恢宏。前者沿花间之遗,一称南派;后者为苏黄脱音律之拘束,一称北派。然婉约为词之初态,词不必以婉约为至。齐梁小乐府,为唐绝句之源,无不艳冶靡曼。岂得谓李太白、王少伯清奇隽逸之格,目之为变体乎?此种区别,原无足取,要其大体如是云尔。昔苏子瞻在玉堂日,有幕士善歌,因问:"我词比柳耆卿何如?"对曰:"柳郎中词,只好十七八女孩儿,按执红牙拍,歌'杨柳岸,晓风残月'。学士词,须关西大汉,执铁绰板,唱'大江东去'。"公为之绝倒。此不特苏柳之异,抑亦南北两派之形容也。

宋初有名者,为晏殊父子、张先、柳永、欧阳永叔。殊字同叔,庆历中称贤相,谥元献。为词不踏袭前人语,喜冯延巳歌词,所自作亦不减延巳,实开宋初风气。子几道字叔原,号小山,有父风,精壮顿挫,能动摇人心。在诸名胜中,可追逼花间,高处或过之。然工艳几于劝淫,于我法当犁舌之狱。先字子野,官都官郎中,人谓之"张三中",即心中事、眼中泪、意中人也。然子野自以其素所得意"影"字句,称为"张三影"。词亦长艳体,情余于才。晁无咎曰:"世以子野不及耆卿,然子野韵高,耆卿所乏也。"耆卿,永字也,初名三变。有兄三复、三接,皆工文章,号"柳氏三绝"。景祐初进士,官屯田员外郎,世号"柳屯田"。喜作小词,薄于操行,在东都游南北二巷,作新乐府,骫觥从俗,天下咏之,流传禁中。时有荐其才于仁皇者,上曰:"得非填词柳三变乎?此人任从花前月下,浅斟低酌,岂可令仕宦?"遂流落不偶,尝自称"奉旨填词柳三变"。死之日,群妓醵金葬之郊外。其词非羁旅穷愁之辞,即闺门淫媟之语,往往流于鄙俗。而音律谐婉,词意妥帖,承平气象,形容曲尽。所创新调尤多。永叔所撰,婉丽闲雅,其间多有与花间、阳春相混者,亦有鄙亵之语杂厕于中。或谓为仇人无名子所为,或以为刘煇伪作,疑莫能定也。然范文正之《御街行》、韩魏公之《点绛唇》,何足累其白璧。宋初之词,实尚沿花间旧腔,犹之初唐不脱六朝艳冶之习,必以欧公词之艳者为出于他人,则曾慥、蔡絛之见陋已。

词至东坡出,始脱音律之拘挛,创为激越之声调。一洗绮罗香泽之态,摆脱绸缪婉转之度,使人登高望远,举首高歌,逸怀浩气,超乎尘垢之表。皂隶花间,舆台耆卿,不足道也。或以其音律小不谐,自是横放杰出,曲子内缚不住者。黄九和之,虽称高妙,然其粗俗处往往而有。而后村之徒,则以东坡如教坊雷大使舞,虽极天下之工,要非本色。均以秦七太虚词,情词兼胜,清远婉约为工。然论其格,似稍逊于苏黄也。同时有贺铸方回者,以旧谱填新词,幽丽凄艳,题曰寓声宛邱,晚年自署庆湖遗老,所为小词尤工,山谷、文潜均亟称之。诗文皆高,不独长短句也。稍后有周邦彦美成,历秘书监、徽阁待制,提举大晟府。妙于音律,著有《清真集》,精深华丽,体兼苏秦,长调尤善铺叙,妙用唐人诗语,隐括入律,浑如己出,在南北之间屹然为一大宗。又有李清照易安,格非之女也,嫁于张汝舟。著有《漱玉集》,格力高秀,推为词家正宗,亦一奇也。

南渡以后之词家,尤轶于北宋。最著者有辛幼安,名弃疾,号稼轩,历城人。陷于金,高宗朝率数千骑南渡,授承务郎。宁宗时,累官龙图阁待制,枢密都承旨。其词源出苏轼,才气横溢奇恣,大声镗鞳,小声铿鍧,横绝六合,扫空万古,于宋人中别辟门庭。而其浓丽绵密者,亦不在小晏、秦郎之下,婀娜豪健兼而有之,区区南北之别,非所问也。学之者有刘过,过词多壮语而较粗率。其与对垒,隐然为南渡后之大宗者,惟姜白石。以裁云缝月之妙手,发敲金戛玉之奇声。野云孤飞,去留无迹,虽美成容有不及也。盖自白石出,而史达祖、高观国羽翼之,张辑、吴文英师之于前,赵以夫、蒋捷、周密、陈允平、王沂孙、张炎效之于后,譬之于乐舞,箫至于九变,而词之能事毕已。达祖字邦卿,号梅溪,依韩侂胄,韩败,坐黥。为行无可称,而词特超群,有清新闲婉之长,无诡荡污淫之失,瑰奇警迈,情辞兼到。观国字宾王,与梅溪齐名,而交亦相得。清新挺拔,分镳尧章。词原乐府之遗,以知音为要,白石善吹箫,自制曲。玉田亦能按谱制曲,其《词源》论五音均拍,最为详赡。昔人谓"词有姜张,如诗之有李杜也",词学发达于北宋,而大成于南宋。及其敝也,正声微茫,寒蛩幽咽。元兴,院本剧曲起而夺词家之席,而斯道益衰矣,故明人称为"诗余"。偶有所作,无复被之管弦,是为词学衰颓时代。

第三十二章　文史与文料

　　文章之事,不越论事述情。理明则辞达,义集则气充。尧舜何师而何圣?庄屈何法而何文?蓄于中者深,斯形于言者至,此天地自然之比竹也。自世降文繁,萧统、刘勰、钟嵘之徒曲意言文,而后文始为世竞病。承其流者,文评、诗论萃然以兴,世谓"诗话出而诗始亡,文法繁而文始弊",非以其束缚深而性情散,七窍凿而混沌死者耶?然智既演而更进,法以验而弥多。文评诗论之兴,亦由文盛之趋势使然。及夫敖者为之,乃更密其网焉,是可已而不已者也。尤可异者,因决科射策之故,争饵于利禄,相率从事于苟且欲速之文,而文料之搜集以兴。自文料兴,而文乃益趋于剽窃。若匠者之待装砌,优人之摄衣冠。略情理而绣鞶帨,益不足与言文矣。是亦文学升降之原,不可忽焉者也。

　　宋之选文者,有姚铉之《唐文粹》、吕祖谦之《宋文鉴》,皆以网罗一代文献,藉考文运之盛衰。至于标示准的,则推真德秀之《文章正宗》。不惟批评,更加圈点,其目凡四:曰辞命,曰议论,曰叙事,曰诗赋。去取甚严,以为后世文词多变,欲学者识其源流之正,故其所集,以明义理、切世用为主。其体本乎古,而指近乎经者,然后取焉。否则辞虽工,不录也,盖一本其道学家之特见也。论诗者多以严羽《沧浪诗话》为有制,凡分诗辩、诗体、诗法、诗评、考证。大抵谓论诗如论禅,禅道在妙悟,诗道亦在妙悟。又曰:"诗之极致曰入神。"曰:"诗有别裁,非关书也,诗有别趣,非关理也。然非多读书穷理,则不能极其致。所谓不涉理路,不落言筌者上也。"盖羽当诗教极坏之时,故特举盛唐之兴趣以救之。前清王渔洋本之,而立神韵说,其功亦可谓远矣。自是之后,论诗文者益夥,略不备举云。

　　文料之纂辑,本起于后世,苟简为文者之所为。为避獭祭之劳,用资循习之便,于古无其昉,而事略同于刘向之采摭古事为《说苑》《新序》之类。其始见者,为梁朱澹远所撰《语丽》及《语对》。当时俪偶盛行,《语丽》分四十门,尽采书语之丽者。《语对》不传。至于唐，虞世南撰《兔园策》，纂古今事为四十八门，皆偶俪之语。至五代时，行于民间村塾，以授学童。兔园策子之诮，几为腐烂之代名词云。自是以后，作者蕃起。李义山之《金钥》，备笺启应用；无名氏之《玉屑》，掇辞藻为归。晏殊《类要》，为修文而辑；任浚《书叙指南》，为尺牍而设，《押韵歌诗》押韵，以备诗赋之用。《汉隽》《选腴》《文选双字类要》，则皆猎取字句之工。至如洪迈所集之《法语》《精语》，尤称荟萃。是则文料之搜求，至宋而益发达。降及前清，如《子史精华》《御纂渊鉴类函》《佩文韵府》，文料之宏富，足称古今渊薮。吾以为有文料之类书，为文始趋于便易；亦有文料之类书，而为文始日远于古。何者？曰漱取古人之唾玉，而不自用其才。欲以求及前人，是乃却步追踪之类也。要其原，皆自尚古之弊，喜典故，求来历，有以致之。

第三十三章　辽金文学

辽本通古斯族一派,始称契丹。金亦与辽同种,初曰女真。俱起于塞北之一部落,累以兵马蹂躏中原。辽于五代时,取得石晋赂燕云十六州,为塞外强国,后亡于金。金自完颜阿骨打称帝,至太宗,并破宋,虏徽钦二帝,据有北方,后亡于元。辽传国二百余年,其建国在宋创业前四十余年。金传国百二十余年,其见灭于元,在宋亡前四十余年。辽、金之种性,皆所谓北方之强,暴虎冯河,死而无悔者也。其岁时之所事,蒐狝耳;人民之所好,杀伐也。犷悍之气,粗鄙之俗,禀自天性。盗窃攘夺,了不知礼义之为何。虽盗据中原,不能兴起文化,徒甘心于马牛之襟裾。偶有貌袭,神所不属也。辽自景宗以下三世九十余年,为辽之全盛时代。文教渐启,风气渐革,然少足称者。金占有长江以北,袭辽之遗制,采宋之文物。世宗、章宗礼乐修明,庠序日盛,多有自科第登宰辅者。儒学专门名家虽鲜,至朝廷典章、邻邦书命,多有可观。文运之隆,于斯为盛。

金因宋、辽之遗,韩昉、吴激、宇文虚中、高士谈等自宋往;王枢、王兢、李献可、魏道明、朱之才、施宣生辈自辽往。或以知名显,或以奉使留,自是以还,作者代起。蔡珪、马定国之赅博,胡砺、杨伯仁之敏赡,郑子聃、麻九畴之英隽,王郁、宋九嘉之迈往,三李之卓荦。纯甫知道,汾任气,献能尤以纯孝称。王庭筠、党怀英、元好问,自足知名异代。王兢、刘从益、王若虚之吏治,文不掩其所长。蔡松年于文艺之中,爵位最重。赵秉文、杨云翼,尤号文宗。盖流派虽殊,而风概良有足慕者,举其重者,列之此篇。

金初特数吴、蔡。吴激,字彦高,号东山。长于诗,工笔札,画得妇翁米芾笔意。衔命使金,金以知名士留之,拜翰林待制。蔡松年,字伯坚,父靖,宋燕山太守,仕金翰林学士。松年起家省吏,官尚书右丞相。文藻清丽,工乐府,与吴激齐名。松年子珪,字正甫,学问赅博,称当时第一。世宗朝,官礼部郎中。妙于文,诗非其所长。大定、明昌间,党怀英为著;贞祐、正大之际,赵秉文名最高。怀英字世杰,少与辛弃疾同舍。弃疾南归,显于宋。怀英在金,中大定中进士,累进翰林学士。赵秉文谓其文似欧公,不为尖新危险之语。其诗似陶谢,奄有魏晋。尤工制诰,为金开国以来第一。同时有王庭筠,字子端,大定中登甲科。风流文采,映照一时,所作篇章卓然出于时辈之右,自号黄华山主。秉文字周臣,自号闲闲道人,大定二十五年进士,官礼部尚书兼侍读。为学深于义理,故其文长辨析,不复以绳墨自拘,极所欲言而止。诗七言排律,气势纵横。律诗壮丽,绝句精绝。五古沉郁顿挫,学阮嗣宗;真淳简淡,学陶靖节。为人至诚乐易,与人交不立崖岸,继党怀英掌一世文柄者殆三十年,未尝以大名自居。泰和、大安后,科举文唯取苟合尺度,稍有奇气者皆排之。秉文掌省试,得李献能作,格律稍疏而词藻富丽,拔之以为首,一时哗然,以为秉文破坏文格,然流弊为之一洗,学者比于宋欧阳修。时与秉文齐名者杨云翼,字之美,与秉文代掌文柄者二十年,高文典册多出其手,门生半天下,时号杨赵。兴定末,拜吏部尚书。有李纯甫、雷渊者,感概气节之士也。纯甫尝以诸葛亮、王猛自期,于书无所不窥,尤通《庄》《列》《左氏》《国策》,其文章亦肖之。三十以后,遍读佛书,能尽其精微。渊素慕孔融、田畴、陈元龙之为人,而人亦以古人比之。及从纯甫游,学问文章日进,当时称豪杰者,实曰李、雷。有刘中,最长古文者也。典雅雄放,颇有韩柳气象。其弟子如王若虚、高法飏、张履、张云卿,皆擢高第,有名。为古文者翕然宗之,号曰刘先生。金源之运,盖郁郁乎文已。及元好问出,而集一代之大成,而金亦于此告终焉。

　　元好问,字裕之,号遗山。年十四,学于郝晋卿,通经史百家。业成,下太行渡河,作《箕山》《琴台》二诗。赵秉文时官礼部,有重名,见而奇之,谓少陵以后无此作,招以书。于是名震京师,称为"元才子",官尚书省左司员外郎。金亡后,以著作自任,乃构亭于家,颜曰"野史亭"。有《金源君臣言行录》《壬辰杂编》《中州集》等行世。郝经称之曰:"汴梁亡,故老皆尽,先生遂为一代宗匠。以文章独步天下者三十年,天下铭功德者尽趋其门。"卒,年六十有八。遗山诗文并妙,史称为文有绳尺,备众体。诗奇崛而绝雕刿,巧缛而谢绮丽。

五言高古沉郁,七言乐府不用古题,而特出新意。纪昀曰:"好问才雄学赡。其诗皆兴象深远,风格遒上。文亦绳尺严密,根柢盘深。欧、曾、苏、黄固未易及,使与游、杨、范、陆旗鼓相当,当未知胜负所在。金元两代,谈者奉为大宗。"赵瓯北曰:"苏陆古体行墨之间,尚多排偶,一以肆其博辩,一以侈其藻绘,固才人之能事也。遗山专以单行,绝无偶句。构思窅渺,十步九折,愈折而意愈深,味愈隽,虽苏陆不及也。唐以来律诗可歌可泣者,少陵十数联外,绝无嗣响,遗山往往有之。沉挚悲凉,自为声调。盖生长朔漠关河之里,其天禀故多豪雄英杰之气,又值金源覆灭,以宗社丘墟之感,发而为慷慨悲歌,有不求工而自工者。此固地为之,亦时为之也。"

第三十四章　元之建国与文运

　　元本蒙古一族耳,崛起沙朔之间,并吞四邻,牧马南下,亡金灭宋。西与欧罗巴民族相接,南服印度、土耳其、波斯诸国,余威远及于南洋群岛。其版图之广大,经略之雄伟,盖秦皇汉武唐太之所不及也。乃其国祚绵延不及百年者,何哉? 元与辽、金同出游牧,马蹄所过,庐舍为墟,文物典章,暗然无睹。及一旦抚有中土,因其生来部落之习,稍范中国立国之规,不师先圣礼教之长,徒于其灿然者慕之追之。去毳幕,入黼帐;离膻酪,登糟丘;脱韦韝,曳绮纨;弃长槊,丽阳阿。惰气中乘,雄心软化。天赋犷悍之质,奄然以尽。武威乍弛,宗社之柱石已倾。袭浮薄之文,忘根本之计,几何而不自戕也? 金之诗多悲壮,元之诗多纤丽,盖有所从来矣。

　　元之建国当宋宁宗时。始自太祖铁木真,称帝于斡难河。至世祖忽必烈至元十三年,统一区夏。祖孙之雄图,皆古今所罕见也,而忽必烈规模尤大。其用人不问种族,务在输入外国之学术文明。八思巴,萨摩斯迦人也,擢为帝师。马可·波罗,意大利人也,举为枢密副使。爱薛,犹太人也,用为翰林学士。迦鲁答思,畏兀人也,举为大司马。所颁新字,颂将以革新人文。虽未及推行,而擘画要为宏远。假此旷古大帝国,得圣君贤相累叶继出,如唐宋之国祚长久,必能吸入新文明,鼓吹新思想,一扫腐败之习俗,陶为有力之国民,以养成进取之气象。于数千年之学术,开一新生面;于中国文学史上,划一新纪元,岂不甚善! 奈何忽必烈以后,帝业骤崩,国势遂弱。于文学上不惟无长养,徒见其摧残而已矣。噫!

　　元自塞外入主中华,素非自有文化足以易中土也。其所设施,要亦金、宋之臣仆而已,依汉族从来之文物,保持之而已。故元之学者,谈性命心性,不无浅薄之讥;讲文字训诂,则有漫漶之失。一代大儒如金履祥、许衡、吴澄、许谦、姚枢,亦徒漱前人之残炙,未尝有所发明。文亦步欧苏之后尘,而更为颓下。惟诗不袭宋人之浅陋,而出以幽丽。于词曲,于小说,乃融会而有通俗文学之发生,则为文学史上可大书特书者也。

第三十五章　元代之作者

　　元兼二代遗才，于金有遗山，于宋有仁山，师友流传，斐然可述。仁山名履祥，字吉父，姓金氏。少游王柏及何基之门，宋亡，绝意仕进，屏居仁山之下，学者称仁山先生。门人许谦传其学，潜迹华山，学者自远而至，号白云先生。遗山门下，则有郝经、王恽为之羽翼，以诗文著称。而与仁山同传程朱之学者，有许衡，稍后有吴澄。许、吴二人，实为元文学之纲领也。衡字仲平，官集贤殿大学士，兼国子祭酒。出于宋赵复之门，为文明白质朴，主于达意。其徒姚燧，字端甫，号牧庵。文法韩愈，远过于师，为一时宗匠。澄字幼清，博学多通，官翰林学士。著述颇富，文词华典雅，笃实不及于衡，而工致过之。其徒虞集，四杰之首出者也。有刘因者，旷世之高士也。治经究训诂，言理极程朱所长，辞章遒健，尤出许、吴之上，而醇正亦不让之。

　　虞集，字伯生，号道园，宋宰相允文五世孙。宋亡，潜居临川。大德初，入京师，拜国子助教集贤修撰，迁国子祭酒。至正八年卒。集为人孝友，学问博洽，究极本原，研精探微，心解神契。经纶之妙，一寓于文，颇有宋庆历、乾淳风烈。自遗山没而一代正宗几绝，集以谨严之法度，为典实之词章，健利之笔压倒一时。时与集同负盛名者，杨载、范梈、揭傒斯，号为四杰。载字仲弘，赵子昂在翰林，见其文，极口誉之，由是名动京师。尝曰："诗当取材汉魏，音节以唐为宗。"故其诗清思不及范梈，秀韵不及揭傒斯，权奇飞动不及虞集，而风规雅赡，位置三人之间，终无怍色。梈字亨父，别字德机。家贫早孤，为人清癯不胜衣，而卓然自立于流俗之外。吴澄称其句"山遥一鹤立，山合百虫鸣"，宛然为自家写照。为诗踸踔宕逸，而有远情。揭傒斯，字曼硕，为行清俭，至老不逾，性孝友。顺宗朝，为辽、金、宋史总裁。文叙事严密，诗清丽婉转。四家以集为之冠，集尝曰："杨载如百战健儿，范梈如唐人临晋帖，揭傒斯如美女簪花。"而自称如汉庭老吏。揭闻而不平之。四家诗系源本江西，而稍著之以清丽，道园尤近唐人。四家之前有赵孟𫖯，字子昂，宋亡入元，为翰林学士承旨，历事五朝。诗文清奇丽逸，书画尤长。马祖常，字伯庸，在延祐、至元间，以富健之才、鸿丽之文，倡导海内者二十余年。四家之后有张翥，字仲举，号蜕岩。诗流丽清婉，尤工乐府。萨都剌，字天锡，号雁门，诗与蜕岩相若，而尤长于情，多感时事而发，当时颇有"诗史"之目。

　　元中叶以降，黄溍、柳贯、吴莱之伦，经术文章照耀异代。铁崖倡霸于越，徒众尤繁。殿后之英，殆与遗山等伍。溍文以法度胜，贯之根柢尤深，而名与溍齐。或曰贯尝受经学于金履祥，故能自致之也。吴莱之文，规模秦汉，斩绝雄浑，比柳、黄稍后，柳称为绝世之才，黄自以为不及，惜享年不永。元末言古文者，推此三家，戴良、王祎、宋濂皆出此三先生之门。铁崖名维桢，字廉夫，姓杨氏。元末兵起，浪迹浙西山水间，徙居松江上，声价日高。明太祖征之，谢不往，未几病卒。维桢以诗名擅一时，号"铁崖体"。与永嘉李孝先、茅山张羽、锡山倪瓒、昆山顾瑛为诗文友。张甫称其古乐府出入少陵、二李间，有旷世金石声。宋濂称其论撰如观周敦商彝，云雷成文而寒芒横逸，夺人目睛。诗震荡凌厉，鬼设神施。典丽之中，别饶隽致。惟矫枉过正，往往失于怪诞晦涩，或讥之为"文妖"。然元末之诗，率流纤弱，歌行之类有若小诗。维桢以雄杰之才，遭遇国变，与时龃龉。因洁己垢俗之故，致流于纵，维桢亦侠矣哉。维桢诗友瓒，名尤高，为诗枯淡自喜。又戴良与维桢同时负盛名，世居金华九灵山下，自号九灵山人。王逢元吉，号席帽山人，元亡后皆不应征辟，以歌咏自适终其身。

第三十六章　小说戏曲之勃兴

元之文学,比于历代,皆瞠乎其后。而可指为特色者,实惟通俗文学,即小说、戏曲之类是也。文以载道也,实所以弼教。前代学者每务为高深,故通俗文学之发达,迟迟未行。及至元,通俗小说、戏曲出,而人犹多忽视,以为无当于明道之文,而不知其力之浸染,比于研经薛史者之所为,尤为普遍而渗漉。希腊文明有耶世希罗之悲剧家、亚黎士多夫之喜剧家,而愈显其色。法兰西革命,有福禄特尔之小说剧本鼓吹,而益促其功。盖其感发警醒,有使人转移于不自觉者,明道弼教之用为独至矣。顾元世之所以尚者,其意虽不在此,要其发明者之功,实不可或轻。考其原因,会成于下之三种。

（一）宋金之留贻　前此无以白话说理者。自二程始,因弟子之讲习,仿佛家说法为语录,是后言性理者因之,此文体之用俗语者也,邵康节之诗,宛如口语。黄山谷之词,至有竟体用白话,后起者往往效之。此韵文之用俗语者也。元人因以运入小说、戏曲。

（二）元人之鄙朴　元人崛起漠北,不谙文理。故朝廷所下文告,词多鄙俚,若今所传《天宝宫圣旨碑文》是也。即史官载笔,或以鸡儿、狗儿、猪儿纪年,如今所传《元秘史略》是也。故通俗文学适于发达。

（三）元人之豪奢　臧晋叔曰:"或谓元取士有填词科,如今之帖括然,取给于风檐寸晷之下。故虽一时名士如马致远、乔孟符辈,至第四折,往往成强弩之末。"沈德符曰:"元人未灭南宋以前,以杂剧试士。"吴梅村亦谓当时取士,皆傅粉墨而践排场。惟此事不见《元史·选举志》,于他亦无确证,难可凭信。然为元人之所好无疑也。元起朔漠荒寒之区,无礼教之束缚。一旦入中夏,乃大放于声色口体之欲。汉人迎其意被其教者,遂于怪力乱神、骄奢淫侈之事,极力描写以承之。

元小说分章回叙述,然其体实昉于宋也。初宋仁宗时,以天下无事,命群臣每日进讲一奇异之事以为娱,头回之后,继以话说。元取以入小说,始尽变汉以来之短章,而为连贯之编述,诚伟制也。最脍炙人口者,施耐庵之《水浒传》、罗贯中之《三国演义》。《水浒》一书由《宋宣和遗事》脱化而出,本三十六人,增衍为一百八人,都百二十回。其笔墨如生龙活虎,不可捉摸,盖与龙门《史记》相埒。相传施耐庵撰《水浒传》,凭空画三十六人于壁,老少男女不一其状。每日对之吮毫,务求刻画尽致。故能一人有一人之精神,脉络贯透,形神俱化。世以《水浒传》《三国演义》《西游记》《金瓶梅》为小说中四大奇书,而《水浒》尤奇中之奇者也。《三国演义》或谓非罗贯中。胡应麟曰:"施某即作《水浒传》,其门人罗某效之而作《三国演义》。"王圻《续文献通考》则作"罗贯,字本中,杭州人,编撰小说数十种",是贯中又罗贯之讹也。大抵著者素服于儒教,一旦衍为荒唐奇诡之辞,惧为时贤所斥,故多隐其名而不肯传,致无所稽考。全书本陈寿《三国志》,并杂采裴松之注及其他纪传史注。运以巧思,串穿联缀,有波澜,有变化,亦奇作也。毛声山本卷首载金圣叹总评,其推奖至矣。清初诸将,多得力此书,又不徒以小说论也。胡应麟诋之为鄙俚,谢肇淛斥为士君子所不道,则不免迂儒之谈云。

乐府一变而为词,词一转而为曲。元之戏曲,所称杂剧即是也。剧之起源甚早,兹无暇详述。但以古者歌舞不相合,唐人《柘枝词》《莲花镲歌》,舞者、歌者稍有相应,然羌无故实也。至宋赵令畤作商调鼓子调,以《会真记》之事实,谱于词曲,然犹无演白。金有弦索调。弦索调者,一人弹琵琶念唱故名,而为之先者。元宗时董解元又谱《会真记》之事实,名曰《西厢挡弹词》。西厢之名于此始,弹词之名亦于此始,较鼓子调而有白矣。弦索调更进而为连厢。连厢者,金人仿辽时大乐而制之也。于是扮演有人,备舞台之装整,歌者司唱一人,杂设诸执器色者,琵琶、笙、笛各一人。排坐场端,吹弹数曲,而后敷白道唱。男名末泥,女名旦儿,并杂色人等,入勾栏扮演,从唱词为举止。然犹舞者不唱,唱者不舞也。及元进而为杂剧,于是舞于勾栏者,自司歌唱,第设笙、笛、琵琶以和其曲。所谓曲,即杂剧之剧文也,名曰院本,世有称传奇者亦是也。(唐人单篇小说专述一事本末,亦名传奇,如裴铏有《传奇》三卷,后以专属院本。)杂剧每入场,以四出为度,故曲皆四折。其后往往有四五十折,多于杂剧十数倍者,其韵脚复数换。于是乃别后者为传奇,前者为杂剧云。

　　曲有南北二种。金、元入中夏,所用胡乐嘈杂凄紧,缓急之间,词不能按,乃更为新声以媚之,即北曲也。但大河南北,渐染胡语,时时采入,沈约四声遂阙其一。东南之士未尽会也,王应稍复变新体,号为南曲。高则诚遂掩前后。大抵北曲以劲切雄丽为主,南曲以清峭柔远为高。北字多而于调促处见筋,南字少而于调缓处见眼。北派近于粗豪,易入刚劲之口;南音率多娇媚,宜施窈窕之人。北则词情多而声情少,南则辞情少而声情多。北之力在弦,南之力在板。北宜和歌,南宜独奏(魏际瑞论文中,其形容南北曲尤详,兹不具),二者均用弦索。逮明嘉隆间,昆山有魏良辅者,革去旧习,始备众乐器,而剧场几如大成,谓之昆曲。及明末,北曲已近于废,唯昆曲盛行,盖吴人重南故也。元杂剧甚多,其尤者大抵具于《元曲百种》。而情文兼到者,有乔孟符之《扬州梦》《金钱记》,杨显之之《潇湘雨》《酷寒亭》,马东篱之《汉宫秋》,关汉卿之《望江亭》《窦娥冤》,郑德辉之《倩女离魂》,白仁甫之《梧桐雨》。世称马东篱如朝阳鸣凤,白仁甫如鹏抟九霄,乔孟符如神鳌鼓波,李寿卿如洞天春晓,王实甫如花间美人,张鸣善如彩凤刷雨,关汉卿如琼筵醉客,郑德辉如九天珠玉。然流传于今而最盛者,则为王实甫之《西厢记》与高则诚之《琵琶记》,一为北曲开山,一为南曲鼻祖。《西厢记》取元稹《会真记》为粉本,关汉卿复续之。全篇四套十六折,其脚色则叙佳人才子幽期密约之情也。李卓吾曰:"意宇宙内本自有如此可喜之人,如化工之于物,其工巧殆不可思议。"《琵琶记》者,叙孝子贤妻缠绵恳至之情也。比于《西厢》,可称劲敌。《西厢》近风,《琵琶》近雅。《西厢》如一幅著色牡丹,《琵琶》如一幅水墨梅花,其辞情特为清雅幽丽。汤若士谓:"《琵琶》都从性情上著工夫,并不以词调之巧倩见长,然其词亦不可及已。"元小说、戏曲家,大都穷处民间,不屑干禄蒙人之朝,而以游戏笔墨描写社会情状,以发其郁勃不平之气,兼资劝惩。斯亦其人之志事,而不可或非者也,安得以其小道而忽之?

第三十七章　明之国势与文运

一代之国是,恒酝酿于开国之规模。明太祖起自草莽,覆灭元朝,返旧章于司隶,复威仪于汉官。修明治道,奖励文事。征遗逸,举贤才,文物典章,灿然具焉。而终明之世,其文学之精神,无唐之雄伟精壮,思想无宋之清新泼辣者,亦未始非太祖、成祖诒谋之未善也。太祖以沉猜刻薄之姿,屡兴大狱,骈诛功臣。因胡惟庸而杀李善长以下三万人,因蓝玉而戮傅友德以下一万五千人。诗人高启则腰斩于市,文臣宋濂则远戍而死。燕王以外藩喋血建文,诛锄尤酷。杀方孝孺而绝天下读书种子,至合朋友门生而为诛十族。士气之摧残,亦已甚矣。其孰与于汉光武之兴学、唐太宗之好文学哉。

太祖惩宋元之孤立而亡,王诸子名城大都。然燕王之篡立,高煦、宸濠之叛乱,往往而起也。边城烽燧,也先之寇,土木之变,辽沈之患,无时或绝也。内则宫廷宦竖盗窃威权,委鬼之势焰熏天,天子之威信坠地。志士乘时崛起,东林、复社相向踵兴,结为党徒,以与逆阉角抗。有明三百年天下,内外祸变尝无宁日。学者未得澄心修养,故其思想力不深。上之压抑又强,故其精神上恒有束缚。即如东林党人,皆一时英杰之士,本以气节相高,非徒以文学用世。而好为议论,甘受骈诛,浩气英风,亦足使顽廉懦立。故其及于文学上者,力足起沉晦而走雷霆。历代末运之文,常纤弱而不自振,惟明不然,讵非以此故乎?

且太祖自统一后,定以制义取士,一守程朱之说。其意非以网罗一代之鸿儒硕学也,盖欲牢天下之骥足,范我驰驱,以戢其风云之志。其卒也,骫骳不振,传注以外无思想,抄袭以外无文章。惟伺有司鼻息,以邀一时之宠荣。故真正之儒学不兴,雄大之文学不显。三百年之文化,局促于小规模之中,而未能与汉、唐、宋争雄者,以此故也。其始为时文也,尚假道于经史性理诸书,以搬涉运剂于比偶之间。策余力以为古文,虽不足以希作者,而出言尚有根柢。及其后挟策《兔园》,屏除载籍,以时文为墙壁,骤焉学步古文,而中无所主,势必以偷窃为工夫,浮词为堂奥。其不能语于前代之盛者,无足怪也。故自科举盛而学术衰,时文兴而古文亡。有明文章家,惟宋方能存欧苏之面目,王守仁能恢二陆之精神,高、杨、何、李能与苏、陆、虞、揭相颉颃。其他规仿前贤,等于优孟之衣冠耳。若吴中四杰、北郭十友、正统十才子、景泰十才子、弘正七子、嘉靖七子,号为铁中铮铮者,而犹不免类是。矧其为浮花浪蕊,蓬蒿翳目,漫然而无足观者乎。

即有明文学界之大体观之,明初承元季虞、柳、黄、吴之后,师友讲贯,学有本原。宋濂、王祎、方孝孺以文雄,高启、杨基、张羽、徐贲、刘基、袁凯以诗著。其他胜代遗逸,风流标映,不可指数,盖蔚然称盛已。永宣以还,三杨继起,体崇台阁,庙堂之上,郁郁乎文。景泰、天顺稍衰。弘正之间,李东阳出入宋元,溯流唐代,擅声馆阁,而李梦阳、何景明倡言复古,文自西京、诗自中唐而下,一切吐弃。操觚谈艺之士,翕然宗之,明之诗文于斯一变。洎乎嘉靖之际,李攀龙、王世贞辈复遵李何遗轨以招徕天下,而曰文主秦汉,诗规盛唐。同时抗之者,则有王慎中、唐顺之辈,文宗欧曾,诗仿初唐,矫其习而力加精究。归有光颇后出,以司马、欧阳自命,力排李何王李。而徐渭、汤显祖、袁宏道、钟惺之属,亦各争鸣一时,于是宗李何王李者稍衰。至启祯时,钱谦益、艾南英,准北宋之矩矱;张溥、陈子龙,撷东汉之芳华。有明二百年间,文学界之势力一开一合、一诡一正,颇极纵横驰骋之观。而要其归,则专于沿袭而已,并无有奇创之可称也。黄梨洲所谓以一章一体论之,则有明未尝无韩柳、欧苏、遗山、牧庵、道园之文。若成就以名一家,则如韩柳、欧苏、遗山、牧庵、道园之文,有明固未尝有其一人也。

有明一代之文,论之者有二:以谓其初沿宋元之余习,北地一变而始复于古。以谓明文盛于前,自北地至王李而法始亡。其有为之调人者,则以为两派不妨并存,盖同为复古,不宜谓空同非正宗,而昆山独居第一也。黄梨洲曰:"有明之文,莫盛于国初,再盛于嘉靖,三盛于崇祯。国初之盛,当大乱之后,士皆无意于功名,埋身读书,而光芒卒不可掩。嘉靖之盛,二三君子振起于时风众势之中,而巨子哓哓之口舌,适足以为其华阴之赤土。崇祯之盛,王李之珠盘已坠,郏莒不朝,士之通经学古者,耳目无所障蔽,反得以理既往之绪言。此三盛之由也。"夫其言三盛,诚是矣。顾以门户之见,右归唐而左李何,不免通而蔽。嘉靖之盛,实盛于两派之并兴。惟震川之续韩欧,似优于北地之赝汉魏,而尊之者欲推为第一,似非定论。不过其当王李廓落之后,有震川以传史迁之神,较为堆出于岸耳,实无以超于宋、方诸人也。乃后之学震川者,不重其神,而求之于枯淡,与学王李之末流无异。震川一派,又变而为黄茅白苇之习矣。明末之盛,仅在陈、艾诸人,然比于昔者,固有间矣。余子碌碌,拟以蛙鸣蝉噪,夫何惜焉。

有明一代之诗,槃辟于唐人范围之内,而亦有流派之各殊焉。盖自赵宋以来,为诗者莫不规仿唐人,而能取其精液、变其面貌成一家之学。故善学唐者,宜莫如宋也。有明纷呶于其间,而所得者乃在其肤受。善乎黄梨洲之言曰:"明初以来,九灵、铁崖、缶鸣、眉庵之余论未泯,北地起而尽行抹杀,以少陵为独得,拨置神理,袭其语言事料而像之。少陵之所谓诗律细者,一变为粗材,历下太仓相继而起,遂使天下之为诗者名为宗唐,实褅何而郊李,祖李而宗王。"然学问稍有原本者,亦莫不厌之。百年以来,水落石出,而卧子犹吹其寒火,顾见绌于艾千子,阳拒而阴从。自后诗文稍刊其脂粉,而为学未成,天下不以名家许之。其间公安欲变之以元白,竟陵欲变之以晚唐,虞山求少陵于排比之际,皆其形似,可谓之不善学唐者矣。

总之,有明文学实胶着于模拟之工夫,为古人臣仆,毫无独得于其中。文以析事理,诗以言性情,今不同于古者多矣。顾使耳目口鼻,皆非我有,以供殉物之具,所谓"适人之适,而不自适其适"者也。故明之文学颇称宏富,而模拟剽窃居其大半。顾宁人所谓有明一代之著述,无非窃盗,可谓尽发其赃矣。

第三十八章　宋濂、方孝孺

　　开国之初,承胜朝衰败之余,文学类多不振。唐接齐梁之遗音,宋传晚唐之薪火,惟明踵元季荒废,独能振起文风。虽不可云盛世之元音,亦足当一王之心法。此盖通观明三百年间,若适徐豫之野,泱漭千里,一望无际。所谓盛者,特丘陵之突出于坎衍者耳。事无优者以相形,高下故难以遽判也。明初之盛乃如此,于文有宋濂,于诗有高启,不特洪武时之冠冕,即通一代论之,能与抗衡者亦寥寥无几已。

　　宋濂,字景濂,浦江人。幼而英敏强记,尝学于吴莱,后复学于柳贯、黄溍,入龙门山著书十余年。太祖起,征为《元史》总裁官。濂在朝,启沃献替,一本礼法,资性诚谨,状貌丰伟,美须髯。自少至死,书卷未尝一日释手。于学无所不窥,为文醇深演迤,比于古作者之林。一代元勋钜公碑志,多出其手。天子尊为开国文臣之首。士大夫造门乞文者,先后相接,四方学者,称曰"太史公"。外国使臣至京师者,必询宋先生起居,未尝有直斥其名者。勋业爵位虽不及刘基,而一代礼乐宪章多所裁定。宰相胡惟庸伏诛,濂坐党被刑,太祖欲诛之,赖皇后、皇太子营救,贬茂州,至夔州,道卒。著有《潜溪集》《潜溪后集》,元季已行世。洪武以后之作,刘基选为《文粹》,方孝孺选为《续文粹》,各十卷。

　　方孝孺,字希道,宁海侯城人。天性聪颖,两目炯炯,射人如电,乡人目为"小韩子"。稍长,学于宋濂,常以明王道、化民风为己任。颜其斋曰逊志斋,蜀献王闻其贤,赐号曰"正学"。太祖召见,喜其举止端整,顾太子曰:"彼庄士也,我当遗斯人辅汝。"遂谕令还乡。建文帝即位,征为翰林学士,又进为侍讲。燕王棣陷京师,授笔札令草诏书,孝孺不屈,燕王怒磔之于市,坐死者八百四十七人。有《逊志斋集》。殁后严禁其书,其门人王徐传之。文雄隽豪快,绝类大苏,而奔流急湍,一泻千里,颇乏纡徐潆洄之致。

　　与宋濂同征者有刘基,字伯温,青田人。幼而聪敏绝人,凡天文、兵法、性理诸书,一过目即洞其要,为人洪迈有奇气。太祖下金陵,陈时务十八策,帝嘉纳之,与参机密,以佐命功封诚意伯。洪武四年卒,正德中,追谥文成。基兼善诗文,文权奇宏放。诗于元季秾华之中,喜为沉着顿宕。以台阁之重臣,为一代之冠冕,自成一家,不减潜溪者也。与宋濂同修《元史》者有王祎,字子充,义乌人,征为中书省掾,进翰林待制,使云南,死节。建文初,赠翰林学士,谥文节,后改思文。亦与濂同学于黄溍之门,太祖尝谓宋濂曰:"浙东人才,唯卿与王祎耳。才思之雄,卿不及祎;学问之博,祎不及卿。"为文醇朴而闳肆,朱竹垞以谓"子充文脱去元人冗沓之习,体裁明洁,当在景濂之右"。于诗亦然,然世多以濂为称首云。

第三十九章 吴中四杰

宋诗近腐,元诗近纤,明诗其复古也。开国之初,承铁崖、九灵之绪论,而刘基以苍古著,高启以俊爽称。袁凯、贝琼、张以宁,亚于刘、高者也。杨基、张羽、徐贲,与启称四杰者也。刘基已见上,其余以次缀于篇。

吴中四杰,高启、杨基、张羽、徐贲是也,而启为之冠。启字季迪,长洲人,自号青丘子。洪武初,召拜翰林院国史编修,寻擢户部右侍郎,以年少不敢当重任,固辞归里。尝题《宫女图》及《画犬诗》,风刺帝好色,太祖嗛之而未发也。及为知府魏观作《上梁文》,观坐罪获谴。帝见启文大怒,腰斩于市,时年三十九。所著文有《凫藻集》,词有《扣舷集》,诗有《吹台》《缶鸣》《江馆》《凤台》《青丘》《南楼》诸集,后人合之为《大全集》。其诗上自汉魏盛唐,下至宋元诸家,无不出入,缘情随事,因物赋形,纵横百出,开阖变化,学唐不为唐所囿,学汉魏六朝不为汉魏六朝所束缚,自是一代作手。惟才调有余,蹊径未化。惜其早逝,未能自成一家。王子充称其"隽逸如秋空飞隼,清丽如碧水芙蕖",可谓为得其似。杨基,字孟载,号眉庵,少负诗名,尝著书十余万言,名曰《论鉴》。时会稽杨铁崖,以一代词宗来游吴下,基作《铁笛歌》,特效铁崖诗体。铁崖见之惊喜,谓从游者曰:"我在吴又得一铁,优于老铁。"基诗秀菁清润,神致隽爽,绝无晦涩填砌之病。唯其少时亲炙杨铁崖,故《无题》《香奁》诸什,颇袭其派,未脱元人纤靡之习。张羽,字来仪,后改附凤。文学欧阳修,致密婉转,当时莫及。画师小米,尤长于诗。五古学杜、韦,有神理而微嫌郁轖。歌行笔力雄放,律诗清圆浑脱,不事雕缋,然不免于平熟。徐贲,字幼文,工诗善画,诗体裁明密,情喻幽深,颇类皮陆。其才比于高、杨、张三子,微为不及。

高、杨、张、徐仕宦皆不甚进。杨、徐以曾为张士诚客之嫌,累遭贬谪。高启一当清宴之职,张羽终于太常司丞。论者以比唐初四杰,不惟文才相似,而结局亦大抵相同。眉庵之殁,如盈川令;太史之毙,惨于子安;北郭瘐死狱中,虽全首领，与宾王同非首丘；来仪投于龙江，又与照邻无异。噫！亦异矣。启又尝家于北郭，与张羽、徐贲、王行、高游志、宋克、唐肃、余尧臣、吕敏、陈则结比邻，以诗文相砥砺，时号"北郭十友"，然惟四杰可称，余子无甚高论也。

袁凯，字景文，华亭人。洪武初为御史，晚年自号海叟。所为《白燕诗》最著名，人呼为"袁白燕"。诗师法子美，然伤于平直，不及青丘、孟载。贝琼，字延琚，学于杨铁崖。洪武初，与修《元史》。诗雄整亚刘基，风华近高启，清空似袁凯，明丽如孙蕡。张以宁，字志道，号翠屏山人。历事元明，始称文家，然神锋太隽。其后诗名亦高，才气虽不及四杰，而法律谨严，词旨温丽，自成一格。

明初诗派凡五：吴诗派昉于高季迪，越诗派昉于刘伯温，闽诗派昉于林子羽，岭南诗派昉于孙仲衍，江右诗派昉于孙子高。子高名蕡，泰和人，仕至吏部尚书。诗句腴字琢，而音格不高。于唐，近大历才子；于宋，类永嘉四灵；于元，肖萨天锡。仲衍名蕡，南海人，官翰林主籍，死于蓝玉之狱。蕡在南海时，与王佐、黄哲、李怀、赵介结诗社于南园，以招名士，时号"南园五先生"。而蕡尤著称，于元季绮靡之中，独卓然有古格。子羽名鸿，福清人，终礼部员外郎。闽中善诗者称"十才子"，而鸿为之魁。十才子者，郑定、王褒、唐泰、高棅、王恭、陈亮、王偁，及鸿弟子周元、黄元，时人目为"二元"者也。鸿论诗大旨，谓："汉魏骨气虽雄而菁华不足。晋祖元虚，宋尚条畅。齐梁以下，但务春华少秋实，惟唐作者可谓大成。然贞观尚习故陋，神龙渐变常调。开元、天宝间，声律大备，学者当以是为楷式。"其宗法唐人，绳趋矩步，不惟字句，且并其题而效之，实为七子之先驱也。此外亦有以诗名者，大都不脱元季纤丽之习。

第四十章　台阁体

　　自永乐以至成化八十余年间,明室之升平时代也。国初峥嵘磊砢之风,渐变为儒雅雍容之度。所谓台阁体者兴焉,而主持坛坫者,实为杨士奇、杨荣、杨溥三元老。

　　三杨俱通儒术、达事机。历事成祖、仁宗、宣宗、英宗四朝,同心勠力,朝无失政,民无艰食,中外士人翕然称其德,曰"三杨",或从其居地,称士奇曰"南杨",荣曰"东杨",溥曰"北杨"。三杨实明代之太平宰相也,论者比于房、杜、姚、宋,实为不逮,然其宠任之隆、勋业之高、德望之大,在当时自足风靡天下。且久在馆阁,朝廷高文典册多出其手,相率以博大昌明之体、雍容闲雅之作为一世倡,以讴歌太平。海内宗之,号"台阁体",于是万吹一律,相尚成风。

　　杨士奇,名寓,以字行。建文初,召入翰林,从事编修。永乐初,入内阁,典机务,累进华盖殿大学士。四十余年尽瘁王事,至老不渝。正统九年卒,年八十。士奇恭慎有学行,诗文平正典雅,如其为人。杨荣,字勉仁,建文二年进士。成祖即位,晋文渊阁大学士,备受恩遇。正统五年,年七十卒。性警敏有才识,处国家大事,毅然不可夺,可比唐之姚崇,其不拘小节处,亦颇类之。为文不及士奇典雅,而出溥之右。杨溥,字宏济,为人有雅操。与杨荣同举进士,为翰林编修,晋翰林学士。宣宗、英宗朝与士奇、荣共典机密。正统十一年,年七十五卒。三杨地位声望,略相匹敌,以文章论,士奇其首选也。乃后之效颦者,渐习于肤廓冗沓,精气都亡,兴象不属,惟曾棨、郭登之徒稍存别趣。此外有王直、李昌祺、刘绩、秦旭、陈献章、王越、刘涛,或称"正统十才子",或称"景泰十才子",然究非大家,故不著。

第四十一章　八股文

　　八股文者,应制科之一种体式也,一曰制义,又曰时文。其始源于王安石之经义(参见本编第二十章),将以矫迂拘浮浅之习,而纳之于先儒礼教之中,俾自得其意。其继则雄猜之主利用之,以胥靡天下之人才。而天下之人才不能求出身于他途,亦相率而迎合有司之意旨,以就厥轨范。自元仁宗延祐中,定科举考试法,于是王充耘始造八比一法,名《书义矜式》。明太祖反正,因而不革。清人入关,复仍明制,而程式更加严密。

　　汉初以对策取士,唐用诗赋,宋用经义,明清用制义。对策之弊,泛滥而不切于用;诗赋之弊,浮华而不归于实;经义之弊,肤浅而不根诸理。制义之用,论事似对策,敷理似经义,取材博于赋,持律严于诗,似得中制;而其弊也,空疏浅陋,昧古文,忘实学,徒使天下聪明才辩之士,拘挛其耳目,束缚其思想,流于剽窃揣摩,毫无经国济民之略。即所谓习于圣经古训者,亦徒存于言,而未能喻诸心。道义、治术两无所裨,其毒遂深及于前清末年,而以致今日人才之消乏也。

　　制义之意,谓依经立义也。取题于四子书,而以五经辅之。限以一先生之说,而信传过于信经,所谓有司之尺度也。如洪武十三年试问,题为《大学》"古之欲明明德于天下者"二节及《孟子》"道在迩而求诸远"一节。洪武二十年,题为《论语》"老者安之"三句,"兴于诗"三句及"克己"三句之类,然此犹足敷陈经旨。及其敝,则有所谓小题、截搭题,任意割取经语以试士矣。明一代中,推明四书之义者,《大全》以外,有蔡虚斋之《蒙引》、陈紫峰之《浅说》、林次崖之《存疑》、顾麟士之《说约》。习举业者所钻研,然大体不越程朱之雷池一步也。其言文之体制者,如张溥之《初学文式》、清梁章钜之《制义丛话》,为时文者所奉为圭臬也。而其甚者,尤莫如路德之《明文明》《小题正鹄》,场屋之陋,至于是而极矣。

　　时文有破题、承题、起讲、提比、虚比、中比、后比、大结诸名,以次逐段构成。破题起首二句,道破题之字面及意义。承题伸明破题之意,一篇之眉目也,短者三四句,长者不过五六句。起讲一曰原起,一篇开讲之处,文中之咽喉也。提比一曰提股,起讲后入手之处。虚比一曰虚股,承提比后而说者,后人或用或不用。中比一曰中股,两比立柱分应,犹人之胸腹。后比,畅发中比之所未尽者,或推开,或衬垫,如人之两腿。大结,一篇之结尾,收束前意,须道紧有力。盖八股文体如唐应举诗,有破题、颔比、颈比、腹比、后比、结尾诸名目,而以帖括见长者也。

明以八股文取士,虽起于洪武之时,而永乐以后六十年,其文体尚无定制。自章懋、谢迁、王鏊、钱福、顾清等作家辈出,而后八股之体式始完。明一代最擅名者,前有王鏊、唐顺之,后则归震川、胡友信。虽嘉靖之际,李何倡为复古,稍有更革。而上以是取,下以是应,究未能脱其旧套。夫八股决科之文,本无与于文学之大,而文学界之否塞,因之而受其影响者不少,且为明清两朝最重要之法制。国家之盛衰治乱,人才之消长升沉,皆于此焉卜之,故亦不可不略述也。

第四十二章　弘正文学

物极则反。永乐以还,三杨之台阁体渐被天下,日流肤浅,奄奄无生气,盖已不容不变。当是时而拔阵先起,以一洗其陋习者,是为李东阳。顾东阳非所谓复古派,而如其门下生,乃始以复古相号召者,若李梦阳、何景明之徒继东阳而起。天下之归之者,犹万派之朝宗于海。是促李何之兴者,不可谓非东阳一麾之力也。王元美谓李东阳之于李何,"犹陈涉之启汉高",穆敬甫称"东阳倡始之功,有似唐之燕许",是亦足以知其声价矣。

李东阳,字宾之,号西涯,茶陵人。天顺八年,年十八登进士,累迁侍读学士,晋礼部尚书兼文渊阁大学士,与刘健、谢迁并称贤相。正德十一年卒,赠太师,谥文正。东阳在位,务宏奖风流,推挽才隽,士大夫多出其门,文章学术粲然可观,海内翕然宗之,称曰西涯先生。西涯天才秀逸,所作长短密约,高下疾徐,莽莽滔滔,唯意所欲。自谓"兴况所寄,触左激右而成声,虽欲止之而不可得已",盖自得之言也。西涯之于文,其超于三杨无几,特风气至此,已骎骎乎转而之大夏之域矣。诗宗法老杜,在永乐以后,有如老鹤孤鸣。拟古乐府,别出机杼,因人命题,依事立义,奇旨特创,尤为可称。同时与西涯为古文者,有王鏊、吴宽。鏊字济之,吴县人,成化十一年进士,官户部尚书,谥文恪。文规昌黎,上及秦汉,纯而不弱,奇而不怪,雄伟俊杰,卓然振一代之衰。宽字原博,号匏庵,长洲人,成化八年进士,官礼部尚书,谥文定。文典雅和平,才锋不露,颇有庐陵遗风。又吴俨之纤徐,罗玘之奇奥,皆足羽翼东阳,挽回台阁之弊也。

当西涯、匏庵之为唐宋文也,北地李梦阳、信阳何景明乃起而与之抗,曰"文必秦汉,诗必盛唐,非是者弗道",曰"古文之法亡于韩",曰"视古修辞,宁失诸理",曰"不读唐以后书"。故事凡出唐以下者,皆摈不用。为文故作艰深,钩章棘句,至不可句读。持是以号于天下,而边贡、徐桢卿、康海、王九思、王廷相等友而应之,号"七才子"。其中李、何、边、徐又称"四杰"。除王廷相,加宋应登、顾璘、陈沂、郑善夫四人,又号"十才子"。明之文运,至是始生一大变。汉魏之声,由此高论于后世,而与韩欧争长。文学界俨成二大潮流之观,主汉魏者排唐宋,宗韩欧者斥李何。故李何之徒,常为委罪之壑。然较其得失,秦汉之文浑金璞玉,自一时风会酿成。后世文明日进,理欲其显,故格变而平;事繁于往,故语演而长。自唐至明,习近千载。而李何以其偏戾之才,矫为謷牙佶屈,无其质而貌其形,故终于浮浅,归于踏袭,诚不免多此一举矣。

　　李梦阳,字献吉,自号崆峒子,弘治六年进士。性傲岸,负气使酒,不能久处馆阁,居常怏怏。屡下狱,遇救得免。嘉靖十二年卒于家。梦阳为人僻戾,尝途遇张鹤龄,乘醉骂之,击以马鞭,折其二齿,识者鄙之。又觉于宸濠,诬蔑善类,才思雄鸷,悍然以为天下无人。弘治中,宰相李东阳主文柄,杨一清为之羽翼,风靡一世,梦阳师事之,而讥其萎弱不足法。尝谓汉以后无文,唐以后无诗,卓然以复古自命,规模汉魏,浸润六朝,宪章盛唐。所作雄奇高古,济以葩艳,气魄宏大,笼罩群贤。吴人黄省曾、越人周祎千里致书,愿为弟子。迨嘉靖朝,李攀龙、王世贞出,复奉以为宗。天下推李、何、王、李为四大家,无不争效其体。华州王维桢,以为七言律自杜甫以后,善用顿挫倒插之法,惟梦阳一人,自终身效法之。然梦阳专以摹拟为主,尝曰:"今人摹临古帖,不嫌太似,诗文何独不然?"故后人讥其诗文模拟剽窃,得史迁、少陵之似,而失其真云。要其才力之雄骏,在当时实为首出。何景明,字仲默,号大复山人,弘治十五年进士,授中书舍人,历任吏部员外、陕西提学副使。嘉靖元年卒,年三十九。景明为人和而介,尚节义,鄙荣利。钱宁正贵倖用事,持画造门求题,景明拒之。乾清宫灾,上书极言"义子不可畜,宦寺不当宠"。北地江西之诬,上书争之甚力,其大节有如此者。初与梦阳为诗文,甚相得,名成之后,互相诋諆。梦阳主模仿,景明主创造,各树坚垒不相下。与人交游,亦遂分左右袒。说者谓"景明之才,本逊梦阳,而其诗秀逸稳称,反为过之"。然天下语诗文者,必并称何李,其持论谓"诗溺于陶,谢力振之,古诗之法亡于谢。文靡于隋,韩力振之,古文之法亡于韩"。钱谦益尝撰《列朝诗》力诋之。

徐祯卿，字昌谷，吴县人，弘治十八年进士。为诗喜白居易、刘禹锡。既登第，与李何游，悔其少作，改而趋汉魏盛唐。然故习犹在，梦阳讥其守而未化。祯卿诗镕炼精警，为吴中诗人之冠。年虽不永，名满士林。边贡字廷实，历城人，弘治九年进士，官至户部尚书。贡早负才名，美风姿，所交悉海内名士。久官留都，悠闲无事，游览江山，挥毫浮白，夜以继日。都御史劾其纵酒废职，罢归。四杰之中，边贡稍下。康海字德涵，别号对山，武功人，弘治十五年进士。与梦阳辈相唱和，訾议诸先达，忌者颇众。梦阳下狱，为屈意求救于刘瑾。逾年，瑾败，海坐党落职。王九思，字敬夫，鄠县人，与边贡同年进士，仕至郎中。坐党刘瑾，贬寿州同知，复被论，勒致仕。海、九思既废居闾里，每相聚沜东鄠杜间，挟声伎酣饮，制造歌曲，自比俳优，以寄其怫郁。两人所作，大抵流于粗率。王廷相，字子衡，浚川人，与康海同年进士，官至兵部尚书。诗亦沉郁壮丽，然喜模拟，多失真。

徐祯卿又与祝允明、唐寅、文徵明号"吴中四子"。允明字希哲，长洲人。弘治五年举于乡，久而不第。生而枝指，故自号枝山。文章有奇气，当筵疾书，思若涌泉。诗有六朝遗意。尤工书法，名满寰中。寅字伯虎，一字子畏，弘治十一年乡试第一。寅诗文初尚奇丽，晚节放格，颇谐俚俗，谓"后人知我不在此"，论者伤之。吴中自枝山辈以放诞不羁为世所指目，而文才轻艳，倾动流辈，传说者增益而附丽之，往往出名教外，亦以见文士之无行也。徵明号衡山，长洲人。吴中自吴宽、王鏊以文章领袖馆阁，一时名士沈周、祝允明辈与共驰骋，文风极盛。徵明及蔡羽、黄省曾、袁袠、皇甫冲兄弟稍后出，而徵明主风雅数十年，与之游者王宠、陈道复、王穀祥、周天球之属，亦皆以词翰名于世。诸子之才，大都七子之流风余裔也。

初，顾璘与同里陈沂、王韦号"金陵三俊"，其后宝应朱应登继起，称"四大家"。璘诗矩矱唐人，以风调胜。韦婉丽多致，颇失纤弱。沂与韦同调。应登才思泉涌，落笔千言。璘、应登专羽翼李梦阳，而韦、沂颇持异论。惟复古之说，举世风从。虽欲别有树立，而滔滔之势，卷入于李何之波涛，矧其才不及李何者乎。

第四十三章　王守仁

有明一代，经学非汉唐之精专，性理袭宋元之糟粕。除一王守仁外，可谓无真儒；除一《传习录》外，可谓无学说。故王守仁前，虽有薛瑄、胡居仁、丘濬诸家，然皆酌伊洛之余流，空谈性命理气而已。《传习录》外，虽有《性理大全》《五经大全》《四书大全》等书，然皆墨守程朱之旧说，以张门户墙壁而已。陈白沙似为阳明开其先，然其所守，不出象山之藩篱也。故有明一代之新发明，实惟王守仁。

王守仁，字伯安，余姚人也。弘治十二年进士，选刑部主事。忤刘瑾，谪贵州龙场驿丞。刘瑾诛，历任太仆寺少卿、鸿胪寺卿、兵部尚书。克平宸濠之乱，功业烂然，封新建伯。嘉靖八年，年五十八卒于南安，谥文成。尝筑书屋于阳明洞讲学，故世称阳明先生。

阳明之学以"致良知"为教，而主"知行合一"者也。以为"心即理，理尽具于心，心外无理"。省察存养，但全心中之天理。顾泾阳谓："文成恐人以认识为知，走入支离。故就中间点出一'良'字。孟子言良知，文成恐将此知作光景玩弄，走入玄虚，故就上面点出一'致'字，其意最为精密。"故阳明之说，虽本孟子，而导源象山，故扬陆子而贬朱子为义外之说也。而当时为朱子之学之薛瑄门徒，遂起而与之争。由是，称薛瑄一派曰河东派，称王守仁一派曰姚江派。此二派实为有明一代学术之大主干。阳明尝自叙其学历，谓初溺于任侠，次溺于骑射，次溺于词章，次溺于神仙，次溺于佛氏，遂复归于圣贤之学，发明格物致知之旨。然则阳明之学术，源于儒而参以老佛，自成一家者也；阳明之功业，本于学而行以任侠骑射，故能有所建树也；阳明之文章，郁然为一代大宗者，由其始习词章，绚烂之后归于平淡也。学术既已醇，功业又已著，其发为文也，故雅健流利，有气韵，有姿态，有光彩。不矜才气，不尚纨绮。上振宋方之绪，下开归唐之先。而其为诗也，亦志和音雅，不求巧，不弄奇，冲瀜恬淡，不堕腐烂。当弘正间，李何倡为复古，阳明初与唱和往来，既而断然弃去。社中人皆叹惜其不成,而阳明则曰:"学如韩柳,无过文人;辞如李杜,无过诗人。志心性之学,以颜闵为期者,人间第一等事业也。"然则其文于文人外放异彩,诗于诗人外见别趣,盖有以自得矣。

第四十四章　嘉靖文学(一)

弘治间,李何倡为复古,海内文章家若趋王会,不敢移宫换羽。其于词坛别树一帜者,若杨用修之华丽,薛君采之雅正,华察、高叔嗣、皇甫四杰之冲澹高古,于世俗之规模,少陵以外,或学韦柳,或宗三谢。然其势甚微,均非李何之敌。用修名慎,新都人,著有《升庵集》。君采名蕙,亳州人。华察字子潜,无锡人。高叔嗣字子业,祥符人。皇甫四杰冲、涍、汸、濂兄弟四人,长洲人。至嘉靖之际,李王七子踵兴,更衍李何之绪论,黄雾妖云,旁唐四塞。七子者,李攀龙、王世贞、谢榛、宗臣、梁有誉、徐中行、吴国伦也,而李、王为之长,谢、吴次之,梁、徐、宗又次之。

始,攀龙之官刑曹也,与李先芳、谢榛、吴维岳辈倡诗社,而榛为主盟。王世贞初释褐,先芳引入社,遂与攀龙定交。明年,先芳出为外吏,又二年,宗臣、梁有誉入社,是为五子。未几,徐中行、吴国伦亦至,乃改称七子。诸人多少年,才高气锐,互相标榜,视当世无人,七才子之名播天下。始摈先芳、维岳不与,已而榛亦被摈,攀龙遂为之魁。其持论谓"文自西京、诗至天宝而下,俱无足观。于本朝独推李梦阳"。诸子翕然和之,非是则诋为宋学,故平生不读大历以后之书。攀龙死,世贞握其柄,其所与游者,各有标目。曰前五子,李攀龙、徐中行、梁有誉、吴国伦、宗臣也;曰后五子,余曰德、魏裳、汪道昆、张佳允、张九一也;曰广五子,俞允文、卢柟、李先芳、吴维岳、欧大任也;曰续五子,王道行、石星、黎民表、朱多煃、赵用贤也;曰末五子,李维桢、屠隆、魏允中、胡应麟及赵用贤也。名号纷纷,识者笑之。李攀龙,字于鳞,号沧溟,历城人也。嘉靖三年进士,历任刑部主事、顺德知府、陕西提学副使。移病归乡里,构白雪楼于鲍山、华不注之间。日夕读书吟咏其中,宾客造门谢不见,大吏至亦不迎,以此得简傲之谤。隆庆元年,复起为浙江副使,转河南按察使。至是,襟度渐和平,宾客亦稍进。遭母丧,以哀毁致疾。隆庆四年,年五十七卒。攀龙为人英迈,才思劲鸷,名最高。独心重世贞,天下亦并称王李。又与李梦阳、何景明并称何李王李。其为诗，务以声调胜。所拟古乐府，或更古数字为己作，生吞活剥，腼焉不顾，又临摹太过。七律为人所推，高华矜贵，脱去凡庸，心慕手追在王维、李颀。然句重字复，气断续而神孤离，亦非绝品。文则聱牙戟口，读者至不能终篇。惟世之论者，目何李王李为一途，其实不然。空同沿袭《左》《史》，袭《史》者断续伤气，袭《左》者方板伤格。弇州之袭《史》，有似分类套括，逢题填写。大复习气最寡，惜乎未竟所学。沧溟孤行，则孙樵、刘蜕之舆台耳。此为黄梨洲之论，虽不免过贬，然要其大体近是已。

王世贞，字元美，号凤洲，又称弇州山人。嘉靖二十六年进士，由刑部主事迁员外郎、郎中。杨忠愍下狱，世贞倾心营救，见恨于严嵩，出为青州兵备副使。父忬总督蓟辽，为严嵩构陷而死。世贞伏阙讼冤，大学士徐阶左右之，追复父官。转大名兵备副使，入为太仆寺卿，终刑部尚书。万历十八年，年六十五卒。世贞始与攀龙狎主文盟。攀龙殁，独持柄二十年。才最高，地望最显，声华意气笼盖四海。一时士大夫及山人、墨客、衲子、羽流莫不奔走门下，片言褒赏，声价骤起。其持论"文必西汉，诗必盛唐"，而藻饰太甚，晚年攻者渐起。世贞顾渐造平淡，颇自悔旧学，尝曰："余作《卮言》时，年未四十，与于鳞辈是古非今，彼短此长，未足据为定论。今行世既久，不复能秘，惟随事改正。"又赞归有光画像，亦表倾服之意。病亟时，尚手《苏子瞻集》讽玩不置。故其晚年不复诋斥宋学，盖可知矣。世贞古文辞尚剪裁，而亦时出新意。诗则乐府古体，高出历下，七言近体，亦规大家，然锻炼未纯，故华赡之余，时露浅率。朱彝尊谓其"病在爱博，千篇一律，安在无所不有"，而胡应麟独奉世贞唯谨，谓"诗家之有世贞，集大成之尼父也"，抑何贡谀乃尔。

谢榛，字茂秦，号四溟山人，临清人。眇一目，喜游侠，既而折节读书，刻意歌诗。时李王结社，重榛行谊，推为盟长。攀龙赠诗曰："谢榛吾党彦，咄嗟名士籍。遂令清庙音，乃在布衣客。"未几，攀龙位高名盛，与榛论诗不合，遂与绝交。其书有云："安可使一眇君子，肆于二三兄弟之上？"于是同人皆助李斥谢，削其名于七子、五子之列。故榛诗曰："奈何君子交，中道两弃置。"然榛交游日广，秦晋诸藩争延致之。其论诗谓"取李杜十四家最胜者，熟读之以会神气,歌咏之以求声调,玩味之以裒精华。得此三要,则浩乎浑沦,不必塑谪仙而画杜陵也"。诸人心师其言,厥后虽合力摈榛,其称诗指要,实自榛发也。榛诗近体字烹句炼,气逸调高,七子中称为独步。古体虽非所长,亦自存本色。吴国伦,字明卿,兴国人。嘉靖二十九年进士,授中书舍人,擢兵科给事中。杨继盛死,国伦首倡赙送,忤严嵩,左迁南康府推官,弃官归。嵩败,起为建宁同知,迁河南左参政。国伦才气横放,好义轻财。归田之后,声名与王世贞齐,求名之士,不东走太仓,则西走兴国。万历中,士贞殁,国伦犹无恙,年八十余卒。陈卧子称其"雅炼流逸,情景相副,前七子中之边贡也"。梁有誉,字公实,顺德人。为刑部主事三年,以念母告归,杜门读书,大吏至亦辞不见。宗臣,字子相,扬州兴化人。由刑部主事调考功郎,谢病归,筑室百花洲上,读书其中。二人为行,皆有高致。徐中行,字子舆,长兴人,仕至江西左布政使。为人清介,有笃厚之行。其诗虽模古哲,而心慕手追在李攀龙,少湛深之致。梁、宗、徐并与吴国伦同年进士。

论者以七子之诗不出"模拟剽剥"四字,故惯用"金樽明月""阳春白雪"等字面以自喜。试披读其全集,久之自起厌倦之念。比于前七子,规模大小不相及远甚。虽然,王、李、谢、吴四子,才气亦自富健,犹有牢络一世之概,故多有可观。后世耳食之徒,不及知李王之真价,猥附前人,雷同毁誉。诟之者有如百犬吠虚,效之者亦等沐猴而冠。而鼓其说以为文者,若刘子威、王槐野、孙月峰、叶逢春之伦,转相放习,至余君房、屠长卿辈,而文之汗滥益甚。君房瓣香刘子威,直欲抹昌黎以下,谓"《诗》《书》二经,即孔子一部文选,此其中更何所有"。长卿稍变其节奏,出之曼衍,而谓"文至昌黎大坏,欧苏曾王之文,读之不欲终篇"。其归美六经,仅仅在无纤秾佻巧之态。当时之抢攘于文界者,或曰"八家之文未便直接秦汉",或曰"《论语》一书,孔子之文选耳"。后进晚生瘖语流注,文胜理消亦已甚矣。故反抗者辈出,亦出时势之所要求也。

第四十五章　嘉靖文学（二）

　　复古派之倡为"诗必盛唐"之说，犹可言也；而文必秦汉，务排欧苏，则未免剿矣。乃醉心李王之名者，一唱百和，謷謷然群集其旗下。浊流混混，盖胥天下而溺之矣。当斯时，卓然独立不为所摇者，得三人焉，曰：王慎中、唐顺之、归有光。而如茅坤、徐渭、汤显祖、袁宏道，皆闻风兴起者也。

　　王慎中，字道思，晋江人。嘉靖五年进士，后罢官归淇上，屏居二十年，深自敛抑，无复昔日霸气。日以著述为事，问业者踵至。嘉靖三十八年，年五十一卒。慎中为文，初主秦汉，谓"东京以下无可取"。既而悟欧曾作文之法，乃尽焚旧作，一意师仿，尤得力于曾巩。演迤详赡，卓然成家，与顺之齐名，天下称之王唐，又曰晋江昆陵。又与唐顺之、赵时春、熊过、任瀚、陈束、李开先、吕高号"嘉靖八才子"，务矫李何之弊。李王后起，又力排之，然卒不可掩。攀龙，慎中提学山东时所赏拔者也。慎中初号遵岩居士，后号晋江。

　　唐顺之，字应德，号荆川，武进人。嘉靖八年进士，自翰林罢归，读书阳羡山中十余年。复召用兵部，颇著武功。嘉靖三十九年，年五十四卒。顺之博学，于书无所不窥。初见慎中崇拜欧曾，心为不服，久乃变而从之。壮年废弃，益肆力古文，洸洋纡折，有大家风。惟晚年遁而讲学，颇蹈语录之体。

　　归有光，字熙甫，昆山人。嘉靖十九年举于乡，试进士不第。徙居嘉定安亭江上，读书讲学者二十余年。家无担石之储，泊如也。弟子自远方至者，常数十百人，称曰震川先生。年六十，成进士，授长兴知县，用古教化为治。隆庆四年，大学士高拱、赵贞吉荐为南京太仆寺丞，修《世宗实录》，卒于官。有光为明代古文中坚，后起者多师奉之。当王世贞踵二李之后，执文坛牛耳，声望赫然。而有光以一老举子与之抗，力相抵排，目之为妄庸巨子，诋其学曰俗学。世贞大憾之，其后亦心折。有光殁后，世贞为之赞曰："千载有公，继韩欧阳。余岂异趋？久而自伤。"其推重如此。而徐渭亦称之曰"今之欧阳子也"。或以之与王唐并称为"嘉靖三大家"，或与宋濂、方孝孺、王守仁及王唐称为"明六大家"。有光为文,原本经术,最好《太史公书》,而得其神理。于叙事文尤善,然亦往往失于枯淡,阑入时文境界。要以比于李王七子为秦汉盗臣,则王、唐、归三家不失为唐宋之忠臣也已。

　　茅坤、徐渭、汤显祖辈,原非大家,不过承王李之波决澜倒,踵王唐而张反对之焰者也。坤字顺甫,别号鹿门,归安人,嘉靖十七年进士。善古文,最心折唐顺之。取顺之所选唐宋八大家文,加批评刊之,盛行海内,乡里小生无不知茅鹿门名。然鹿门生平于经史学甚疏,但学文章,故仅得其转折波澜而已。所批评亦多不得要领,去王、唐远甚。渭字文长,山阴人。性狷激而牢落不偶,以狂而死。天才超轶,文则宕逸,诗仿李长吉,绝出伦辈,而不免于鬼气袭人。显祖字义仍,一字若士,临川人,万历间进士。诗宗范陆,文慕宋濂,力排击李王之古文辞。尤善词曲,所著《玉茗堂四梦》极有名。及袁氏兄弟与钟谭辈前后并起,横行阔步,天下殆为之风靡焉。

第四十六章　公安派与竟陵派

明至万历年间,积弱已甚。内则委鬼专横,正气销铄。所谓东林党人,则死徙窜逐,有如东汉党锢。外则爱新觉罗氏已下辽河以东七十余城,迁都辽阳,势将伺机南下。治乱兴亡之运,固不待智者而决矣。

于此残灯无焰之秋,文学承嘉靖之流风,虽属萎靡不振,而其间公安一派变以清真,竟陵一派又易以幽峭。较李王派之肤廓粗厉,似已进步,然一失之浅率,一失之僻涩。炎炎燎火,亦允不阳,其愈于李王者无几。文章固果与国运为盛衰乎?然其辟辟之意气,亦不容泯没也。

公安派者,袁宏道兄弟三人之所倡也。宏道字无学,公安人,万历二十年进士,仕至吏部侍郎。兄曰宗道,字伯修,万历十四年进士,卒后赠礼部尚书。弟曰中道,字小修,万历四十四年进士,仕至礼部郎中。兄弟并有才名,世称三袁,而宏道最为白眉,号曰中郎。先是,李王之学盛行,袁氏兄弟独心非之。宗道在馆中,时与同馆黄辉力排其说。于唐好白乐天,于宋好苏轼,名其斋曰"白苏",宏道承之。年十六,结社城南,自为之长。为诗歌古文,倡主性灵,尚妙悟。及知吴县,听断敏活,公庭无事,与士大夫谈说诗文,以风雅自命。后辞官,遍游吴越名山水。归,筑园城南,植柳万株,号曰"柳浪",与中道及一二老衲吟哦其中。以清新轻俊之诗矫王李之弊,学者多舍王李而从之,目为"公安体"。而王李风由此渐熄。然戏谑嘲笑,间杂俚语,故空疏者便之,有识者窃以为笑也。如《西湖》诗云:"一日湖上行,一日湖上坐。一日湖上住,一日湖上卧。"《偶见白发》云:"无端见白发,欲哭翻成笑。自喜笑中意,一笑又一跳。"则滑稽之谈近于鄙俗矣。宏道且如此,况其雷同附和者乎?

竟陵派者,钟惺、谭元春之所倡也。钟惺,字伯敬,号退谷,竟陵人,万历三十八年进士,仕至福建提学佥事。少负气,名闻公车间。为人严冷,不喜接俗客,屏谢人事,爱名山水,晚逃于禅而卒。自宏道以清真矫王李之弊,惺以其浅率,复另出手眼,变而之幽深孤峭。与同里谭元春评选唐人之诗为《唐诗归》，又选隋以前诗，曰《古诗归》，钟谭之名满天下。先是，惺为诗，声气应求尚寡。及元春起而和之，闽中蔡一年先降心相从，吴中张泽、华淑等亦闻声响应，然后海内之称诗者，皆靡然从之，奉其言为准的，谓之"竟陵体"。元春字友夏，天启七年举于乡。二子根孤伎薄，其词旨浑沦晦僻，大为通人所讥。矫枉过直，公安、竟陵两派所同也。而学之者方以为驾于前人，其浮淫所及，滔滔不返，而国运亦随之尽矣。

第四十七章　明末文学

天启、崇祯之间，外患内忧，如麻而起。朝多闒茸之臣，将少干城之选。士大夫或怵于国事，或激于声气，相与裁量得失，讥刺朝政，奔走相属，联为声援，而天下始嚣然丧其读书乐道之心。故其时以诗文争鸣于世者，虽不乏其才，而繁星熠耀、爒火纷纭，佼然而为北斗之宗、烛龙之曜者，实渺不可得。虽然，斯时之为学者，承东林之风尚，激浊扬清，皆能矫然有以自异。及夫国事日坏，奋厉有加，虽学术未宏，而以其忠直之气发为文章，滂薄郁遏，坌涌激讦，转若盛于平时。若黄道周各奏疏，史可法报睿亲王书，其光芒之所烛，岂可以晚明限耶？其他如娄子柔、唐叔达、钱牧斋、顾仲恭、张元长，皆能承昆山之坠绪。而江右艾千子、徐巨源，闽中曾弗人、李元仲，亦卓荦一方，克存先正矩矱。惟石斋阁部当与文山、叠山齐光，不可以文家论。而诸家又沼泽之水，少所灌润，兹惟举其间标目坊社为世倡率者，以著见梗概，若复社、几社、豫章社，其声光之卓烁，亦有明之神龙掉尾也。

复社者，张溥、张采之所倡也。张溥，字天如，太仓人，与同里张采共学齐名，号娄东二张。崇祯九年，以选贡入都，采成进士，两人皆名彻都下。已而采官临川，溥归，集郡中名士相与复古学，命其文社曰复社。刻所私试经义以张之，一时高才宿学多出其间，声誉震于吴中。四年，成进士，改庶吉士，以葬亲乞假归。读书若经生，无间寒暑。四方瞰名者，争走其门，尽名为复社。溥亦倾身结纳，交游日广，声气通朝右，有所品题甲乙，颇能为荣辱。诸奔走附丽者，辄自矜曰"吾以嗣东林也"，执政大僚由此恶之。会苏李上书诬告溥等交结诸郡生徒，共为部党，名曰复社。而溥同里陆文声输赀为监，求入社，不许，亦走京师言"东南大害，必始复社"。于是天子震怒，班下郡国按其事。崇祯十四年，溥已卒，而事犹未竟。溥所师奉，主于王李。所选《汉魏六朝百三家集》以资提倡，犹有名。为文敏捷丰艳，遂无苦功入细。尝以泥金扇面信笔书稿，故所成就，不能远到。采字受先，其文朴质过于溥，而才实逊之。

几社者,陈子龙、夏彝仲、徐孚远、何刚等之所倡也。子龙字人中,又字卧子,华亭人,崇祯十年进士,以功擢兵科给事中。福王监国南京,子龙累言事不听,乞去。寻受鲁王部院职衔,结太湖兵欲举事,事发被捕,投渊死。允彝字彝仲,与子龙同年进士。闻北都变,允彝走谒史可法,与谋兴复。南都陷,投渊死。孚远字闇公,刚字恳人,皆殉难死。允彝工属文,当时张溥、张廷枢等慕东林讲席,结文会名曰复社,允彝、子龙等亦结几社相应和。以文章论,子龙尤高。子龙工举子业,尤善倚声。古文取法魏晋,骈体尤精妙。诗襟度宏远,天骨开张,国变以后之作,更为激昂沉着。自公安、竟陵狎主齐盟,王李之坛几于厄塞,子龙崛起云间,挽之以回于大雅,亦不可谓无功。惟其宗旨以王李为依归,故后之痛贬王李者,且集矢于子龙。然子龙惩王李之失于廓落,稍参以神韵,亦可谓善学王李者矣。

　　豫章社者,艾南英之所倡也。南英字千子,东乡人,好学无所不窥。万历末,场屋文腐烂,南英深疾之,与章世纯、罗万藻、陈际泰以兴起斯文为任,乃刻四人所作行之世。世人翕然归之,称为章罗陈艾。天启四年举于乡,试进士不第,而南英日有名,负气陵物,人多惮之。两京继覆,江西郡县尽失,南英乃入闽。唐王授御史,寻卒。始王李之学大行,天下谈古文者悉宗之,后钟谭出而一变。至是钱谦益负重名于词林,痛相纠驳。南英和之,排诋王李,不遗余力,与章、罗、陈及徐巨源、傅平叔、万茂先、王于一、黄雷岸、陈士业,连镳共为古文,奉震川为正宗。时陈子龙师承弇州,千子与之论文,极口鄙薄,以为"少年不学,不宜与老学论辩,自取败缺"。海内文章家无不右千子,黄梨洲谓千子"经术之功甚疏,徒有议论"。其摹仿欧曾,与摹仿王李者只争一头面。卧子晚亦趋于平淡,未尝屑屑于摹仿之间,未必为千子之所及也。

　　有明一代文学,盖颠倒于门户抢攘之中,攻何李,伐欧曾,喜声调,尚性灵。入者主之,出者奴之;入者附之,出者污之。施及末流,其争益激,其学益非,而其国亦已不振。然而薪尽火传,前清文学之盛,要亦于此而发其端也。

第五编 近世文学

第一章　前清文学之概观（一）

历代文学之昌盛，以前清为最。前清三百年中，以康乾两朝为最。其原因荦荦大者，盖有三种：（一）学术之发达，（二）国势之强盛，（三）朝廷之奖进是也。

（一）学术之发达　周末诸子百家之学而统一于汉，汉以后儒、老、佛三家之学而陶镕于宋。汉学之特色，求名物训诂度数，其长在考据，而代表之者，孔、马、贾、郑。宋学之特色，尚领悟存养，其长在义理，而代表之者，周、程、朱、陆。汉学近实，宋学近虚。汉学之弊苛碎，宋学之弊迂拘。此其大较也。流及前清，二者并极其盛。于汉学，则康熙朝有顾炎武、阎百诗、毛奇龄、朱锡鬯、胡渭、惠士奇、江永、何焯之伦开其先，乾隆朝有焦循、惠栋、戴震、段玉裁、王念孙、王引之、钱大昕、王鸣盛、阮元、纪昀、汪中、孔广森、孙星衍、洪亮吉、赵翼之徒昌其焰。于宋学，则康熙朝有孙奇逢、李颙、汤斌、陆陇其、李光地、张伯行、方苞、施闰章之属衍其传，乾隆朝则有蔡世远、陈宏谋、朱珪、全祖望、姚鼐、彭绍升、罗有高、汪缙之朋抗其流。各出特长，互争雄长，故文章莫盛焉。考其来源，盖有二种：明自李何倡为复古以后，于是为古文辞者，或崇史汉，或主欧曾，汉宋之标帜，殆已留其小影。杨慎、焦竑起而以博洽矜，承其流者，始厌宋元以来儒者之空疏，勤于爬梳辨析。洎乎晚叶，复社、几社、豫章社各张职志，风流所及，社会云兴。则有若甬上之讲经会，创于陈夔献；明州之鉴湖社，主于李杲堂；太仓之应社，起于顾麟士；武林之读书社，主持于闻子将、严印持。其兴起人才，不可殚述。易代而后遁迹丘樊者，仍以其憔悴枯槁之音，追嘤鸣求友之好。其聚于越中者，有西湖八子为一社，而李文缵为之长；南湖九子为一社，而高宇泰为之长；西湖七子又为一社，而董剑锷为之长；以至翠微峰之易堂九子、宋牧仲之雪园六子，其声力气焰，皆足以矜式后人。故被其风者，蔚然一兴于学，质有其文，此原于讲社之功也。明社既屋，既感夷夏之防，复笃君臣之义，大都抗节不屈，隐居求道。若顾炎武、孙奇逢、黄宗羲、李颙、王夫之、胡渭、万斯大、毛奇龄、江永、魏禧等，皆耽志典籍，自少至老，未尝释手。故或长名理，或通经学，或能文章，以至历史、舆地、步算、律历、音韵之学，靡不淹贯精绝。由是师门递衍，风尚日蒸。而其尤奇者，顾、黄以下诸人，类皆克享大年，多者八九十岁，少者亦六十余岁。故于汉宋两途，能深造自得，含宏而光大之。即其见于文章者，要皆根柢深厚，陶铸百家，此原于修养之富也。

（二）国势之强盛　前清版图之大、武功之盛，历代所未有也。康熙朝剪灭台湾，征服准部；雍正朝削平青海，抚有苗疆；乾隆朝平准噶尔，服缅甸，夷金川，宾安南，戡定回疆，绥抚西藏。于是东起朝鲜，西逾葱岭，北抵西伯利亚，南尽交阯支那，举前代所未臣属者，悉统治于一王。方内大宁，边陲清谧。牛马蔽原野，余粮栖亩田。戴白之氓，老死而不闻兵警。京师繁华，甲于天下。词人才子，生于此太平歌舞之中，故能敬业乐群，优游于文艺之囿，沉潜于翰墨之林，俯察仰观，陶然皆有以自得。其感于物者，既休明而壮盛，斯其见于言者，亦雄大而峥嵘，有汉宋博厚深醇之思，无元明卑靡局促之态。不必叩其大也，即以一技一能观之，若徐基之《十峰集》五卷，自诗赋、古文以及填词，洋洋洒洒，多至数千言，皆集前后《赤壁赋》中字以成之。赵吉士之叠韵千律，凡诗一千五百余首，皆叠金坛于汉翔所贻四首之韵。万红友之《璇玑碎锦》二卷，皆回文诗图，组织工巧。黄之隽之《香屑集》十八卷，皆属集唐之作。周宣武六言咏史诗多至百首。凡此皆属古今创见之业，虽敝精神于无用之地，亦以遭时清晏，得以湛心呫哔，成此敝帚也。

（三）朝廷之奖进　上无提倡，则下少骏奔，所谓待文王而后兴也。前清倡率之功，比于历代尤异。清起长白，犷悍无文。太祖时，以蒙古文合满洲语音，创为满文。太宗命大海榜式翻译汉籍，既而谕诸大臣，八岁以上子弟，必令读书。此为其文教之始。及世祖克定中夏，自知鄙陋不足以怀辑汉人也，而又不胜其慕从之心，故范我文化，用资顺守。其谕礼部诏曰："朕惟帝王致治，文教为先；臣子致君，经术为本。自明末扰乱，日寻干戈。学问之道，阙焉不讲。今天下渐定，朕将兴文教、崇儒术以开太平。尔部传谕学臣，训督士子,凡理学、道德、经济、典故诸书,务要研究淹贯,通古明今。明体则为真儒,达用则为良吏。果有此等实学,朕将不次简拔,重加作用。"康乾两代,继志重光。前后百数十年间,其君既英明而神武,其臣亦博学而多文。朝廷之上,济济雍雍。或赐序文,或赐诗词,文酒交欢,唱酬无间,其风起海内有如此者。而承流宣化之臣,如施闰章、王士禛、阮元、毕沅等,轺车所至,或崇朴学,或扬风雅,菁莪之化,几遍野人,其裁成士类又如此者。至其征聘隐逸,搜求遗书,君臣间所为殷殷不倦者,尤有二特典,足以增进当时之文教:一开博学鸿词科,一编纂图书是也。博学鸿词科,创于唐上元、垂拱间,宋咸淳继之,越四百年而至前清。康熙、乾隆重修此科,以网罗魁奇英异之才。康熙之时得五十人,而被荐者凡百八十六人。乾隆得十五人,补试四人,而前后荐辟共二百六十七人。经术文章之士,莫不赅于其中。词学之盛,盖远度越乎宋贤。而当其时之燕跃鹄踊、争自磨刮、以待征拔者,正不乏人也。而又特开馆局,使从事于图书笔砚之间,食以廪粟。于康熙则有《明史》《佩文韵府》《渊鉴类函》《全唐诗》《康熙字典》等之编纂,于乾隆则有《古今图书集成》《大清会典》《大清一统志》《四库全书总目》、续《通典》《通志》《通考》、皇朝《通典》《通志》《通考》等之撰述。并开四库,以供学者之搜讨,虽其意主牢笼,出于政治上之方略,而影响之所及,足以驱天下于浩博之一途,而益有以自力。承学之士,又以投其结习之所好,亦沉蟬于文史之间,以终其生活,而文学遂以大昌。

有是三因,故前清一代文学盛于历代,试以汉唐宋明比较观之。汉去古未远,学有本原,而拨寻灰烬之余,思泉枯竭。天下新离兵革,北有平城之困,南有尉佗之强。高帝起自亭长,性不喜儒,无当于三因之一,故迟至武、宣而始昌。唐有太宗之文治武功,而承六代绮靡之敝,学术崩离已久,收拾且难,遑言深造。有其二而缺其一,故词盛而理弱。宋始兼乎词理,而五季盗窃,简陋无文,虽有右文之君相,已无雄迈之气风。至于明,三大原因未有其一,故其所得,徒咀嚼古人糟粕之余,而无甚表襮。以此知前清文学之冠绝今古,非偶然也。夫运会之所趋,天地且不得而囷其用。有秦之燔灭,而后有汉之爬搜;有六代之词华,而后有唐之风雅;有儒老释之混流,而后有宋之道学。向使无明季之酝酿留贻,而清至康熙,天下粗定未久,六十年间,人才之盛,亘古无俦,即曰过化存神,岂得遽臻斯诣?是则康熙之人才,孕育于明季者也;乾隆之人才,浸染于康熙之风流者也。播种于东南,而收功实于西北。前清之盛,亦运会使之然哉。

第二章　前清文学之概观（二）

　　一代文学之潮流，必有数派之炫采争奇，而后滂沛而充盛。明代程朱、陆王之争，史汉、欧曾之讼，至清初稍息，而汉宋之门庭始兴。治其学者，类能蓄道德而能文章。康雍之间，魏禧、汪琬、姜宸英、计东、方苞之属，号为古文专家。而施闰章、宋琬、王士禛、朱彝尊、查慎行、赵执信之流，联镳接轨，各以诗鸣海内，盖郁郁乎文已。纯皇御宇，考艺修文，天下益翕然侈为繁博综稽之学，标汉学之帜，以攻有宋诸儒。为文务博辩闳丽，相尚以考据骈俪。惠栋、戴震、王鸣盛、钱大昕、胡天游、邵齐焘、孔广森、洪亮吉、汪中之徒，蔚然四起。于时姚鼐独崇义理，矫为方氏之传，以号于天下，由是学者多归向桐城，号桐城派。而阳湖恽敬、张皋文亦起而倡为古文，与之枹鼓相应，遂又有阳湖派。诗自渔洋提倡神韵以后，传者踵继。虽赵执信与相崎龁，而卒莫能撄其锋。逮翁方纲、袁枚、沈德潜出，或求格律，或主性灵，于是神韵派始衰，沈氏之学特盛。道、咸以降，学者承乾隆季年之流风，士犹高语周、秦、汉、魏，薄淡远简朴之文为不足为。而姚莹、梅曾亮、曾国藩之伦，相与衍方姚之遗绪。而曾氏尤折衷汉宋，兼取二者之长。会其时，欧学东侵，士颇注目于外情。魏源、冯桂芬、薛福成辈首以其说导海内，汉、宋门户之争，庶几乎熄矣。诗大半奉杜，或衍昌谷、玉溪，或介昌黎、山谷，要不越归愚之范围。综而论之，前清文学茁发于康熙，烂漫于乾隆。道、咸以还，内变递起，外压方兴，文学一途，遂生顿挫。然前轨未远，流风犹存，尚足称一时之盛。光绪甲午而后，国威忽坠，情见势绌，忧国之士，始有奋发图强者。康祖诒、梁启超师弟，拔自新进，出其雷霆精锐之才，改易更革，以振刷天下之耳目。虽变不旋踵，亦足牖我光明。自非风气蔽塞之乡、脑筋迟钝之子，莫不舍其旧而新是谋。朝野上下，新旧始骚，卒之旧者早丧其精，新者止掠其似。旧者腐烂而无用，新者吊诡而难行，二者交讧，而文学益以荒落。此前清三百年盛衰升降之大略也。

　　前清文学之盛极矣，而康、雍、乾三朝文字之狱递兴，亦为历代所未有。

盖清以外族入主中夏,逆知汉人之不服,故猜防疑忌之念深。而汉人以素习于攘夷之教,故久而不驯其化。由是而见于著述、发之歌咏者,往往有之。亦有偶失检点,因疑构祸,若庄廷鑨之史祸、戴名世《南山集》之祸、查嗣庭之北闱狱、《大义觉迷录》之曾氏狱、陆生枏之狱、胡宗藻之狱、徐述夔之狱,或以记述冒犯,或以议论悖逆,或以诗词讥刺。甚者以试题字面堪疑,而目为不道;以著作忘题年号,而指为叛夫。若斯之类,不胜枚举。希旨邀功之徒,章上其事,考逮熏灼,动至百千,生被族诛,死受尸戮,天下震骇,老幼寒心。夫人情挫辱,则义节之风损;法防繁多,则苟免之行兴。身处忌讳之朝,时虑吹求之吏,由此父兄师保相戒为谨敕之行,屏气窒息,不敢少放于言,卒以养成罢软卑劣之风,婾婀驽蹇之习。自明季东林讲学,士大夫恫于国势,相率为激讦之行,民气庶几稍起,乃一剪于逆阉,再挫于奸相。清起而尤痛抑其焰,驱士林于无用之学,务斫而小其材。而生其时者,又不欲与闻国政,窜身艺林。后起者震于风波之潜骇,益依古籍以为明哲之方。破碎之汉学、禅寂之宋学、熟烂之时文、浮丽之词章,浸淫漫衍,而国华于以徂谢。三百年中,何尝有一环玮瑰奇之彦,陈长沙之策,上同甫之书,卒至降国与学,区为二物。龚自珍曰:"言文而行让,王者之所以养人气也。籥其府焉,徘徊其钟虞焉,大都积百年之力,以震荡摧锄天下之廉耻。既殄既狁既夷,顾乃席虎视之余荫。一旦责有气于其臣,不亦莫乎?"盛之中有其衰焉。觇世道者,盖于此而咏叹矣。

昌黎有言曰:"文章岂不贵,经训乃菑畲。"前世之以文不朽者,要皆原本经史。而清一代文人,类能说经铿铿。列于经师儒林者,抑足与于文苑之选。今取其文采表著者,并缀于篇。

第三章 明季遗老（一）

前清文学之盛，实由明季遗老开其源。而遗老中之以学问文章津逮后人尤远者，莫如黄宗羲、顾炎武、王夫之，即世所称"国初三先生"。

黄宗羲，字太冲，号南雷，余姚人，世称梨洲先生。父尊素，明天启中御史，以劾太监魏忠贤遇害。时宗羲年十九，袖铁锥入都讼冤。至则忠贤已诛，因锤击逆阉余党，并杀害父二狱卒。归益肆力于学，经史百家无所不窥。受业刘蕺山之门，与弟宗炎、宗会并负异才，有"东浙三黄"之目。清兵南下，纠合里中子弟数百人，号世忠营，拒清兵。军溃，亡命走剡中。其后海上倾覆，知无恢复望，乃奉母返里门，毕力著述，而四方请业者日至，清廷屡征不起。康熙三十四年，年八十有六卒，门人私谥曰文孝。宗羲为学，虽出于姚江之派，然以慎独为宗，实践为主，不恣言心性，堕入禅门。凡横渠之礼教、康节之象数、东莱之文献、艮斋止斋之经制、水心之文章，莫不兼而有之，尤尝以古文自命。其论文，以为文必资于学，曰："读书当从六经，而后史汉，而后韩欧诸大家。浸灌之久，由是而发为诗文，始为正路。舍是则旁蹊曲径。"又曰："自唐以后，为文之一大变，然而文章之美恶不与焉。其所变者，词而已；所不可变者，千年如一日也。"此论足以破明世门户之争，扫文士逐末之习矣。故其文不名一家，晚年尤爱谢皋羽文，以所处之地同也。诗尚独得，而幽折婉劲，有《南雷文案》《诗历》若干卷。

顾炎武，字宁人，昆山人，或自署曰蒋山佣，学者称亭林先生。少与里中归庄相善，共游复社，相传有"归奇顾怪"之目。清兵下江南，谋与邑令杨永言、嘉定诸生吴其沆及归庄起兵。奉故郧抚王永祚，以从夏允彝于吴中。兵溃，其沆死之，永言行遁去，炎武与归庄幸脱免。鼎革后，流寓四方，凡六谒孝陵，六谒思陵。足迹所至，北则燕赵，东抵齐鲁，南上会稽，西历关陇，往还河北诸边塞者凡十年。始卜居陕之华阴，大臣争欲荐之，屡以死拒，得免。康熙二十年，年六十九卒。炎武少有异禀，于书无所不窥，尤留心经世之学。凡邦家之典礼、郡国之利病,以至天文、地理、兵术、农政之事,靡不通晓。其出游,以二马二骡载书自随,所至厄塞,即呼老兵退卒,询其曲折。或于平日所闻不合,则即坊肆中发书而对刊之。或径行平原大野,无足留意,则于鞍上嘿诵诸经注疏以为常。故其学问赅博,考证精详,当时称为鸿儒。生平耻为文人,谢绝应酬文字,尝曰:"文不关于经术政理之大,不足为也。韩公起八代之衰,若但作《原道》《谏佛骨表》《平淮西碑》《张中丞传后序》诸篇,而一切谀墓之文不作,岂不诚山斗乎?"李二曲为其母求传再三,终谢不作。顾不轻为文,而文与诗均无愧作者,骈文亦俊迈有逸致,著有《亭林诗文集》。

　　王夫之,字而农,号姜斋,学者称船山先生,衡阳人。少负异才,读书十行俱下,逾冠,与兄介之同举崇祯乡试。明年,张献忠陷衡州,执其父以为质。夫之自引刀刺其肢体,舁往易父。贼见其重创也,免之,父子俱得脱。未几,北京陷,涕泣不食者数日。顺治四年,清兵下湖南,因走桂林。大学士瞿式耜疏荐于桂王,已而授行人。寻闻母病,间道归,至则母已前卒。其后桂林倾覆,知天下事已不可为,决计老牖下。深自晦匿,浪迹郴、永、涟、邵间,最后归衡阳之石船山,筑土室曰观生居。著书五十二种,道光时,邓显鹤始刻其书十八种行世。其后曾文正兄弟复续刊其未尽者,统名《船山遗书》。夫之生平论学,以宋儒为门户,以宋五子为堂奥,而尤推尊横渠。生逢鼎革,自以先世为明世臣,存亡与共。始则崎岖岭表,备尝险艰;继则窜身猺峒,远迹人世。故国之戚,无间死生。本不自以文名,而余事之见于文词者,随地涌出,不假修饰,自成一种至文。其志洁而芳,其言哀以思,若前后所咏《落花诗》及《鼓枻词》,要皆骚怨之遗,方之阮籍《咏怀》、陶潜《述酒》,何多让焉?

　　此外以性理学称者,有孙奇逢、李颙、陆世仪。夏峰以象山阳明为宗,而通以朱子之说;二曲接关学之遗,主于悔过自新,于程朱陆王不为左右袒;桴亭则恪守程朱家法。皆不应征聘,开有清一代风气之先者也。

第四章　明季遗老（二）

　　明季遗臣，专以诗文著称者甚众。或抗志而甘枯槁，或腼颜而仕新朝。若侯、魏、钱、吴之伦，皆卓跞一时，风起后进者也。

　　侯方域，字朝宗，号雪苑，商丘人。祖、父皆明显官，与方以智密之、冒襄辟疆、陈贞慧定生，号"四公子"。在南都，以清议自持，力排魏阉余党。及福王监国，魏阉义儿阮大铖得势，将尽诛党人，方域走免。明亡后，奉父归乡里。顺治十一年卒，年三十有七。方域为人豪迈，多大略，喜任侠，不苟然诺。周人之急，千金不吝。初放意声伎，已而悔之，发奋为诗古文。文类于其人，才气奔放，超轶雄悍，如健鹘磨空、鲸鱼赴壑。魏禧称为"目睛不及转瞬"，盖在于此。然其才气盛而学力未逮，疏畅有余，深厚不足，亦享年不永，未臻厥成也。生平尤长于叙传，淋漓顿挫、激昂震荡之处，直摩史迁之垒。青门、湛园、勺庭、尧峰诸人之叙传，非无可称，而比于雪苑神来之笔，几有仙凡之别。至其感怀烟景、寄意酒杯、吊往思来之作，允为风神特妙。汪琬云："《壮悔堂集》中书策志铭，极多奇构。宁南一书，尤酷拟史迁，可推近时作者。"王士禛云："近日论古文，率推侯朝宗第一，远近无异词。"而朱彝尊亦云："文章之难，自雪苑之外，合于作者盖寡。"信乎三子之推尊为不诬已。

　　魏禧，字冰叔，号勺庭，又曰裕斋，宁都人。兄弟三人皆善文，时号"宁都三魏"，而禧尤著，人呼曰"魏叔子"。年十一为诸生。甲申之变，愍帝死社稷，禧号恸，日哭临县庭，愤咤不欲生。谋举义兵不果，乃弃诸生服，隐居教授。与彭士望、林时益等九人移家翠微峰，所谓易堂诸子也。自是益肆力古文辞，喜读史，尤好左氏及老苏之文。其为文主论议，凌厉雄杰。遇忠孝节烈事，则益感慨，摹画淋漓。年四十，乃出游，涉江逾淮，至吴越。泛交天下奇士，大抵率遗民也。康熙中，被举博学鸿词，以疾辞。后二年，赴扬州故人约，卒于仪征，年五十七。所著有《文集》《日录》《左传经世》诸书。其论文谓："学柳州易失之小，学庐陵易失之平，学东坡易失之衍，学颍滨易失之蔓，学半山易失之枯,学南丰易失之滞,惟学昌黎、老泉少病。然昌黎易失之生,老泉易失之粗,病终愈于他家。"所作雄深雅健,霸气棱棱,能寓变化于法度之中,节制愈森严而笔力愈奇纵。纪文达谓为策士之文,程伯垂称为文之飞将军。世恒谓雪苑叙传、叔子议论为文坛双妙。清初文家,无出此二家之右者。然叔子叙传,曲折迷离,姿态横生,亦不可抹视。冯少渠云:"其文之曲折处在能纵,然其病亦正在此。波折太过,往往不免缪戾。"

同时江右有王于一,亦工诗古文,为人倜傥自豪。晚寓浙中西湖僧舍,所著有《回照堂文集》。为文如殷雷未奋,又如奔崖压树,槎枒盘礴,旁枝得隙,突然干霄。自明季公安、竟陵之说盛行,文体日琐碎。于一与新建陈士业、徐巨源、欧阳宪万辈,均能独开风气。于一名猷定,号轸石,士业名宏绪,号石庄,巨源名世溥,宪万名斌元,皆遗民也。

钱谦益字受之,号牧斋,常熟人。明万历三十八年进士,崇祯初为礼部尚书。清兵下江南,谦益迎降,仍授原官,兼秘书院学士,以史局副总裁修《明史》。已而引疾归江南,十余年卒,时年八十三。谦益才力富健,学殖鸿博,主文章之坛坫者五十年,几与王世贞相上下。极力排抵李何王李,二袁、钟谭尤不在齿数,一时帖耳推服。所作叙事必兼议论,而恶剽袭。词章贵铺序而贱雕巧,可谓堂堂之阵、正正之旗。然有数病。阔大过于震川而不能入情,所用词华,每每重出。至以朝廷之安危、名士之殒亡,判不相涉,以为由己之出处,故有识者掇为《正钱录》以讥之。诗沉郁藻丽,原本杜陵,出入韩白、苏陆、元虞诸家。逸情高致,在梅村、祭酒之上。沈归愚称其生平著述,"大约轻经籍而重内典,弃正史而取稗官,金银铜铁合为一炉"。六十以后则颓然自放,尊之者谓上掩古人,薄之者曰澌灭唐风,均非公论。著有《初学》《有学》二集。谦益以明世显宦,义当与国存亡,而临难苟免,其大节固已乖矣。至乃名列《贰臣》,著述尽毁于乾隆之朝,反以资挑妻者励臣节、正人心之术。而沈氏之《国朝别载集》,亦以敕命全行删去,即区区文华何有哉?吴伟业,字骏公,号梅村,太仓人。少游复社,张溥甚重之,因从受业。崇祯四年成进士,稍迁南京国子监司业。明亡归乡里,奉父母读书,不通请谒。侯朝宗赠书,诚以必全臣节，无出仕新朝。会荐剡交上，有司敦迫就道，遂出为秘书院侍讲、国子监祭酒。间岁丁忧南还，因坚卧不起，康熙十年卒。有《梅村集》四十卷。纪文达称："其少作，大抵才华艳发，吐纳风流，有藻思绮合、清丽芊眠之致。及乎遭逢丧乱，阅历兴亡，激楚苍凉，风骨弥为遒上。暮年萧瑟，论者以庾信方之。其中歌行一体，尤所擅长。格律本乎四杰，而情韵为深；叙述类乎香山，而风华为胜。韵协宫商，感均顽艳，一时尤称绝调。……惟古文每参以俪偶，既异齐梁，又非唐宋，殊乖正格。……盖词人之作散文，犹道学之作韵语，虽强为学步，本质终存也。"伟业强迫出山，原非本志，尝以枉节为生平恨事，其集中往往见之。属疾时，调寄《贺新郎》一首，尤极悲咽。又作令书自叙事略曰"吾一生遭际，万事忧危，无一刻不历艰难，无一境不尝辛苦，实为天下大苦人。吾死后，殓以僧装，葬吾于邓尉、灵岩相近。墓前立一圆石，题曰：诗人吴梅村之墓"云云。察其心事，比于谦益之无耻，不可同日而语矣。

与钱、吴齐名者，有龚鼎孳，亦《贰臣传》中人也。字孝升，号芝麓，合肥人，与牧斋、梅村有"江左三大家"之目，而所作实不及钱、吴。此外明遗逸中，尚有以诗古文名者，大抵不脱公安、竟陵之余习云。

第五章　清初之文学

明季文社之盛，多在东南。硕彦鸿生，苍头特起，故其文章几冠被天下。清初翰苑之士，大都于此取材焉。而其著声都下者，有施闰章、宋琬、汪琬、姜宸英辈。施、宋二人于诗尤高，汪、姜二子于古文为著。一则拔神韵派之前茅，一以启桐城派之途径。

施闰章，字尚白，号愚山，宣城人。顺治六年进士，授刑部主事，补员外郎。寻擢山东提学佥事，秩满，迁湖西道参议，居无何，以裁缺归，里居十年。诏举博学鸿儒，召试授侍讲，纂修《明史》，寻转侍读，康熙二十二年卒。闰章弱冠工制举业，兼治诗古文词。其在官，以文学饬吏治。自入史馆后，士大夫求碑版诗歌者，趾错于户，四方名士负笈问业无虚日，一一应之不少倦。平日口期期若不能言，及谈忠孝奇节，辄抵掌奋发，慷慨流涕不能已。遇羁人才士失志无聊，多方为之延誉，士以此益归其门。著有《学余堂集》。

宋琬，字玉叔，号荔裳，莱阳人。顺治四年进士，授户部主事，稍迁吏部郎。历任永平兵备及绍宁台道，被诬去官，流寓吴越。复起为四川按察使，入觐，留京师。而吴三桂叛陷成都，妻子皆在蜀，忧愤而卒。性孝友，虚怀下士。工诗古文词，盛名满天下。与施闰章埒，有"南施北宋"之目。著有《安雅堂集》。

施、宋二子，各因其所生之地，而气质有刚柔之不同。施以温柔敦厚胜，宋以磊落雄健胜。一以学，一以才也。王士祯谓荔裳诗"自游浙江后，颇拟放翁五言歌行，时闯杜、韩之奥。其入蜀后，歌行气格深稳"。又谓其诗"虽好用人名，而不陷于点鬼簿，典切浑成，良不易到"。愚山之诗，自谓"譬之作室者，瓴甓木石，一一俱就平地筑起"。纪文达尝以之与渔洋较论，颇得其要，谓"士祯之诗，自然高妙，固非闰章之所及。而末学沿其余波，多为虚响。以讲学譬之：王所造如陆，施所造如朱。陆天分独高，自能超悟，不必拘守绳墨。朱则笃实操修，由积学而渐进。然陆之学，惟陆能为之。杨简以下，一传而为禅。朱学数传以后,尚有典型,虚悟实修之别也"。

清初兵革甫息,而文章之盛,常在江南。荔裳、愚山,首与丁药园、张谯明、严灏亭、周釜山、赵锦帆唱酬日下,鼓吹斯文,号"燕台七子"。先是,药园又与其同里陆圻、柴绍炳、毛先舒、孙治、张纲孙、吴百朋、沈谦、虞黄昊、陈延会诸人,称"西泠十子"。而愚山同里亦有梅清、梅庚、高咏、袁启旭工诗,稍后于愚山,而咏之名与愚山齐,人号"宣城体"。咏字阮怀,号遗山,有《遗山堂》《若岩堂》等集。药园名澎,字飞涛,浙江仁和人,著有《扶荔堂集》。

汪琬,字苕文,号钝庵,长洲人,学者称尧峰先生。顺治十二年进士,观政通政司,未几谒归。肆力古文辞,尝慨然念前明隆、万以后,古文道丧,乃由南宋以上溯韩欧,卓然思起百数十年文运之衰。寻补户部主事,改刑部员外郎,迁郎中。公退,无时不以古文自操。尝与龚鼎孳、李天馥、王士祯、陈廷敬、宋荦、刘体仁、董文骥等以诗文相切劚。而琬因文见道,务为经世有用之学,故历官皆有可称。免官归,结庐尧峰,居九年,益闭户著书。康熙十七年,举博学鸿儒,授编修,与修《明史》,逾年归。康熙二十九年卒。著有《钝翁类稿》。其学于《易》《书》《诗》《春秋》《三礼》《丧服》,咸有发明。尝语学者曰:"学问不可无师承,议论不可无根据,出处不可无本末。"其论文谓"前贤之学于古人者,非学其词也,学其开阖呼应、操纵顿挫之法,而加变化,以成一家"。故其为文,法有余而才不足。意固以庐陵、震川为归宿,而边幅局促,意绪迫狭,殆非侯、魏之匹。但其精炼明晰,亦自有过人者。《简明目录》称为"驯雅温粹,霭然儒者之文",盖为近之。性卞急,好诋诃,见文字必摘其瑕,故恒不满于人,亦恒不为人所满。琬矜博洽,而有阎百诗纠其谬;琬矜词章,而有王阮亭折其锋。琬之劲敌,略可见矣。

姜宸英,字西溟,一字湛园,慈溪人。少工诗古文辞,为诸生,名彻九重。圣祖尝谓侍臣曰:"闻江南有三布衣,尚未仕耶。"三布衣者,朱彝尊、严绳孙及宸英也。会征鸿博,两布衣皆入翰林,而宸英未豫。寻荐纂修《明史》,仍许于试,主试者争欲得之。顾宸英性疏纵,醉后违科场式,累被斥。康熙三十六年,年七十矣,试于礼部,复违格。主者慕其名,为更正之,成进士。及廷对,帝问:"进呈十卷中,有浙人姜宸英乎?宸英绩学能文,至老不倦,可置一甲,为天下读书人劝。"遂以第三人赐及第。后以非罪死狱中。宸英论文,以为"周秦之际,莫衰于《左传》,莫盛于《国策》"。闻者颇骇之。为文雅健,有北宋人遗意。魏叔子谓:"朝宗肆而不醇,尧峰醇而不肆,宸英在醇肆之间。"时韪其论。诗宗浣花而参之玉局,以尽其变。有诗文集若干卷。

此外,与尧峰、西溟相角而以文鸣当世者,有叶燮、严虞惇、计东、潘耒、邵长蘅、孙枝蔚诸人,然究不及尧峰之温雅、西溟之宏肆。

叶燮,字星期,号已畦,吴江人,学者称横山先生,康熙九年进士。其论文谓:"议论不蹈袭前人。卓然自吾立,方为立言。"论诗曰生,曰新,曰法;有死法,有活法;死法为定位,活法为虚名。死法初学能言之,活法作者之匠心,不可言也。所作诗,意必钩元,语必独超,宁不谐俗。时吴中称诗者多宗范、陆,究所猎者,范、陆之皮毛耳。因著《原诗》内外篇,力排其非,吴人士多从之。汪琬居尧峰,说经硁硁,燮持论与相凿枘,门下士亦互有诋諆。及汪殁,乃曰:"吾向不满汪氏文,亦谓其名太高、意气太盛,故麻列其失以规之,非谓缪盭于圣人也。且汪殁,谁讥弹吾文者。"乃取向所摘汪文短处悉燔之。其门下士,沈德潜最著。计东、潘耒与燮同邑。东字甫草,号改亭,为人有奇气。幼受业张溥之门,弱冠著《筹南五论》上阁部史公,史公奇之。其深明大略,陈同甫莫能过也。顺治十四年,举顺天乡试,三试春官不第,遂浪游四方。在吴中,与徐健庵、汪尧峰、尤西堂诸人狎主齐盟。卒年五十有二。耒字次耕,号稼堂,顾亭林高座弟子也。康熙己未,以布衣举鸿博。为学淹贯,无所不通,诗古文尤精博无涯涘。严虞惇,字宝成,号兴庵,常熟人,与宸英同榜一甲第二人。为文陶铸群言,与欧曾相近。江南人士刻其集,以继震川之后。邵长蘅,字子湘,号青门,武进人也。为文长于叙事,醇而肆,简洁而雄深。大抵英爽飙发不如朝宗,而根柢胜之。明切善议论不如叔子,而春容胜之。清初布衣以文鸣者,朝宗、叔子外,惟青门可与鼎足云。

第六章　王渔洋、朱竹垞

　　清初词人,皆厌王李之肤廓、钟谭之纤仄。谈诗者颇尚宋元,而宋诗之质直,流而为有韵之语录;元诗之缛艳,化而为对句之小词。王士禛崛起其间,以清新俊逸之才,成兴会神到之作。其持论略本严羽,曰"诗画一指",曰"诗禅一致",曰"舍筏登岸"。禅家以为悟境,诗家以为化境。苟刻舟求剑,缘木求鱼,是亡天机神化之妙者也。特选《古诗选》《唐贤三昧集》,以示学者准的。而《唐贤三昧集》不取李杜诗,而以王维压卷,虽曰仿王介甫百家例,然其微意固有在矣。

　　士禛以神韵之说为海内倡,主诗坛之盟者五十余年。而其名位声望,又足以倾动天下,士大夫识与不识,莫不仰之如泰山北斗,翕然奉以为宗。于是所谓"不著一字,尽得风流"之神秘说,遂传为诗家之真谛,俨然为一代正宗。士禛字贻上,号阮亭,自称渔洋山人,世为新城右族。顺治十五年进士,仕至刑部尚书。康熙五十八年,年七十八,卒于家。士禛少为钱牧斋所重,及长,学殖日进,声望日高。尝游历下,集诸名士于明湖,赋秋柳诗,和者数百人。在京师与汪苕文、程周量、刘公勇、梁曰缉、彭羡门、董文骥以诗相唱和。在扬州与林茂之、杜于皇、孙豹人、方尔止等修禊红桥,又与陈其年、邵潜夫等修禊如皋冒氏之水绘园。每公暇,辄召宾客,泛舟载酒平山堂。吴梅村云"贻上在广陵,昼了公事,夜接词人",盖实录也。迄官礼部,复与李湘北、陈午亭、宋牧仲及汪程、刘梁等为文社。时宋荔裳、施愚山、曹顾庵、沈驿堂皆在京师,与士禛兄弟唱酬无虚日。又尝奉使南海、西岳,遍游秦晋、洛蜀、闽越、江楚间。所至访其贤豪,考其风土。遇佳山水必登临,融怿会粹,一发之于诗,故其诗能尽古今之奇变,蔚然为一代风气所归。遭遇圣祖留意文学,特诏赋诗称旨,所被恩宠优渥。乾隆中,高宗特旨,以士禛绩学工诗,在本朝诸家中流派最正,赐谥曰文简。所著有《带经堂集》九十二卷,他著述称是。兄士禄字子底,号西樵,顺治十六年进士。士祜字子测,号东亭,康熙九年进士。计东曰:"三王并工诗,西樵、阮亭早达,故声誉隆起。若东亭之才,讵肯作蜂腰哉?"

渔洋诗旖旎风华,含情绵渺。入蜀以后,诗骨愈苍,诗境愈熟,濡染大笔,积健为雄。钱牧斋曰:"贻上之诗,文繁理富,佩实衔华。感时之作,怆恻于杜陵;缘情之什,缠绵于义山。"徐乾学曰:"先生于诗,择一字焉必精,出一词焉必洁。"施愚山曰:"先生诗举体遥隽,兴寄超远。殆得三唐之秀,而上溯乎晋魏,旁采于齐梁。"然神韵之说,足矫明代模拟之风。而其敝也,馁莽苍之气,缚遒折之力。偏于修辞,有类獭祭,未免近于空廓,此其所以为世訾謷也。故美之者多,短之者亦多。当渔洋声望奔走天下士时,而吴乔目之为"清秀李于鳞",汪琬亦诫人云:"勿效其喜用僻事新字。"宋荔裳尝譬之为一良家女,五官端正,吐属清雅,又能加宫中之膏沐、熏海外之名香,故能倾动一时。而赵执信特作《谈龙录》诋为"缥缈无着"。袁子才后起,曰:"阮亭主修饰而略性情。观其到一处必有诗,诗中必用典,此可想见其喜怒哀乐之不真。"其论诗绝句云:"不相菲薄不相师,公道持论我最知。一代正宗才力薄,望溪文集阮亭诗。"惟纪晓岚评之曰:"渔洋古体,惟宗王孟,上及谢朓而止。以较十九首之惊心动魄、一字千金,则有天工人巧之分。近体多近钱郎,上及李颀而止。律以杜甫之忠厚缠绵、沉郁顿挫,则有浮声切响之异。"此论甚为平允。凡神韵之妙,在一片天机兴会,篇幅大者,固非所宜。而渔洋之才,又未足以斡旋之,故绝句最所擅长。太白以后,殆绝俦匹。虽排诋不少,而倾服者,卒未尝易也。

与渔洋齐名者有朱竹垞,名彝尊,字锡鬯,秀水人。年十七,弃举子业,肆力古学,凡天下有字之书无不披览。以饥驱走四方,北出云朔,南逾岭峤,东浮沧海。登之罘,经瓯越,所至丛祠荒冢金石断缺之文莫不搜剔考证,与史传参互同异。其为文章亦奇。康熙十七年,举博学鸿儒,除翰林院检讨,预修《明史》,又预修《一统志》,以事罢官归里。结曝书亭荷花池南,家居十九年,藏书八万卷,著述不倦。康熙四十八年,年八十有一卒。有《曝书亭集》八十卷。竹垞记诵博洽,妙于诗文,尝谓"诗文须本经史,否则浅陋剿袭"。入词馆,日与诸名宿掉鞅文坛。时王渔洋工诗而疏于文,汪苕文工文而疏于诗,阎百诗、毛西河工考证,而诗文皆次乘。独竹垞兼有诸家之胜,所为文雅洁渊懿,根柢盘深。其题跋诸作,实跨刘敞、黄伯思、楼龠之上。诗牢笼万有,与渔洋并峙,为南北二大宗。论者谓"王才美于朱,而学足以副之;朱学博于王,而才足以运之"。朱贪多,王爱好,二人似未易优劣,实则朱之文在渔洋文略之上。朱之苍劲,可敌王之高华。跌宕者出于杜韩,冷峭者合乎皮陆,殆无施而不可也。其所为见绌者,声望之高与慕从者之盛,不及阮亭耳。

渔洋以名位之尊,生于承平之世,所至宏奖士类,提倡风雅。得其一言赏拔,莫不名誉鹊起,闻其风者,益思依以扬声。门徒之盛,如梅庚、洪昇、吴雯、朗廷槐、刘大勤、史申义、汤右曾辈,皆足为一代诗豪。世所传者,有《师友渊源录》《燃灯纪闻》。即播至朝鲜,姜山、冷斋、楚亭诸人莫不宗仰之,其教义之广被可知也。然当其时,除竹垞外,尚有与渔洋角逐者,若宋荦、田雯、彭孙遹、查慎行之伦,皆与之骧首齐驱,割据坛坫。即如岭南三家,亦几尉佗自王,独开风气。荦字牧仲,号漫堂,商丘人,仕至吏部尚书。诗文皆为当代所推,著有《绵津诗集》。诗宗子瞻,名与渔洋齐,有《渔洋绵津合刻诗》行世。雯字紫纶,号山姜,德州人,康熙三年进士,官至户部右侍郎,著有《古欢堂集》《长河集》。诗文皆组织奇丽,其纵横排奡之气,几欲驾渔洋而上之。孙遹,字骏孙,号羡门,海盐人。康熙十七年,以试鸿博第一授编修,充《明史》总裁。工诗,与渔洋齐名,时号彭王。著有《松桂堂集》。慎行字悔余,晚号初白,海宁人。康熙四十二年进士,授编修。尝游学黄梨洲之门,又受诗法于钱、田间。诗学苏陆,才气开展,工力纯熟,微少蕴藉。盖其书卷少,不能使典,又好议论,专用白描,亦其失也,稍后于渔洋,实可与之并武。岭南三家,陈元孝恭尹、屈翁山大均、梁药亭佩兰也,而恭尹为称首,诗清迥拔俗,得唐贤三昧。古体间入选理。洪稚存论岭南三家,有句云:"尚得古贤雄直气,岭南犹似胜江南。"其声价盖可知矣。

第七章　方苞、刘大櫆

　　一代文章之盛,必有魁耆之儒,以树其中心势力。唐之昌黎、宋之庐陵、元之道园、明之震川,或起于国初,或出于中叶,万山磅礴,独屹主峰。清初人文飙起,照烂连城,然或学养未纯,津逮不远。及桐城方苞振起于康熙之末,别裁诸伪体,一发为纯理之文。姚姬传出而衍之,而后清之古文俨成一王之法,信乎其才有过人者矣。

　　方氏论学,一以宋儒为宗。其说经,皆推衍程朱之学,尤精者为三礼,晚年七治《仪礼》,次之为《春秋》,皆有成书。间读诸子,于荀、管二家别有删定本,皆行于世。论文严于义法,非阐道翼教、有关人伦风化不苟作。凡所涉笔,皆有六籍之精华寓焉。读其文,知其笃于伦理,有中心惨怛之诚。盖其宅心之实、与人之忠,随所触而流露。夙不喜班史及柳文,常条举所短而力诋之。人或以为过,而自守其说弥笃。尝谓"自南宋以来,古文义法不讲久矣。吴越间遗老尤放恣,无一雅洁者,古文不可入语录中语、魏晋六朝人藻丽俳语、汉赋中板重字法、诗歌中隽语、南北史佻巧语",又谓"周秦以前文之文法无一不备,唐宋以后,步趋绳尺而犹不能无过差"。是以所作上规史汉,下仿韩欧,不肯少轶于规矩之外,而擅其峻洁。著有《望溪文集》行世。

　　方苞,字灵皋,桐城人,学者称望溪先生。少游太学,李光地见其文,叹曰:"韩欧复出,北宋后无此作矣。"姜宸英亦称之曰:"此人吾辈当让之出一头地。"万斯同尤奇之,谓曰:"子于古文,信有得矣。然愿子勿溺也。唐宋诸家,惟韩愈氏于道粗有所明,其余资学者爱玩而已,于世非果有益也。"苞自是一意穷经,于通志堂徐氏所雕九经,凡三度芟薙之,取其粹言而会通之。不喜观杂书,以为徒费目力,玩物丧志而无所得。尝与姜西溟、王昆绳论行身祈乡曰:"学行继程朱之后,文章在韩欧之间,其庶几乎。"康熙四十五年举进士,闻母疾,未释褐遽归。《南山集》祸作,苞牵连下狱论死,李光地力救之得免死。隶旗下,以白衣直南书房,寻拜武英殿总裁。世宗即位,诏免旗籍,擢内阁学士。乾隆初,迁礼部右侍郎,未几,为忌者所中落职。十四年,年八十有二卒。兄舟,字百川,工制举文。苞治古文,诂诸经,皆舟发其端。卒年三十七。

望溪之文,后人推尊至矣。清淡简远,于韩欧以后自为一宗。然雄伟博大之处,方之古人,良为未逮。虽曰才短,亦以遭时摧忌,深自敛抑,不敢为高论放言,故益趋于谨约。或曰:"试观望溪,能吃得住一二大题目否?能叙得一二大名臣真豪杰否?能上得万言书痛陈利病否?"洵不免论者之反唇矣。

与苞同里者有刘大櫆,字耕南,号海峰,工诗古文。当康熙末,方苞名重京师,见其文大奇之,语人曰:"如苞何足言,同里刘大櫆,今世韩欧才也。"自是,天下皆闻海峰名。然辄试不遇,卒年八十三。其文喜庄子,尤力追昌黎,然比于方氏之深醇,不逮远甚,其所由见重者,姚鼐表彰之力耳。诗格亦苍劲入古,为文名所掩,著有《海峰诗文集》。

第八章　神韵派之反抗者

方渔洋以神韵之说倡导海内,士林皆为之风靡。而首倡异议者,厥有赵执信;入乾隆世,又有翁方纲、袁枚、沈德潜诸人掎其后。王氏之说,几于遏而不行。而其诗箓乃禅于沈氏,故沈氏之与渔洋,可称前清二大宗派。

赵执信,渔洋之甥婿也,辈为晚出。执信通籍时,当世号为能诗者麇集辇下,而渔洋为之魁。古诗自汉魏六朝至初唐诸大家,各成韵调,变律者多不讲,与古法戾。渔洋自负妙契,执信往请问,渔洋靳焉,执信宛转窃得之。因著《声调谱》以发其秘,又著《谈龙录》力诋之。渔洋初见其诗,厚相知赏,为之延誉。及执信罢官归里,人构诸渔洋,遂见疏薄,而执信归向常熟冯氏,不顾也。冯氏者,名班,字定远,号钝吟。其说诗力排严羽,尤不取江西派,而论事多达物情,论文能究古法。执信最为折服,一见《钝吟杂录》,即叹为至论,终身守之不敢背,称为私淑弟子。执信诗峭折有余,酝酿不足。纪昀曰:"王以神韵缥缈为宗,赵以思路镌刻为主。王之规模阔于赵,而流弊伤肤廓;赵之才力锐于王,而末流病纤小。两家互救其短,乃能各见所长。"执信字伸符,号秋谷,晚号饴山老人,山东益都人也,著有《饴山堂诗文集》。

翁方纲,以学为诗者也。字正三,号覃溪,大兴人,精于金石、谱录、书画、词章之学。诗宗江西派,出入山谷、诚斋间,多至六十余篇。其论诗谓渔洋拈"神韵"二字,固为超妙。但其弊恐流为空调,故特拈"肌理"二字,盖欲以实救虚也。所为诗,自诸经注疏以及史传之考证、金石文字之爬梳,皆贯彻洋溢于其中。虽瓣香少陵、东坡,初不执一家也。方纲早岁显达,典乡试、督学政最多。晚岁罢官家居,岿然为海内文章老宿。其弟子最著名者,有吴嵩梁兰雪、乐钧莲裳等。

袁枚、蒋士铨、赵翼,乾隆中所称为"江左三大家"者也。枚字子才,号简斋,钱塘人,世称随园先生。为人通脱佚荡,颇为学者所诃。为古文骈体,皆才思坌涌,奇想天外,能自发其思。于诗尤纵才力所至,世人心所欲言者不能达,悉为达之。以才运情,使笔如舌,此其长技也。论诗主性灵,正与渔洋神韵说反对,以为"诗者,人之性情也,性情之外无诗"。此说本之袁中郎,适中神韵说病处,然不善用之,失之浅率,有如村妪呴呴。随园老后颓唐,足以证之。其论文谓"文贵曲,天上有文曲星,无文直星。木直者无文,其拳曲盘纡者文也。水静者无文,其挠激于风者文也。孔子曰:'情欲信,词欲巧。'巧者,曲之谓也"。故其文提顿呼应、离合断续之间皆有条理,而病在贪多,好引僻书,喜用奇字,不免为才所累。士铨字心馀,一字苕生,号清容,铅山人。为人深于情,勇于义,常以扶植末俗纲常为己任,遇忠孝事,辄以长歌记之。凄怆激楚,使人雪涕,洵有益社会之文也。吴兰雪曰:"序事诸作,以班马之才,行杜韩之法。沉郁顿挫,变化错综,有识有力,有声有色。盖其至性奇善,不可磨灭,故发之于诗者如此。"古诗胜近体,七古尤胜,苍苍莽莽,不主故常。正如昆阳夜战,雷雨交作;又如洞庭君吹笛,海立云垂。信足配山谷而追杜陵矣。翼字云松,号瓯北,阳湖人。为人倜傥,才调纵横,而机警过人,所遇名公卿无不折节下之。同时与袁子才、蒋心馀友善,才名亦相等。诗以学力制胜,不无涉于理路之嫌。然能驱使百家,庄谐并见,奇恣雄丽,不可逼视。尝梓行诗集,或谓之曰:"虽不能为杜子美,于杨诚斋则有过之无不及。"翼傲然曰:"吾诗自为赵诗,何知唐宋?"洪亮吉尝论之曰:"袁如通天神狐,醉便露尾。蒋如剑侠入道,尚余杀机。赵如东方正谏,时带谐谑。"此足以见三家之特色矣。三家之在当时,负海内重名,所至交结公卿,激扬后进,以诗文唱酬。而袁之得名尤盛,世称"南袁北纪"。纪谓纪昀晓岚,直隶河间人也。

  沈德潜,江南老名士也,字确士,号归愚,长洲人。乾隆三年举于乡,年六十六矣。明年,成进士,越二年,授编修,仕至礼部侍郎,告归。高宗最爱其诗,敕和御制诗甚多,恩赏优异,前后受赐诗至四十余首,历代词人宠眷之隆,未有如德潜者也。乾隆三十四年卒,年九十七,赐谥文悫。四十三年,东台县已故举人徐述夔所著《二柱楼集》诗词悖逆,被奸告。集有德潜所作述夔传,下廷议,追夺阶衔祠谥。德潜少受诗法于叶横山,讲究格律。古体宗汉魏,近体宗盛唐,尤所服膺者老杜,次及昌黎、义山、东坡、遗山,下至青丘、崆峒、大复、卧子、阮亭,皆能兼综条贯。选《古诗源》及《五朝诗别裁集》以标示宗旨。尝曰:"诗以声为用者也,其微妙在抑扬抗坠之间。"又曰:"诗贵性情,亦须论法,乱杂而无法非诗也。然所谓法者,行所不得不行,止所不得不止,而起伏照应、承接转换,自神明变化于其中。若泥定此处应如何,彼处应如何,不以意运法,转以意从法,则死法矣。"吴下诗人,靡然从之者踵相接。初有盛锦、陈檡、周准、顾诒禄,继有王鸣盛、王昶、钱大昕、曹仁虎、黄文莲、赵文哲、吴泰来,称"吴中七子"。后起者又有褚廷璋、张熙纯、毕沅,再传弟子则有武进黄景仁,私淑弟子则有仁和朱彭。而宗渔洋者,有法式善及文哲、泰来,后复出而依渔洋。乾嘉以来,诗传之广未有若德潜也。高宗序其集云:"远陶铸乎李杜,近伯仲乎高王,盖今世之非常者。"高王指青丘、渔洋,谓其诗有过之无不及也。

乾嘉之际,海内诗人项背相望,而得名之盛者,盖略具于上矣。其他风流标映、列宿词坛者,于蜀有彭端淑、张问陶,于吴有洪亮吉、杨芳灿、杨揆,于越有金农、杭世骏、厉鹗、吴锡麒、郭麟,于赣有曾燠、吴嵩梁,于湘有邓显鹤、欧阳辂,于皖有赵青藜、吴鼒。或号"三君",或称"岭南四家",皆能斗艳标新,黼黻一时之盛。三君者,大兴舒位,秀水王昙,昭文孙源湘也。其才相若,诗名若鼎足焉,世称为"三君"云。岭南四家者,顺德黎简、张锦芳、黄丹书,及番禺吕坚也。而张锦芳又与同邑胡亦常、钦州冯敏昌称"岭南三子"。诸家之诗,大抵宗法老杜,出入义山、昌黎、山谷间。而如吴抑庵之宗孟、韩、皮、陆,厉大鸿之喜精深峭峻者盖寡。

第九章　骈体文之兴盛

　　自元朝驭宇以还，制诰之文渐去藻丽。明代因之，作者亦鲜。至李何七子高语西京，丽辞始稍稍振起。李王继之，益鸿厥绪。残明陈卧子、张西铭皆工为斯体，其高者几于驾有宋而上之。清初承明季之遗，其著者有若吴兆骞、陈其年、吴绮、章藻功、尤侗。即名儒如顾炎武，经生如毛奇龄，以其赅博之才，偶尔游戏，皆庸中之佼佼者也。

　　清初以骈体著名者，实推陈、吴、章三家。而其年为之最，绮才稍弱，藻功欲以新巧胜二家，又别为遁词。譬诸明代之诗，其年导源庾信，才力富健，如李崆峒之学杜。绮追步义山，如何大复之延中唐。藻功纯用宋格，则公安、竟陵之流也。其年尝曰："吾胸中尚有骈体文千篇，特未暇写出耳。"而汪尧峰称之曰："唐以前不敢知，自开宝后七百年无此等作矣。"实则气粗词繁，尚非至者。其年字维崧，号迦陵，宜兴人，著有《湖海楼集》。绮字园次，号听翁，江都人，著有《林蕙堂集》。藻功字岂绩，钱塘人，著有《思绮堂集》。

　　乾隆之际，号为汉学者蔚兴。鄙宋儒之空疏嫭陋，务为闳衍瑰丽之文。胡天游鹰扬丁前，八大家振藻丁后，或追踪燕许，或希风潘陆。高者为汉魏，下者亦不失为齐梁。其视中晚唐体、北宋体，殆蔑如也。骈文之盛，来者莫尚已。

　　天游之文，奥博奇肆，有唐燕许之遗。尝举博学鸿词，才名冠一时。袁枚与之同应召试，独心折而师事之。天游字稚威，号云持，山阴人，著有《石笥山房集》。后天游而起者，有昭文邵齐焘，字荀慈，号叔宀，著有《玉芝堂文集》。能于绮藻丰缛之中，存简质清刚之制。其同岁生王太岳芥子，亦好为骈体文，以高简称。见荀慈作，叹为天授，为辍不作，而规史汉及韩柳。同时与荀慈同为骈俪之文者，有武进刘圉之、钱塘吴谷人、南城曾宾谷。圉之名星炜，字映榆，著有《思补堂集》。为文名贵光昌，扫尽清初浮侈晦塞之弊。盖于孟坚、孝穆、子安三家，用力甚深。谷人名锡麒，字圣征，著有《有正味斋集》。诗境超妙,为朱、查、杭、厉之后劲。骈体能合汉魏、六朝、唐人而冶为一炉,胎息既深,神采自王,委婉征洁,是其所长。宾谷名燠,字庶蕃,著有《赏雨茅屋集》。文清转华妙,擅六朝、初唐之胜。晚年所作尤健,尝云:"古文丧真,反逊骈体。骈体脱俗,即是古文。"信有味乎其言之也。游荀慈门下者,有阳湖洪亮吉,字稚存。其文朴质若中郎,遒宕若参军,肃穆若燕公。其自叙所著书与他人说经之书,皆用偶语述其宗旨。然数典繁碎,初学效之,易伤气格而破体例。稚存少与黄仲则(景仁字也)齐名,号洪黄。其后沉研经术,与同里孙渊如论学相长,又称孙洪。渊如名星衍,为文风骨遒劲,在六朝汉魏之间。与渊如、稚存以专经著名者,又有曲阜孔广森,字㧑约,号巽轩。少受业于戴东原,明《公羊春秋》。其持论谓骈体文"以达意明事为主,六朝文无非骈体,但纵横开阖,一与散体文同也"。又云"第一取音节近古,不可用经典奥衍之文,又不可杂制举文柔滑之句"。著有《仪郑堂集》。全椒吴鼒尝合袁、邵、刘、吴、孔、孙、洪、曾为骈文八大家。鼒字山尊,号抑庵。善为骈体文,沉博绝丽。朱文正公珪尝称之,谓"合邱迟、任昉为一手"。著有《夕葵书屋集》。八家外,无锡有杨芳璨,江都有汪中,阳湖有刘嗣绾,镇洋有彭兆荪,并皆有名于时者也。其继八家而起者,有刘开、梅曾亮、董基诚祐诚兄弟、方履籛、傅桐、周寿昌、赵铭、王闿运、李慈铭。王先谦尝选其文为十大家,以继前八家。十家文大率气体清隽,宗尚不出两汉、六朝、初唐。此外何栻之富丽、孙同康之精雅、缪荃孙之朗润、皮锡瑞之疏罢、王先谦之简净,亦不愧为一朝之后劲云。

第十章　桐城派与阳湖派

当乾隆中叶,汉学之徒满天下,相尚以闳博之文,诋斥宋学殊甚。其时桐城有姚鼐者起,独宗有宋诸儒,自守孤芳。以义理、考据、辞章三者不可阙一,义理为干,然后文有所附,考据有所归。故其为文,源流兼赅,粹然一出于醇雅。当时相授受者,特其门弟子数辈,然卒流风余韵,沾被百年,成就远大,不可谓非一代之杰也。鼐持论,谓"学不博不足以述古,言无文不足以行远"。孤生俗儒,守其陋说,屏传注不观,固可厌薄。而矫之者乃专以考订名物象数为实学,于身心性命之说,则诋为空疏无据。其文章之士又喜逞才气,故蔑理法,以讲学为迂,是皆不免于偏蔽。思所以正之,则必破门户,敦实践,倡明道义,维持雅正。乃著《九经说》以通义理考据之邮,撰《古文辞类纂》以尽古今文体之变。有《惜抱轩文集》,集中赠钱献之序、与鲁宾之论文诸书,皆其宗旨所在也。

盖自望溪方氏以文章称海内,上接震川,推文家正轨。海峰继之,同时闽人朱仕琇、梅崖亦以古文名重辇下。于是师梅崖者,有瑞金罗有高台山、新城鲁仕骥絜非;师海峰者,有吴殿麟定、王悔生灼、姚姬传鼐。鼐又兼师梅崖,最号为大家。论者谓望溪之文质,恒以理胜;海峰以才胜,学或不及,鼐则理与文兼至。三人皆籍桐城,故世号"桐城派"云。鼐自乾隆二十八年通籍后,改礼部主事,擢刑部郎中。寻乞养归,主梅花、钟山、紫阳、敬敷诸讲席,凡四十年,所成就士尤多。门下著籍者,上元有管同异之、梅曾亮伯言,桐城有方东树植之、姚莹硕甫、刘开孟涂,娄县有姚椿春木,宝山有毛岳生生甫,歙县有鲍桂星觉生。而管、梅、方、姚四人尤称高足弟子,各以所得传授徒友,往往不绝。异之传其子嗣复,植之门有戴钧存庄,最为著称,自谓生望溪、海峰之乡,不敢不以古文自任。与同邑苏惇元重增订望溪文集,为功于方氏甚钜。其不列弟子籍,同时服膺,有鲁絜非及宜兴吴德旋仲伦。絜非之甥为陈用光硕士,硕士既师其舅,又亲请业姬传之门,乡人化之,多好文章。硕士之群从,有陈学受艺叔、陈溥广敷。而南丰又有吴嘉宾子序,皆承挈非之风,私淑于姬传。由是,江西建昌有桐城之学。永福有吕璜月沧者,归向桐城,尝问道于仲伦、春木,以所学倡于广西。其乡人有桂林朱琦伯韩、临桂龙启瑞翰臣、平南彭昱尧子穆、马平王拯定甫,皆步趋吴氏、吕氏,而益求广其术于伯言。由是,桐城宗派流衍于广西矣。新化邓显鹤湘皋,与硕甫友善,以文相切磋。善化孙鼎臣芝房,更从游伯言之门。而武陵杨彝珍性农、湘阴郭嵩焘伯琛、溆浦舒焘伯鲁、湘乡曾国藩涤笙,亦以姚氏文家正规,未尝外索。由是桐城文派,湘中称盛焉。而浙中有邵懿辰位西,吴中有鲁一同通甫,皆从伯言讲论者也。代州冯志沂鲁川,学于平定张穆石川,亦问学于梅伯言。姚氏古文之传之远,实最推梅伯言推广之力。伯言,道光二年进士,仕至郎中,有《柏枧山房文集》。

自惜抱继方、刘为古文学,天下相与尊尚其文,号"桐城派"。当海峰之世,有钱伯坰鲁思从受其业,时时诵其师说于阳湖恽敬子居、武进张惠言皋文。二子者,始尽弃其考据骈俪之学,专志以治古文。于是阳湖古文之学特盛,世号"阳湖派"。嗣起者有秦瀛小岘、陆继辂祁孙、董士锡晋卿、李兆洛申耆。惟兹所称"阳湖派"者,就其发源地而名之,非若汉、宋门户之角立也。顾或者谓桐城派为儒者之文,阳湖派为策士之文,其面貌略有不同。然阳湖为古文者陆祁孙,所选七家文钞,则望溪、海峰、惜抱与子居、皋文并列,固无所轩轾于其间也。子居,乾隆四十八年举人,嘉庆二十六年进士,著有《大云山房集》。皋文,嘉庆四年进士,选庶吉士,授编修,七年卒,著有《茗柯文集》。皋文之死也,子居闻之慨然曰:"古文自元明以来,渐失其传。吾向不多作者,以有皋文在也。今皋文死矣,当併力为之。"尝自言其学非汉非宋,不主故常。于阴阳、名、法、儒、墨、道德之书,既无所不读,又兼通禅理。其治古文,得力于韩非、李斯,与苏明允相上下,近法家言。叙事似班孟坚、陈承祚,而子居自谓"吾文皆自司马子长出,子长以下,无北面者"。皋文治经颇深,言《易》主虞翻,言《礼》主郑玄。少为辞赋,尝拟司马相如、扬雄之言。及壮,为古文,效韩愈、欧阳修。陆孙祁谓皋文"研精经传,从源而及流"。子居泛滥百家之言,其学由博而反约。二子之致力不同,而其文之澄然而清,秩然而有序,则由望溪而上,求之震川、荆川、遵岩,又上而求之庐陵、眉山、南丰、新安,如一辙也。此足以证阳湖派之文于桐城不争立异也。以上诸家,王先谦氏所辑《续古文辞类纂》论列颇详,可以考见其流别。

第十一章　折衷派与曾国藩

　　时至道咸之际，科举之流毒日深。汉宋两家，哓哓争持，而其学亦以衰敝。学宋者空疏简陋，宗汉者凌杂繁芜。高语周秦，则弃其精深而描摹其琐屑；极论程朱，则遗其骨理而捃扯其皮毛。武将不解兵事，儒者徒尚空谈。故洪杨发难金田，所至望风崩溃。论者至以其祸乱之蔓延，诋为讲汉学者之所招致，抑未免持之过甚也。夫学术门户之争，原起于末流之失。有贤者出，固将辞而辟之，使协于中正之途。曾国藩生丁其间，目击夫汉宋学者之不相通晓。在京时，从唐镜海讲授义理，亦复宗尚考据。洪杨之变，既出其学以成不世之勋，又乐与当时贤士大夫以学问文章相切劘，主海内之盟者凡二十年。一时游其门者，若李元度、薛福成、黎庶昌、张濂卿、吴汝纶辈，皆极文章之选。当是时，海禁大开，天下有志之士，方争言洋务。而文正公子纪泽与魏源、郭嵩焘三人尤号为娴于西学。文正亦知守旧不可，益奏派聪颖子弟前赴欧西各国，肄习学艺。其所造就，至今犹赖其用。盖汉宋门户之争，得文正之划除，而又加以外力之冲荡，有识者始晓然于一丘一壑之为非。前此姚鼐、恽敬之徒固尝欲磨镕而砥平之，而必至文正推而至之大者，亦时会之有以为之也。

　　文正之为学也，尝欲合道与文而为一。以为文之纯驳，一视乎见道之多寡以为差。所谓见道多寡之分数何也？曰深也，博也。后之见道不及孔氏者，其深有差焉，其博有差焉。能深且博，而属文复不失古圣之谊者，孟氏而下，惟周子之《通书》、张子之《正蒙》，醇厚正大，邈焉寡俦。许郑亦能深博，而训诂之文，或失则碎；程朱亦能深博，而指示之语，或失则隘。其他若杜佑、郑樵、马贵与王应麟之徒，能博而不能深，则文流于蔓矣。游、杨、金、许、薛、胡之俦，能深而不能博，则文伤于易矣。由是有汉学、宋学之分，断断相角，非一朝矣。窃欲取二者之长，见道既深且博，而为文复臻于无累。故其文深宏骏迈，以戴段之学力，发为班马之文章。自称粗解文字，由姚先生启之，然实阔于惜抱者远甚。黎庶昌曰："本朝文章，其体实正。自望溪方氏至姚先生，而辞始雅洁。至曾文正始变化以臻于大。"信非阿好之言也。

与曾文正同时并称者,有吴敏树、杨彝珍。南屏身居野逸,沉思独往,自谓不屑步武桐城。尝选《史记别钞》,以正桐城。谈古文者仿归氏之失,而卒之所得,未尝越姚氏轨范之外也。性农书卷少而理解疏,故绝鲜风趣,惟炼字琢句,雅胜常人。然以比于曾氏之雄厚,二家均所不及。其继曾氏而起者,有石门阎镇珩,字季蓉。为学不守门户家言,尝曰:"学无古今,适于用之谓贤。"所著《六典通考》,综贯百家,洪纤毕举,春秋经世之书也。拟于马端临、秦蕙田之作,洵堪鼎足无惭。为文练博雄深,实兼有曾、吴、杨三家之长,而植品孤高,无当世大人为之延誉,故其学不显。夫古文自曾氏而后,可称者绝少。追汉魏者,喜为奇词奥语;摹方姚者,取媚闲情眇状。盖国运之不振,而文运亦随之矣。

第十二章　史学之昌盛

马班尚矣,蔚宗之博赡,三国、五代之谨严,六朝、南北之名隽,《唐书》之炼密,莫不各有可观。元朝以后,斯道浸衰,宋、辽、金三史,总成于托克托等之手。而《宋史》大旨在于表章道学,其余皆姑以备数,疏舛芜漫,仆数难穷。《辽史》依据甚少,颇伤疏略。《金史》材料较详赡,体例较严整,而去前贤远甚。明修《元史》,成于仓卒,极为草略。清起而于前诸书,多所考正,凡敕诸臣编辑及私家著述之作,类能度越前人。其奉诏编辑者,有《明史》《通鉴纲目三编》《通鉴辑览》、续《通典》《通志》《通考》、皇朝《通典》《通志》《通考》诸书。《明史》起康熙十八年,成于乾隆四年,体裁严密,考究精详。通鉴之属,改良于前明;通制之属,博赅乎原著。盖与修诸臣,皆极一时人才之选。而其间号为精通者,尤以万斯同为最。斯同字季野,学者称石园先生,浙江鄞人,为黄梨洲高足弟子。博通诸史,尤熟于明代掌故。《明史稿》五百卷,皆斯同所手定,故《明史》能正唐以后史官设局分修之失。其属于私人著述者,有马骕《绎史》、谷应泰《明史纪事本末》、高士奇《左传纪事本末》、毕沅等所撰《续资治通鉴》、陈鹤陈克家所撰《通鉴明纪》诸书。《绎史》每事各立标题,用纪事本末体,纂录开辟至秦末之事,援据浩博,考证详密,过袁枢远矣。《明史纪事本末》每篇论断,皆仿《晋书》之例,行以骈偶,隶事亲切,遣词精拔,又可谓别调孤行者也。高士奇广章冲之所编,毕沅等因宋元明人之所续,皆精审愈于前书。尤奇异者,则有黄宗羲之《宋元学案》《明儒学案》,条析师承,辨别宗派,于诸儒源流分合,叙述周详,诚伟制也。同时作者,孙奇逢之《理学宗传》、万斯同之《儒林宗派》,皆上溯孔子,下逮明末,述其授受源流,足称精卓。其继起者,李清馥之《闽中理学渊源考》、江藩之《国朝汉学师承记》,条举支流,厘然在目,非徒依傍旧闻者比也。又乾隆之世,古学大兴,治史学者尤多考正补订之作,助前人之所不及,或补志、补表,或补注,或拾遗,其书不可枚举。属于考订者,尤以王鸣盛之《十七史商榷》、钱大昕之《廿二史考异》

为著。诸所纠正,创见极多。其言义法者,有章学诚之《文史通义》,能发前人所未发,比于《史通》,略无逊色。前清一代史学之盛,盖如此矣。

第十三章　词学之复兴

　　词至南宋始极其变,历金元始衰,至明而大敝。金初吴激、蔡松年,才誉并推,号"吴蔡体"。元遗山继之,风流蕴藉,不减周秦。元赵孟频、虞集、萨都剌、张翥之伦,号为大家。而蜕岩尤杰出,风流婉丽,有姜吴之遗。以一身阅元之盛衰,故闵乱忧时,颇多楚调。张埜、倪瓒、邵亨贞辈,联镳竞响,亦饶雅音。明世历祀尤长,词人代起,不下三百余家,而合者特少。国初沿蜕岩之风轨,若杨基、高启、刘伯温之作,皆温雅芊丽,咀宫含商。永乐以还,南宋诸名家词皆不显于世,惟《花间》《草堂》诸集盛行。然李桢、瞿佑、张肯之流,亦能接武前哲。至钱塘马浩澜洪,以词名东南,而《花影》妖淫,人谓吐玉含珠,实则残脂剩粉。周白川、夏公谨诸老,间有硬语。杨用修、王元美则强作解事,虽小令、中调颇有可取,而长调则杂于俚俗。至陈子龙起,始以天然之神韵,写悱恻之深情。言内意外,殆无遗议,可谓开有清风气之先者矣。

　　清承明季讲学之遗,而词学亦蔚然蒸起。西泠十子(参见本编第五章),盖被几社之风而兴者也。当是时,号称能手者,尤莫盛于东南。吴梅村之流丽稳贴,直逼幼安;龚孝升如花间美人,自饶妩媚;曹秋岳则春容大雅,风动浙西;毛西河则温丽精深,更谙乐律。顾贞观之《弹指词》,极情之至,出入南北两宋而奄有众长。彭羡门之《延露词》,长调堪独步江左,小词亦不减南唐风格。宋琬慢词多商羽之音,严绳孙小词极精妙之选,以及李雯之哀艳、宋征舆之俊逸、尤侗之圆转、徐釚之雅丽,皆倚声之擅场也。其振起于北者,王士祯之《衍波词》,体备唐宋,美非一族,小令尤所擅长。曹贞吉之《珂雪词》不为闺襜靡曼之音,而寄托遥深,风华掩映。性德之《饮水词》得南唐二主之遗,其一种凄惋处,至令人不忍卒读。关中孙枝蔚,则独法苏辛,以飞扬跋扈之气,寄嶔奇历落之思,尤得北方清刚之致。而声教尤广者,更推朱竹垞、陈迦陵。竹垞神明乎姜史,刻削隽永,艳语虽多,一归雅正,清代前后作者,莫能过焉。陈其年与竹垞并负轶世才,同举博学鸿词,交又最深,其为词亦工力悉敌，《乌丝》《载酒》，一时正未易轩轾也。其年尝自中州入都，偕竹垞合刻所著曰《朱陈村词》，流传海内，及于禁中。康乾间言词者，无不输心向往。惟朱才多不免于碎，陈气盛不免于率，故其末流有纤巧粗厉之病。李良年与其弟符，竹垞之弟子也，其词皆尽扫窠臼，独露本色。武曾兼有梦窗、玉田之长，耕客绝似蒋竹山一派。当时论者，至以竹垞、武曾并称朱李。嗣是以往，沈岸登学姜氏而得其神髓者也。许田、杜诏，其品在梦窗、玉田之间者也。下此厉太鸿、过葆中、史位承、郑板桥、汪对琴、蒋心馀、赵璞涵、吴谷人、郭频伽之伦，大抵出入白石、梅溪、梦窗、乐笑翁、碧山、蜕岩间，继武竹垞，分镳迦陵，南宋一派可称极盛矣。其矫然自异者，惟太仓王时翔、王汉舒，以晏、欧、淮海为宗云。

朱、陈两派之词流衍至于乾嘉，诚不免有失。于时阳湖张氏皋文、宛邻兄弟起，选唐宋词四十四家为《词选》一书，阐扬言内意外之旨，所谓常州词派者是也。二张词既沉郁疏快、悱恻缠绵，而其友人恽敬、左辅、丁履恒、陆继辂、黄景仁、李兆洛、钱季重辈，要皆一时作者。金应珹、金式玉，则学于皋文而有得者也，董士锡以皋文之甥而传其业者也。荆溪周济友于士锡，亦恪守张氏之旨趣，为词纯雅疏畅，足以比肩茗柯。后起者则有龚自珍、杨传第、项鸿祚、许宗衡、蒋春霖、蒋敦复、姚燮、工锡振诸家，各标宗尚，亦道咸间之卓卓者云。惟后之为词者，不能叶律，所谓长短句而已，诗余而已。求如朱竹垞之深明乐理、工求音律，盖未尝有焉。故其词虽不无可诵，要不足以备乐府之遗，小道可观，亦几乎息矣。

第十四章　清之戏曲小说

　　戏曲小说莫盛于元，及明稍衰，至清而复振。戏曲自明弘治后，有李空同、王浚川等擅名北曲，祝枝山、唐伯虎等擅名南曲。杂剧则徐渭之《女状元》《雌木兰》《醉乡梦》《渔阳弄》，王衡之《郁轮袍》《哭倒长安街》《真傀儡》《没奈何》。传奇则王世贞之《鸣凤》，屠赤水之《彩毫》《昙花》《修文》，郑之文之《白练裙》《旗亭》《芍药》为著。然有名后世，则推汤义仍《玉茗堂四梦》。四梦者，《牡丹亭还魂记》《邯郸梦》《南柯记》《紫钗记》是也。而《还魂记》最佳，黄九烟抑置第三，而首《邯郸》，则爱存乎人矣。明季数阮大铖之《双金榜》《牟尼合》《忠孝环》《春灯谜》《燕子笺》，而纤艳之词不及归元恭《万古愁》曲子，瑰玮恣肆，于古之圣君贤相，无不诋诃，而独痛哭于桑海之际，盖《离骚》《天问》一种手笔。至李笠翁之《十种曲》，情文俱妙，亦玉茗后之大家也。笠翁名渔，与归庄皆遗民也。《十种曲》曰《风筝误》《蜃中楼》《凤求凰》《意中缘》《比目鱼》《玉搔头》《慎鸾交》《巧团圆》《奈何天》《怜香伴》。概为喜剧，自出机轴，不袭窠臼，不拾唾余。虽词彩平易，有失于滑稽俳谐，而老妪都解，入人正深，亦自成一体。并时作者，有吴伟业、尤侗、毛大可、吴石渠，然不若孔尚任之《桃花扇》传奇、洪昇之《长生殿》传奇，皆出于康熙之时。尚任字季重，号东塘，自署云亭山人，山东曲阜人也。所演传奇，通篇凡四十四出，假侯、李之情事，写南朝之兴亡。其艳处似临风桃蕊，其哀处似著雨梨花。书成，京师王公缙绅传抄殆遍，优伶扮演，岁无虚日。昇字昉思，钱塘人，学诗于渔洋，才名藉甚都下，因白居易《长恨歌》演曲五十出。自有此曲，无论《惊鸿》《彩毫》，空惭形秽。即白仁甫之《梧桐雨》，亦不能稳占词坛一席。初成，置酒高会，名流毕集。时尚在国恤，遂为怨者所构，被斥而去。自是朱门绮席、酒社歌楼莫不奏之。二子诚可谓独步一代矣。又云亭尚有《小忽雷》传奇，昉思亦有《天涯泪》《四婵娟》诸剧，然比于《桃花扇》《长生殿》均为不及。而万红友所著，亦深入元人堂奥。红友为吴石渠甥，论者谓其渊源有自。乾隆之际，蒋士铨有《红雪楼》九种，杨潮观有《吟风阁词曲谱》，亦有名。蕻园素谙音律，所演《香祖楼》《空谷香》《桂林霜》《一片石》《第二碑》《临川梦》《雪中人》《冬青树》《四弦秋》诸剧，大抵取材史实。短者数出，长者数十出，典丽婉雅，不以矜才使气为能。《雪中人》《冬青树》尤为之最。笠湖之作，全篇三十二出，声情磊落，思致缠绵。论者以为过于蕻园，实未免溢分。

小说明代见于《艺文志》者，不下一百二十余种，大都随笔漫录，元世通俗章回体，学者所弗尚也。前者琐琐置不论，惟俗所传《西游记》《金瓶梅》二书，世以配《水浒》《三国》，目为"四大奇书"，然实不逮远甚。《西游记》称为长春真人作，藉唐玄奘赴天竺求经事，以寓除烦恼、求解脱之方，较《神异经》《十洲记》之神仙谭更为荒诞。《金瓶梅》或谓王世贞作，疑莫能明。全书描写淫媟之事，意主惩戒，而等于劝淫，尤足为风俗人心之害。清初作者李笠翁有《十二楼》，然皆短篇，长者不过六七回，究无甚高论。可称者独曹雪芹《红楼梦》，一号《石头记》，以穿云镂月之笔，成花团锦簇之文。无《金瓶梅》之秽亵，得《西厢记》之温柔，言情小说，此为极致矣。以之追配耐庵，英雄儿女各擅千秋之胜，虽其中不无板滞套袭之处，而在前清说部中，不失为第一流。至《儿女英雄传》，虽为洗刷《红楼》之绮习而起，而俗套陈言奚啻霄壤。仿之而作者，有《施公案》《彭公案》《七侠五义》，写江湖侠义之事，大都出自俗手，袭《水浒》之貌而遗其神者也。演义之类有《东周列国志》《隋炀艳史》，亦能贯串群书，而流水行云，杳然无迹，去罗贯中远矣。其诸记琐闻逸事之传奇体，若钮玉樵《觚剩》、陆丽京《西陵新语》、王渔洋《居易录》、纪晓岚《阅微草堂笔记》、王应奎《柳南随笔》、蒲松龄《聊斋志异》等，难以枚举，皆可资谈助、供参考。至渐染社会之功，不如章回体为钜。惜前世学者无人致力于此，以改良其精神而俾补于教育。独有一金圣叹洞其关系之所在，能发明其精微，而世之人乃相与鼓唇摇舌，斥为小才，詈为害道，奈之何其不腐且滥也。圣叹原姓张，名采，字若采，明诸生，为人倜傥有奇气，博览无所不通。明亡，绝意仕进，更名喟，字圣叹。好饮酒衡文评书，其议论皆发前人所未发，有《水浒传》

《三国志演义》《西厢记》《西游记》评本盛行于世。尝曰:"天下才子书有六:一庄,二骚,三马史,四杜律,五施之《水浒》,六王之《西厢》。"所评庄、骚、马、杜之书,未及卒业而卒。李笠翁曰:"施耐庵之《水浒》、王实甫之《西厢》,世人尽视为戏文小说,圣叹特标其名曰'五才子书''六才子书'。其意盖愤天下小视斯道,不知古今来之绝大文章,故作此惊人之语。"廖柴舟曰:"予读先生所评诸书,领异标新,迥出意表,觉作者千百年来,至此始开生面。"呜呼,何其贤也!虽罹惨祸,冤屈一时,而其功实开拓万世,顾不伟与?

第十五章　结　论

　　中国文学,阅四千有余年,其间一盛一衰,一开一阖,奇正相生,刚柔迭用,极世界未曾有之钜观。综其变之大者言之,六经垂照万祀,上界之恒星也。火德重运,于学发稽古之宗,于文导骈俪之绪。唐开文运,分树古今之体;宋启学津,别兴义理之论。元明循之,至清而并极其盛。窃譬之于汉庙制,姬周为太祖,两汉为太宗,唐则景之昭也,宋则武之穆也,魏晋毁庙之俦,祫祭于太祖。元明两朝,就序昭穆;前清一代,亲庙所存。变迁之形,略如是矣。本历史之事实,察今后之变迁,较其短长,决其从改,聊述数言,缀之篇末,以附同志观省云尔。

　　中国之文,坏于用意摹仿。自扬雄著其端,而所师尚在乎意。至明清袭其习,而所法全在乎形。六经诸子之文尚矣,后此言文莫高八家,言诗莫高李杜,而八家之文、李杜之诗固各有从出。昌黎直法典谟,庐陵善学《春秋》,柳州兼摹子长,南丰酷似更生,临川以《周礼》参管韩,三苏之文出于《国策》《孟子》,大苏尤得力庄周。青莲上取风骚,下取鲍谢;少陵源本雅颂,而取材乎汉魏六朝,心同而貌不同也。李王七子之于两汉,嘉靖七子之于韩欧。北地、历下,以声调为少陵;竟陵三袁,以浅率为元白,心不同而貌同也。文至于貌同是求,而后虚薄浮滥之文乃充塞于艺苑矣。

　　中国之文,尤坏于滥用典故。圣明作述,吐词为经,语意渊涵,初无衬垫。战国诸子,明事达情,妙于取象,偶一遣用,意主佐证,用兼隐括,初无意于篆刻也。西汉犹少,东京始繁,自是以来,比兴之义亡,铺张之情亟。恣意渔猎,漫涂粉黛,鹤胫续凫,张冠戴李。炫博者务为獭祭,好奇者窜入蚕丛,以古官代今名,托僻典为影喻,几使读者茫然不知真意之所在。文至此,盖可云一大劫矣。

　　因摹仿之是崇,故文范之论起。归震川之《史记》录本,赵秋谷之《声调谱》(此类甚多,不具举),揣摩声音章句之间,规其所以似古人者,几于无微不至。陋者从而效之,徒以抑扬转折为事,略为文之本,而后文以病而益荒。文本天地之元气也,天有阴阳寒暖,地有燥湿平陂,人有刚柔缓急,应乎理以为言,自然中节而有秩,无所谓法也。文之有法,聊为初学者示捷径可耳,而必执之以为高,则有流于机械而无变化之用矣,岂不谬哉!

因典故之是尚,故文料之书繁(参见第四编三十三章)。摘屈宋之艳辞,采史汉之隽语,分类纂辑,用恣取求,可省记忆之劳,可盖枵腹之丑,事至便也。其初也,意本乎备忘,其极也,遍行于场屋。或则数典忘祖,或以袭谬因讹,原书束而不观,空疏衍而弥甚。就令博记,而零缣断锦何与通才;自非划除,则真气雅言终于沉晦。故欲尽文之能事,不于本求之,区区拾古人之牙慧,无当也。

文本于学,孔老释迦,非所计也。观古今文人,莫非学人;苟非学人,即亦不足为文人。而后之人不于学加深研,营逐于文字之末,何者为汉魏,何者为唐宋,宜其刓敝而不振也。文本于字,字不明而欲能文,譬之舌蹇而求能辩也。虽许、郑、戴、段不以文名,而能文者未有不稍具许、郑、戴、段之学者。辞赋如扬马,文章如韩欧,其深明字义,常人之所不逮。而后之人不于小学加考求,惟以剽窃为工夫,涂抹为墙壁,是犹却步而求及前人也。夫有学无字,则辞不雅驯;有字无学,则文为空衍。二者兼具,乃可言文。今之人动曰"文荒矣",而不知实学荒也、字荒也。古人余力学文,孩提学书。今则壮不知字,老不知学,岂不悖哉?韩昌黎云务去陈言,予以为尤贵去陈理。去陈言本乎字,去陈理本乎学。温故知新,宣尼所重。后人徒知好古,无意更新。苟能出新,定可不朽。前人已言者,吾改头换面而言之,何取乎灾梨而害枣也。前人之所未言者,吾能从而发明之,若是乎文乃可贵矣。

文贵通裁,辞贵达意。通故道明,达故用显。奇辞奥义者非通,钩章棘句者不达;居今饰古者非通,假甲为乙者不达。宜雅而俗者非通,芜词异气者不达。昌黎文之佳者,在于文从字顺;六经文之美者,在于意味深长。典谟之文,惟唐虞宜之,王莽效之,则陋矣。晁贾之文,惟汉代宜之,李何效之,则袭矣。对扬庙廷,则宜庄重典雅;谕告黎庶,则宜明白晓畅。要其贵于通达,以适时用,古今中外一也。知文之贵于通,散可也,骈可也,骈散兼行亦可也。知文之要于用,法古可也,用典可也,二者并斥亦无不可也。处今之世,尤亟务焉。一国之废兴,视民智之多寡高下以为准。文之为用,瀹民智之利器,鼓学术之风炉。明道弼教,治官察民,端赖于是。(明道两字,今之浅人痛斥之,缘生于对宋儒之一种偏激心理,余不取。)察邻国之文,能适于浅,而吾国乃好为高古也;能进于整(整理之整),而吾国乃日滋冒滥也。以非文病,学先病耳。窃尝以为吾国学术,至清而发泄几尽。姬周末造,本土之所产生者,奇葩烂发,已极大观。汉旁出为经学,以统诸子,而大成于马、郑。后此者已难复加。魏晋以还,二氏乘间拔起,披猖于南北,驰骋于李唐。至宋而始收摄于理学之中,统以儒而二氏之焰始息。吾国学术之伟观,汉宋两家,至此已有分纛之势。历元讫明,宋学发展无复余地。清又旁出而为考据之学,勤搜博赅,功奏一匡,宅句安章,更无遗蕴。统四千余年之学术,任何方面均有观止之叹。凡口所欲言,手所欲书,自矜为奇,不知古人早已先我。向使西学不东,犹是闭关却扫,一二学者亦惟是回转起伏于古人之窠臼而已,其能有所振拔耶?顾亭林有言:"诗文之所以代变,有不得不变者。一代之文沿袭已久,不容人人皆道此语。"然则今之文学之敝也,殆已达穷变通久之运者乎?一代之盛也,必先之以共同酝酿之功;而其衰也,常在于菁华已竭之后。东汉为西京之酝酿,赵宋本唐代之调和。明三百年,上承宋,下启清,明而未融,故其敝尤著。今之文运,适与李唐、朱明等观,混合之时,而非化合之候。吾人生丁此际,偏于西不可,偏于中不能,但务调剂中西之精英,以适于现今之实用。一旦两质融化,发而为特别之光华,若宋之所谓理学者,又何患文之不至哉?议者苟嗤吾说失中,谓中国代传之美文,何可尽废?夫以今学术之分科发达,文欲存汉魏六朝之体,诗欲追葩经乐府之遗,特设一科,以供嗜古玩者之求,无不可也。安所取滔滔者,而皆学科斗篆隶之书也乎?夫文出乎学而要乎用,文之本职也。但使人人能尽其本职,虽不美,庸何伤?